滄海叢刊

# 情趣詩話

楊光治 著

1990

東大圖書公司印行

國立中央圖書館出版品預行編目資料

情趣詩話／楊光治著 -- 初版 --
台北市：東大出版：三民總經銷，民79
面；　公分 --（滄海叢刊）
ISBN 957-19-0082-6（精裝）
ISBN 957-19-0083-4（平裝）

1. 詩—歷史與批評
821.8



# 情趣詩話

著　者　楊光治
發行人　劉仲文
出版者　東大圖書股份有限公司
總經銷　三民書局股份有限公司
印刷所　東大圖書股份有限公司
地址／臺北市重慶南路一段六十一號二樓
郵撥／〇一〇七一七五—〇號
初　版　中華民國七十九年四月
編　號　E 84055
基本定價　肆元
行政院新聞局登記證局版臺業字第〇一九七號

情趣詩話
編號 E 84055
東大圖書公司

ISBN 957-19-0083-4

# 繁體字版序言

此書所選取之古代詩歌，多是「野詩」。「野詩」，是我杜撰的名詞，指歷代以來，未被全集、別集或其他正式詩歌選本收入，未能登「大雅之堂」而散存於野史、筆記文和流傳於民間口頭的詩歌。它們或出自名家之手，或發自無名之輩（包括倒霉官吏、落魄文人、婦女、道士、和尚、商販等）的心坎，其內容極爲豐富：有的揭露封建統治者的罪行，有的針砭社會弊害、嘲笑假、惡、醜，有的記錄騷人墨客的趣聞軼事，有的歌頌正直、忠耿人士的高貴品質，有的抒寫官場中的變幻風雲，有的寫私人的恩愛怨恨……總之，它們生動而眞實地反映了當時的社會生活，形象地表現了人的心態。同時，這些詩多是採用俗語、俚語來寫（這大概是它們未能登「大雅之堂」而被棄之於「野」的原因之一），充滿了諧趣，所以特別雋永有味。「野詩」是一筆可貴的文學遺產。可惜，它從未被專家、學者們重視！

鄙人從小喜愛詩歌，尤嗜好這類作品，長期注意搜集，收獲頗豐。「文革」期間，鄙人遭逢劫難，幾次被抄家，從唐詩、宋詞到《戰爭與和平》、《孫中山全集》……，都被化為灰燼；大概是由於抄錄「野詩」的本子太寒傖之故，竟被棄之於牆角而避開了「革命烈火」。一九八四年四月，將其中部分整理，並予以分析，輯成《野詩談趣》一書，由廣東花城出版社出版，頗受讀者的歡迎，一些篇章還爲海內外報刊轉載。三年之後，再翻篋底，把「存貨」中之有情、有趣、有味的撿拾出來，予以整理，並依《野詩談趣》之例，對每首詩作一點粗略的評析，編成《情趣詩話》，一九八九年六月，由廣州文化出版社出版。現在，臺灣東大圖書公司將它以繁體字印行，實在是「野詩」之幸！

將「野詩」收集、評析，並不單單是要給讀者提供茶餘飯後的消遣，主要是想爲搶救這一可貴的文學遺產盡點力量，同時想通過這來搞點詩歌的普及工作。鄙人只是談詩而已，至於其中所涉及的人或事的眞實性如何，則有待專家去考證了。由於才疏學淺，在評析中錯誤在所難免，盼有識者指正。

愛護中華民族的文學遺產，乃每一位中華民族後代的神聖責任。盼能通過此書繁體字版的印行，引起更多人對「野詩」的關注，從而參預搜集、整理。這是我的願望。

楊光治

一九九〇年二月，於廣州

# 情趣詩話 目次

## 第二輯　官場百態

## 第三輯　百家情韻

**第四輯　文字遊戲**

# 第一輯

# 儒林別史

儒林古來多事，豈是正史、外史所能盡載？所以，在此另立「別史」。這裏，選取了王安石、蘇東坡、朱熹、解縉、唐伯虎、祝枝山、徐文長、鄭板橋等著名的文人雅士的趣詩軼事，錄下了舊時代儒林士子的喜怒哀樂，依時間順序排列。其中，風趣的軼事使人再三回味，非凡的才智使人五體投地，寒酸的面影使人緊皺眉頭，不學無術的洋相使人捧腹不止，喪盡斯文的醜態使人面赤齒冷，科舉場中光怪陸離的情景使人扼腕嘆息。

## 「床剝皮」及其他

詩，是最古老的文學品種，是最精粹的語言藝術。優秀的詩篇，是激情與才華交織成的彩錦。我國是詩之國。自古以來，優秀的詩人不斷湧現，留下無數感人肺腑、啟人思廸的佳作。詩人理應受到尊崇。正由於這個原因，不少人對詩人的桂冠趨之若鶩。其中有的儘管沒有半點詩才，卻以爲才超李、杜，不停高吟低唱，招人討厭。這類「詩人」有時卻會爆出一些「人人筆下所無」的「妙」句，給人們帶來樂趣。這是他們對詩壇的一大「貢獻」。

唐代的高敫曹，就是這類「詩人」中的「佼佼者」。他寫了三首雜詩，其中有兩首尤爲「精彩」：

冢子地握槊，星宿天圍棋。
開壜甕張口，捲席床剝皮。

桃生毛撣子，瓠長棒槌兒。
牆欹壁凸肚，河凍水生皮。

此二「詩」的狀物寫景，可謂「別開生面」。

第一首詩的一、二句意思是：「冢子」（墳墓），是大地握着「槊」（長矛）；星宿，是老天爺在下圍棋。從地下寫到天上，「境界」頗爲「宏壯」。三、四句用不着解釋，「捲席床剝皮」五字，堪稱「獨特的發現」。

這首詩，結構整齊，句句用比，可見這位「詩人」是費了心思的。

第二首同樣寫四種東西，卽桃、瓠（葫蘆瓜）、牆、河。

前兩句是一組對偶。桃的表皮長着白毛，「詩人」說它生了「毛撣子」（拂塵的工具）；跟着又把葫蘆瓜喻爲「棒槌兒」。使用比喻手法「歌唱」這兩種瓜果的外形，第一句有點誇張，但也有其相似之處。

後兩句也是一組對偶。「詩人」把「牆欹」（音「基」，傾斜）說爲「壁凸肚」，把「河凍」結冰說成是「水生皮」，這一「奇特想像」，實在叫人佩服。

這位老兄的想像和聯想大膽而「新鮮」，而且都使用口語，「生動」之至。遺憾的是沒有傳達任何對人生的感受，沒有給人任何教益，只能成爲人們茶餘飯後的笑料。

唐代的左衞將軍權龍襄，是一位「怪傑」。此公以「詩人」自命，企圖集文、武於一身，結果常常炮製出一些令人難受的「詩」來。

請看他的〈秋日述懷〉：

檐前飛七百，雪白後園彊。
飽食房裏側，家糞集野螂。

「深奧」之至！粗俗之至！

他寫完以後，拿給一位參軍（將軍府的屬官）看。參軍拜讀再三，也莫名其妙，只好虛心請教。這位將軍兼「詩人」解釋說：「我的詩寫了這些東西：一隻紙鳶在屋檐前飛過，它值七百文錢；洗了的衣服在後園晾曬，白得像雪一樣。我吃飽了，正在房子裏側着身子臥；聽見人說家裏的糞堆聚集了一羣蜣螂。」（按，蜣螂即吃糞的黑甲蟲。）

原來如此！它與宋朝一位皇室子弟所寫的〈即事〉有異曲同工之妙（見拙作《野詩談趣》）這位「詩人」完全不顧語言法則，隨意亂寫一氣，製造「朦朧」，可以說是我國詩壇中實行「語法主觀化」的先驅。

他的「風格」是多樣的。下列這一首大不相同。

他到滄州（治所在今河北省滄縣東南）當刺史時，剛就任，即寫了這首詩遍示衆屬官：

遙看滄海城，楊柳鬱青青。

中央一羣漢，聚坐打杯觥。

顯然，這是寫快到達滄州時的觀感。「滄海」即「滄州」。「觥」是古代的酒器，「杯觥」就是酒杯；「打杯觥」即舉杯痛飲。句子平白如話，內容實實在在，「詩」的鏡頭從遠到近，從景到人，毫無「假大空」之嫌，但也毫無意義。這是「寫直覺」的典型之作。——看來，「寫直覺」不是「舶來」而是國粹，我們的權將軍早就這樣幹了。千多年後的今天，有的詩評家還爲此爭論不休，實屬無知；權將軍若是有靈，會笑掉大牙的！——這是題外的廢話，但不吐不快。

話說回頭。據有關的筆記文說，衆屬官拜讀了州首長這首大作之後，個個都爭着稱讚他的詩才出衆。這位將軍「詩人」倒也十分謙虛，連連說：「不敢當，押韻而已。」從此，他更辛勤地從事創作，使衆屬官頻頻受苦。可憐而「可愛」的「詩人」！

筆記文還記錄下他好幾首「佳作」，爲避免讀者再受苦起見，就此煞住。

## 解悶良藥

古代，陝西有三位秀才素來以詩人自居，他們常常聚會在一起吟詩爲樂，吟出一些叫人捧腹大笑的「詩」。

一天，這三位「詩人」在某花園中閒坐，其中一位首先萌發詩興。他說：「咱們今日閒着，何不各做一首詩耍耍？」其他兩位同聲應好，即時商定以眼前的景物石榴、竹子、鷺鷥爲題。

咏石榴的先吟：

青枝綠葉開紅花，咱家園裏也有它；
三日兩日不看見，枝上結個大格答。

咏竹子的「詩」如下：

青枝綠葉不開花，咱家園裏也有它；
有朝一日大風刮，革落革落又革落。

吟鷺鷥的「詩」是這樣的：

慣在水邊捉魚蝦，雪裏飛來不見它；
它家老子咱認識，頭上有個大紅疤。

明白如話，毫不「朦朧」，但這算得什麼「詩」？可稱得上是解悶良藥。可憐這三位「詩人」還自以爲水平甚高呢！

請注意，他們是用陝西土音吟誦的：「綠」讀如「溜」，「紅」讀如「渾」，「不」讀如「布」，「格」讀如「哥」，「答」讀如打，「刮」讀如「剮」，「落」則讀平聲。這樣讀起來就更爲精彩。如讀者不信，不妨一試。

## 盧儲的催妝詩

唐代文學家李翺（七七二—八四一），是大詩文家韓愈的學生，很有文名。他的大女兒從小學習詩文，頗有鑒賞眼光。

李翺在江淮地區當地方官時，有一天，書生盧儲慕名拜見，並獻上文稿求他指教、推薦。盧儲告辭後，他將文稿放在案頭，出外處理公務。大女兒將它們反復看了幾遍，十分欣賞，對身邊的侍女說：「此人必爲狀頭」（「狀頭」即狀元）。李翺聽到女兒如此評價，馬上將文稿仔細閱讀，發現盧儲果然有文才，女兒果然有眼光。於是，派差役到旅舍去把盧儲請來，並選爲女婿。

第二年，盧儲參加殿試，眞的中了狀元。

不久，這對年青人結爲夫婦。在「催妝」（這是古代的禮節，在婚期前一天或當天早上進行。男家將冠帔、化妝品送給女方，女家回贈男子在婚禮時穿的袍服之類）的時候，盧儲還別開生面地贈詩一首：

昔年將去玉京游，第一仙人許狀頭。
今日幸爲秦晉會，早教鸞鳳下妝樓。

第一、二句是對往事的追敍。「玉京」卽京城長安；「游」，指去應考。「第一仙人」是對妻子的美稱；「許」，認可的意思。這兩個句子流露出對妻子的感激之情。

第三句轉到「今日」。「秦晉會」：春秋時期，秦國和晉國世爲婚姻，後來人們就把兩姓聯婚稱爲「秦晉之好」。一個「幸」字，道出了內心的歡欣，很精煉。妻子是一名才女，又很欣賞自己的文章，盧儲怎會不高興呢！

第四句才點出「催妝」的主題。「鸞鳳」在這裏是指女方。

這首詩概括了一個頗爲「風流」的故事，不算有文彩，但語音簡潔、順暢，且含着感情，值得一讀。

## 被遺棄的丈夫的哀吟

在封建社會中，男女不平等，夫權主宰着夫妻關係，丈夫遺棄妻子的事情時有發生，妻子遺棄丈夫的事則極少見。唐朝開元年間，卻發生了一樁。

當時，撫州（在今江西省）有個倒霉的秀才名叫楊志堅，老婆嫌他貧窮，想與他離婚，經常要潑肆虐，逼他寫離婚書。後來，他實在忍受不下去了，就寫了一首詩來表態：

當年立志早從師，今日翻成鬢有絲。

落拓自知求事晚，蹉跎甘道出身遲！
金釵任意撩新髮，鸞鏡從他別畫眉。
此去便同行路客，相逢卽是下山時。

這首七律，抒寫出被妻子遺棄的悲哀。

詩分三部分。

第一部分是開頭四句，訴說自己的坎坷命運：自己早年就立志拜師學習詩書，今天雙鬢已開始斑白了。失意落拓，自知要想去找事情幹，但爲時已晚了；歲月蹉跎，甘心承認自己「出身」（考中科舉）太遲！——他知道，老婆耍潑的原因，是自己未能在科場中取勝，未能當上一官半職，窮困潦倒。字裏行間，飽含着辛酸的眼淚。

第二部分是第五、六句，表示同意離婚。詩人採用形象化的手法來寫。「新髮」，新人（卽新丈夫）的頭髮。「鸞鏡」，刻鑄着鸞鳳圖案的銅鏡。這兩句的意思是：你可以隨自己的意願去用金釵撩撥新人的頭髮，可以對着鏡子，讓新人替你畫眼眉。——就是說，她可以任意與新丈夫尋歡作樂。這樣寫，流露出詩人無可奈何的悲哀。「畫眉」的典故出自《漢書・張敞傳》。據說，他親手爲妻子畫眼眉，這件事被廣爲傳播，連皇帝也知道了，他卻理直氣壯地辯解，於是，後來就成爲人們津津樂道的閨房美事，人們用「畫眉」來形容夫妻相愛。

最後兩句是一部分，是對以後兩人關係的想像。

「行路客」，即在路上偶然遇到的陌生人；「此去便同行路客」，含意是從此以後，兩人互不相干。

「相逢即是下山時」一句，借用了一首漢樂府民歌〈上山采蘼蕪〉的詩意。這首民歌，記述一個棄婦途遇故夫的對話，委婉地譴責男子納新棄舊的惡劣品質。開頭兩句是「上山采蘼蕪，下山逢故夫」，結句是「新人不如故」。這位「故夫」流露出後悔的感情。現在，楊志堅說，如果以後兩人相逢，將出現「下山逢故夫」的尷尬場面，這帶有「將來你一定會後悔」的含意。他借此來譴責老婆。

這個潑婆娘未必懂得這一「雅意」，就算懂得，也沒有興趣去理會。她已迫不及待了，詩一到手，就興奮地跑去官府，要求判離。

活該這個婆娘倒霉，耿直剛正的顏眞卿正好在撫州當刺史。他聽了申訴和看了詩之後，對婆娘的劣行勃然大怒，同時對楊志堅滿懷同情。在批文中指出：楊志堅雖然未有幸當官吃祿，但讀書刻苦，頗有詩名；而他的老婆見到丈夫未得意，就厭棄良人，這是傷風敗俗的行爲，判令打婆娘二十鞭，任她改嫁；楊志堅則由官府供給糧食衣物，並吸收到軍隊中工作。這一判決，大快人心，從此，撫州一帶再沒有哪個婆娘敢撒野，敢離棄丈夫。

顏眞卿（七〇九—七八五），是我國歷史上的名人。他不畏權貴，剛正果敢，在朝廷任職時，由於不肯依附奸相楊國忠而被貶；在「安史之亂」中，他積極組織隊伍，堅決抗擊叛軍。唐肅宗時官至太子太師（輔導太子的官），位列「三公」（即太師、太傅、太保），德高望重。德宗時，節度使李希烈擁兵叛亂，他奉派深入虎穴去勸導，結果被李希烈縊死，爲國家利益犧牲了生命。他是我國著名的大書法家，楷書端莊雄偉，行書遒勁郁勃，獨成一格，被稱爲「顏體」，直到今天，還有很多人模仿。

## 一場爭詩的官司

唐代曾發生一件爭奪詩歌的趣事。國子祭酒（最高學府——國子監的主管官員）辛弘智，寫了一首這樣的詩：

君爲河邊草，逢春心剩生。
妾如臺上鏡，照得始分明。

這是以女子的口吻來寫的。開頭兩句寫「君」（男子）。「剩」，多的意思。埋怨這位「君」多心，愛情不專。後兩句寫「妾」（古代女子的自稱）。「始」，早的意思。她把自己喻爲鏡子，說早就把「

君」的「心剩生」行爲「照」得一清二楚。

這是對負心郞的譴責。詩的水平僅一般而已。誰知道竟有人搶奪。同衙門的官員房定宗，把第四句中的「始」字改爲「轉」字之後，就聲言這首詩是他寫的。

辛弘智不服，於是引起一場糾紛；後來兩人跑去請博士（國子監的學官）羅道宗裁決。羅道宗認爲，這首詩中的字詞，多數是辛弘智的，將詩判還給他；同時將「轉」字判還給房定宗。一場爭詩官司就這樣解決了。

這簡直是一齣鬧劇。但透過它，我們可以了解到詩歌作品在當時人們心目中的重要性。房定宗所改的「轉」字，旋轉的意思，引伸爲變化。這麼一改，第四句的含意就變成：我對「君」的「心剩生」的變化情況「照」得一清二楚。詩的水平並不因此而有所提高。

據說，唐代還發生過因爲爭詩而害死人的事件。此事記載在《唐語林》裏。

詩人劉希夷在〈代悲白頭翁〉一詩中有句云：「年年歲歲花相似，歲歲年年人不同。」他的舅父宋之問很喜歡這兩個句子，知道他還未曾給別人看過，就向他索取。劉希夷不給，於是宋之問就用土囊把他壓死。

這兩個句子確是寫得很好。它平易而有味，深沈地抒發了年華易逝、物在人故的感慨，很見煉句功夫，與古詩「古人不見今時月，今月曾經照古人」的意境相似，但更爲具體可感。

兇手宋之問是一個有名氣的詩人，同時也是一個有名的拍馬、貪污行家。他在武則天朝當「

尙方監丞」時，爲了升官，拼命拍武則天寵臣（實際上是面首）張易之的馬屁；後因事被貶，又對武則天的侄兒武三思大肆獻媚，因此重新被起用。唐中宗時，因貪污再被貶，睿宗時終於被「賜死」。其實，光是謀詩害命這一條，就應當把他碎屍萬段。

## 「劉郎今是老劉郎」

北宋大臣歐陽修（一〇〇七—一〇七二），字永叔，號醉翁，又號六一居士，是我國歷史上著名的文學家，散文、詩、詞都寫得很好，在史學方面也有成就。他的治學態度很嚴謹，但在生活中有時卻頗爲詼諧。朋友劉敞（也是一有位成就的學者），年紀已老，還再次結婚，他就寫了一首詩「祝賀」：

仙家千載一何長，浮世空驚日月忙。
洞裏桃花莫相笑，劉郎今是老劉郎。

借用劉晨遇仙的典故，開了一次玩笑。

相傳在東漢永平（明帝劉莊的年號）年間，剡縣（今浙江嵊縣西南）人劉晨和阮肇同入天台山（在浙江省東部）採藥，遇到兩個美麗、熱情的女子，就居住下來。那裏的氣候常是春天，草木蒼翠，桃花盛開，他們生活得很愉快；半年多以後，回到故鄉，一切都覺得非常陌生，原來子孫已經歷了七世。這時他們才知道那兩個女子是仙女。這個故事在我國民間廣泛流傳，並經常被古代詩人當作典故來引用。

「浮世」即人世間。「洞裏」指天台山仙境。在這裏，「劉郎」既是劉晨，也是劉敞，歐陽修把兩個「劉」合而爲一。另一方面，劉敞第一次結婚的時候，新娘自然是年輕的女子，大概，他的第二個新娘的年紀也很輕，詩人就有意把兩個新娘當成同一個人，當成容顏不會老去的仙女來寫，構思成這首有趣的詩。

詩句的大意是：

神仙的壽命很長，很長，經歷了千年，容顏也不會蒼老；但世上的俗人由於害怕歲月流逝的迅速，日夜奔波勞碌，所以衰老得很快。仙境裏的桃花請不要見笑，今天這個老劉郎就是當日的劉郎。

據說，「老劉郎」讀了這首詩之後，心裏很不好受。

這首詩，雖然是嬉戲之作，但聯想機敏，可見出詩人的出衆才華。

## 「世人莫笑老蛇皮」

王安石（一〇二一—一〇八六），字介甫，是北宋的著名政治家，在宋神宗朝被任命爲宰相，積極實施自己的抱負，力主「變風俗，變法度」，改革政治，改革科舉。同時他又是我國文學史上的名人，散文很有成就，爲「唐宋八大家」之一，詩、詞也寫得很好。

他在年青時代就胸懷大志，勤奮讀書，顯露出才華；但他那姓饒的舅父卻瞧他不起，曾抓住他皮膚有紋如蛇皮的生理缺陷譏諷說：「行貨也想出賣嗎？」「行貨」，即質量低劣的貨物。這位舅父不但不鼓勵外甥奮發上進，反而以此來嘲諷，認定外甥品貌、才學差，不會有出息，這樣做實在是爲老不尊。王安石聽後，心裏忿忿不平，一直牢記着。

宋仁宗慶歷年間，「行貨」終於被人看上，王考中了進士。這對封建時代的讀書人說來，是揚眉吐氣的大事，因爲這意味着從此就可以躋身官場——實現當時讀書人夢寐以求的目標。於是，他寫了一首詩來「回敬」那位舅父：

世人莫笑老蛇皮，已化龍鱗衣錦歸。
傳語進賢饒八舅，如今行貨正當時。

全詩緊扣着那句譏諷的話來寫。

開頭兩句，從「蛇皮」出發，說如今蛇已化爲龍，衣錦還鄉，抒發了得意之情。「世人」自然是指那位舅父。

「進賢」，地名，在江西，這是饒八舅的籍貫。結句正面回答了往日的譏諷，「當時」是行時、合時的意思，說明「行貨」的價值很高，喻指自己獲得功名、地位。

這首詩近乎打油，不過是通過嬉戲之詞來發洩心中的積憤罷了，並沒有什麼積極的思想內容。但它反映了當時的世態，在漫長的封建社會裏，寒窗苦讀的士人是被人瞧不起的；一旦中舉，就如躍龍門，身價百倍。他們在極度興奮的同時，難免撫今追昔，發洩一下怨憤之情。王安石反諷其舅父的「不敬」行爲是可以理解的。

## 「死時猶合署閻羅」

北宋人王介，性情非常暴躁，動不動就大發肝火，氣勢洶洶。人們都說他是患了「心瘋」，沒有誰跟他合得來，只有王安石與他交往較多。

他任湖州（治所在今浙江省吳興縣）太守時，有一天，去拜訪王安石。坐間，王安石吟詩一首送給他：

吳興太守美如何，太守詩才未足多，
遙想郡人皆喪膽，白萍湖上起驚波。

爲什麼會「遙想郡人皆喪膽」？因爲平靜的、長滿白萍花的湖面上突然翻湧着叫人吃驚的波浪。王安石以此來比喻這位「心瘋」患者突發雷霆之怒時的景況。詩人通過開玩笑來規勸王介，要他講究涵養。

但王介拒不接受，悻悻然離去。

第二天一早，他氣沖沖地闖進王安石的家，未及寒暄就揚拳頓足吼叫着「朗誦」和詩：

吳興太守美如何，太守從來惡祝鮀。
生若不爲上柱國，死時猶合署閻羅！

他又發「心瘋」了。

「祝鮀」是人名，春秋時代衞國的大夫，爲人十分奸狡。王介是說，他從來都憎惡像祝鮀那樣虛僞、奸狡的人。標榜自己性格正直，同時還隱隱地影射王安石是祝鮀式的人物。

後兩句口氣更大。

「上柱國」是官名，源於戰國時代的楚國，是級別極高的軍職；唐、宋時仍保留這個職銜，只是地位降了一些，屬從二品，仍然很高級。王介在詩中宣言：「我如果在有生之年當不了上柱國這樣有權勢的大官來整治祝鮀之流的話，死後也應該當閻羅王來對付奸狡之徒！」

王安石聽了他的和詩之後，不與他頂撞，只笑着說：「閻羅王的位置正空着，你快去上任吧！」

王介聽了，頓時再發「心瘋」。他暴跳如雷，七竅生煙，幾乎馬上到「九泉」上任去。他的和詩，感情可謂「充沛」矣，但沒有什麼藝術價值，因爲它缺乏美感。

## 「這回斷送老頭皮」

北宋的大文學家蘇軾（號東坡），詩、詞、散文都寫得很好，在我國文學史上享有很高的地位。「弄文罹文網」，他曾身受文字之累，幾乎送掉老命。

他中進士之後，本來在朝廷任職，因反對宰相王安石施行新法，受到排斥，先後到杭州、密州（今山東諸城）、徐州、湖州任地方官。元豐二年（一〇七九），有人告發他寫詩諷刺新法，於是被捕入獄。押離家門的時候，家人悲傷得痛哭，蘇東坡不知道該說些什麼話來安慰，就對妻子說：「你不能像楊處士的妻子那樣，寫一首詩送我嗎？」妻子聽了，不禁轉哭爲笑。《東坡志林》記下了這件軼事。

爲什麼他的妻子會轉哭爲笑？這裏涉及一個有趣的關於詩的故事。

當年宋眞宗到泰山「封禪」（拜祭泰山），順便尋訪天下隱士，尋到了楊樸，把他帶回京城。宋眞宗問楊：「你臨行的時候有人送詩給你嗎？」楊樸答：「我的妻子贈了一首。」跟着吟了出來：

更休落拓耽杯酒，且莫猖狂愛詠詩。
今日捉將官裏去，這回斷送老頭皮！

宋眞宗聽罷，不禁大笑起來。

這首詩寫得妙趣橫生，而且飽含着對丈夫的關切之情。詩的一、二句是對丈夫的勸誡，從中可以見出這位楊處士的性格、愛好：喜歡飲酒、吟詩，喜歡落拓不覊的閒散生活。三、四句最爲有趣，將楊樸被皇帝徵召這一極榮耀的事情寫成「捉將官裏去」，而且說這一去會「斷送老頭皮」，會送命。可見，他的妻子的性格也與他相同，喜歡隱居，不追求名、利。這首信口吟出的詩語言淺白，生動地表現了這對隱士夫妻的性格，頗爲精彩。

蘇東坡被官差押解起行前提起這首詩，是滿懷着辛酸的。他的處境與楊樸大不一樣，眞的是由於「猖狂愛詠詩」而惹禍，眞的被「捉將官裏去」，而且大有「斷送老頭皮」的危險——這件事，反映了蘇的樂觀精神，當然其中含有無可奈何的成分。後來，由於皇帝「開恩」，他沒有被處死，只被貶去黃州（今湖北黃岡縣）當個有名無實的閒官——團練副使，已算走運了。可是，他並沒有吸取教訓，仍然「落拓耽杯酒」、「猖狂愛詠詩」。

## 蘇東坡兄妹互嘲

蘇東坡沒有妹妹，但民間傳說，他有個妹妹叫蘇小妹，十分聰明，很會作詩。兄妹倆常常通過吟詩來開玩笑。

一天，蘇小妹正從自己的閨房裏走出來，蘇東坡突然迎着她吟兩句詩：

蓮步未離香閣下，梅妝已露畫屏前。

這兩句詩很順口，含有兩個典故。

南北朝時，齊東昏侯把黃金鑄成蓮花狀，放在地面，讓心愛的潘妃在其上步行。這個荒淫的小國之君看了非常高興，嘆道：「眞是步步蓮花！」後來人們就把女子的腳美稱爲「金蓮」；「蓮步」就是指女子走路時嬌娜的步子。

「梅妝」卽梅花妝，是古代婦女的一種妝容。據說它是南朝宋文帝之女壽陽公主發明的。一年人日（正月初七），她臥於屋簷下，適梅花飄落額上，她對鏡一照，覺得很美，以後就仿樣塗飾。後來這一妝扮漸漸流行到民間。

蘇東坡這兩句詩的意思是：步子還未離開閨房，額頭就到了屏風前邊。他通過誇張手法來表現蘇小妹前額突出的特徵。詩偏偏使用「蓮步」、「梅妝」等美的形象來襯托蘇小妹容貌的醜，可謂一絕。（《醒世恒言》的記載是「未出庭前三五步，額頭已到畫堂前。」含意與此相同，但詞語比較通俗。）

蘇小妹「聞弦歌而知雅意」，馬上吟詩反譏：

去年一點相思淚，至今流不到腮邊。

蘇小妹把她哥哥長下頦的特徵誇張得很精彩。「相思淚」整年地流着，這位哥哥可是個多情種子。這兩句詩有一箭雙雕之妙。

蘇東坡聽了，立卽再吟出兩句：

幾回拭臉深難到，卻留汪汪兩道泉。

諷刺蘇小妹的眼窩很深。第二句更加妙，「泉」（眼淚）「汪汪」地「留」在那裏而不流下來，眼窩深得可觀！這樣寫比直說要形象得多。

小妹豈甘心被譏？她迅卽再行反擊：

欲叩齒牙無覓處，忽聞毛裏有聲傳。

把哥哥鬍子多而密的特點表現得惟妙惟肖。（《醒世恒言》記載的上句是「口角幾回無覓處」，亦佳。）

他們兩人都使用誇張手法來突出對方的相貌特徵，句子都寫得形象生動。這雖是笑話，但我們從中可體會到一點作詩的基本手法：不要作直白的描寫，應當採用形象化的語言，這樣才能獲得較好的藝術效果。

「這回還了相思債」

蘇東坡在杭州任地方官時，曾處理過一樁非同尋常的凶殺案。

靈隱寺的了然和尚違反清規，嫖戀妓女李秀奴。往來日久，了然錢盡囊空，李秀奴就不再賣他的帳，這位色僧卻苦戀不捨。一天晚上，他乘醉到李家求歡，被拒絕；於是十分憤怒，把李殺掉。案發，他被捉到官府，由蘇東坡審理。

蘇東坡追查原委，發現了然手臂上刺着這樣的字：「但願同生極樂國，免教今世苦相思。」大概，這是他與李秀奴相好時互贈的誓言吧。審問完畢，蘇東坡寫了一首〈踏莎行〉作判詞：

這個禿奴，修行忒煞，靈山頂上空持戒。一從迷戀玉樓人，鶉衣百結渾無奈。

毒手傷人，花容粉碎，空空色色今何在？臂間刺道苦相思，這回還了相思債！

寫罷，就下令把了然和尚推出去斬首。

這首詞，力數了然和尚的醜行，下筆痛快淋漓。「忒」是副詞，相當於「非常」、「極」；「修行忒煞」是說修行極差。「靈山」指靈隱山，靈隱寺在它山麓。「渾」與「全」、「直」同義；「無奈」即「無賴」；「鶉衣百結渾無奈」是形容他窮困不堪、十分狼狽，一副無賴相。「空空色色」這裏是指佛門的戒律；「今何在」是說，在他身上卻沒有，都不實行。最後兩個句子，緊扣着他臂上的刺字來寫，很妙。

大詞家判案，別具一格。這首詞，大有流傳價值。

## 「丈人風味今如此」

宋人陳恬，字叔易，詩和文章都寫得很好；在陽翟（今河南省禹縣）澗上村隱居，自號澗上丈人。宋徽宗大觀年間，他終於耐不住寂寞，應召到朝廷就任校書郎（負責校勘書籍、訂正訛誤的官員）的職務。可是，他還以「淸高」自許，仍然自稱澗上丈人。因此，被曾一道隱居的朋友晁以道吟詩譏笑：

東海一生垂釣客，石渠萬卷校書郎。
丈人風味今如此，鶴到揚州興更長。

看似平淡，但頗爲有味。

「垂釣客」指隱士。我國歷史上最早的著名「垂釣客」是周代的姜太公（呂望）。他垂釣的目的不在乎魚，而是在等待時機以施展政治抱負；後來終於被周文王看上，當了大臣。詩的開頭一句，寫得似乎不着邊際，實際上是以「曲筆」寫出陳恬隱居澗上的目的，是像呂望那樣等待機會當官，把陳恬那「隱士」的外衣剝下了。

第二句筆鋒直指陳恬。「石渠」，指澗上村。

後兩句是詩的重點。「丈人」自然是指陳恬。「風味」在這裏解作「風度」、「風采」。這位「潤上丈人」的風度今天如何？「鶴到揚州興更長」。詩人以暗喩的手法回答這一設問。

鶴在我國文學中歷來具有典型意義，象徵着清高、脫俗，是隱居江湖山林的清高之士的形象。揚州在古代是綺麗繁華的城市，「春風十里」的醉人地域，這裏以它喩指冠蓋雲集、燈紅酒綠的京城。揚州本來不是鶴的樂土，如今，陳恬這隻「鶴」飛到「揚州」之後卻「興更長」——官場的生活比在潤上隱居的生活更有興味。這雖然是晁以道的設想，但並非沒有根據，要不，爲什麼陳恬要到京城去當官？這隻「鶴」的本性已經改變了。

這首詩，抒發出對假隱士陳恬的鄙夷。

晁以道還不肯放過這隻「鶴」。後來，他到京城去拜訪陳恬，看見應門的婢女還是潤上村的那一個，但形象大不相同：當年，她赤着腳，衣服粗陋，如今卻濃妝艷抹，穿着華麗的衣裳。晁以道對此大有感想，不禁吟詩。其中有句云：

處士何人爲作牙，盡攜猿鶴到京華。

「處士」與「丈人」、「山人」、「居士」等，都是隱士們喜愛的雅號；這裏用來指代陳恬，是帶着諷刺意味的。「牙」同「衙」，古代的官署，這裏指陳恬的宅第。「猿鶴」指婢女、僕人。「猿鶴」本來棲息於山野，如今盡被「處士」帶到「京華」來，而且被裝扮成一副富貴相。「處士」本人的意態如何？可想而知。這也是對「處士」的諷刺。

在古代，眞正的隱士是有的（如林逋），他們不滿黑暗的現實，不願同流合污，不屑於追求功名利祿，終生隱居；也有一些「隱士」因爲禁不住功利的誘惑而半途「出山」。還有一些「隱士」掛羊頭賣狗肉，一心通過「隱」來沽名釣譽，以撈取榮華富貴。陳恬究竟是半途「出山」者還是掛羊頭賣狗肉者？那就不知道了。他寫的詩文沒有傳下來，而諷刺他的詩卻流傳到今天，殊令人嘆息。

## 「千萬孤寒齊下淚」

北宋大中祥符（宋眞宗的年號）年間的一次科舉考試，由陳彭年等四人擔任主考官。由於規矩定得很嚴，以致很多人落選，其中包括陳彭年的外甥。

發榜之後，人們意見紛紛，這位外甥更是怒火沖天，闖進陳家寫詩一首以洩憤：

彭年頭腦入東烘，眼似朱砂鬢似蓬。
紕繆幸叨三字內，荒唐仍在四人中。
取他權勢欺明主，落卻親情賣至公。
千萬孤寒齊下淚，斯言無路達堯聰。

陳彭年是長輩，作者開筆即直書其名字，並指斥他「頭腦入東烘」，可見作者已憤怒得忘記了禮貌，不顧一切了。「東烘」即「冬烘」，懵懵懂懂、糊塗無知的意思。第二句是外貌描寫，說陳眼睛紅得像朱砂，頭髮亂得像野草，對他進行醜化。

三、四句寫陳的品質。「紕繆」，錯誤的意思；「三字」即「九尾狐」三個字。陳彭年很有學問，受宋眞宗的讚賞；他爲了報答「君恩」，拼盡精力辦事，千方百計討好皇帝，爭取升官，一些人認爲他很狡猾，就稱他爲「九尾狐」。這位外甥竟拿此來攻擊他，並進而說他「荒唐」，下筆甚狠。「四人」指四個主考官。

第五句指斥陳彭年利用權勢欺騙「明主」(英明的君主)。第六句點及自己——說陳彭年爲了取得「至公」(極爲公正)的好名聲而不顧親戚情分，致使自己落第。究竟陳是秉公辦事還是「賣至公」？現在無案可查。如果這位外甥的落選是因爲水平低，我們倒應當讚揚陳的「至公」態度。

「孤寒」，指淒涼的落第者；「齊下淚」三字，簡潔地表現了「孤寒」們的痛苦心情，寫得頗爲眞切。在封建社會中，讀書人就是憑科舉考試躍登「龍門」的呵！最後一句說他們的心聲沒有辦法傳到皇帝的耳邊，字裏行間飽含着無限的憤怨和悲苦情緒。「堯」即唐堯，是傳說中的炎黃部落聯盟的首領，我國古代著名的賢君、聖人。作者在把舅父罵得狗血淋頭的同時，不忘記吹捧眞宗皇帝爲「明主」、「堯」，說明他爲人是很精的。

這首詩充滿感情，展現了科舉制度的一個側面，值得一讀。至於這對舅甥的是非，我們大可不管。按，陳彭年（九六一——一〇一七），字永年，是宋太宗雍熙年間的進士，官至兵部侍郎。據說他十三歲時就能寫萬字文章；宋眞宗時，奉旨與丘雍等人將《切韻》修訂爲《大宋重修廣韻》，這是漢語音韻學的一部重要著作。他是有眞才實學的，並不是「東烘」之輩。

## 「文字雖同命不同」

在封建社會裏，讀書人憑參加科舉考試來謀取名位，凡中了進士的，就可以當官。以後在官場中混得怎麼樣，那就要看是否有本事，是否會吹牛拍馬，是否有人擡舉了。

宋眞宗朝的大臣王欽若（九六二—一〇二五），就是「混」的高手。他一方面與丁謂等人互相勾結，狼狽爲奸，一方面打擊賢能（例如攻擊寇準，使寇罷相、貶職），同時乖巧地討好皇帝（例如，眞宗夢見神仙賜「天書」於泰山，他就僞造「天書」，讓眞宗高高興興地去泰山拜祭），終於在天禧元年（一〇一七）當了宰相，爬到位極人臣的高位；後來雖然一度被降職到杭州當地方官，但宋仁宗卽位後又官復原職。

他的「同年」（同一年考中進士的人）並不都這樣走運。他到杭州上任時，屬下官吏前來拜見。他看到錢塘縣尉（縣的武官）某人鬚髮皆白、步履踉蹌、旣老又寒酸的樣子，心裏很不高興，想斥責一番並勒令退職；一查，原來此人是自己的同年，他那顆冷酷的心不由燃起同情之火，於是向朝廷推薦，使這位倒霉的老縣尉獲得較好的官職。事後，此人寫了一首詩以表感謝：

當年同試大明宮，文字雖同命不同。

我作尉曹君作相，東君原沒兩般風。

字裏行間含有深沈的嘆息。

「大明宮」是宋代的宮殿，當年進行殿試的地方。他既然與王欽若一齊中進士，所以兩人的文章水平一樣高，「文字」是相同的。但爲什麼今天「我」與「君」（王欽若）的地位如此懸殊，自己僅作個「尉曹」（曹，州、郡、縣的屬官）「君」卻當了宰相？只好嗟怨「命不同」了。可是此人又不大相信「命」，認爲「東君原沒兩般風」（「東君」，春神，這裏指主宰命運的神），認爲「東君」沒有理由厚此薄彼。看來此人還不懂得官場的奧妙，或雖然懂得但不願點破，以免傷了王欽若的面子。

在漫長的封建社會中，「文字雖同命不同」的現象不知凡幾。甚至有些「文字」極好的人連秀才也考不上，終身是個「童生」，抱着書卷含恨離世。透過這首詩，我們可以看到當時「儒林」中的一些情況。要指出的是，王欽若幫了這位老縣尉一把，並不能說明有良心。他之所以這樣做，僅因爲老縣尉是自己的「同年」，按現時代的話說，他是「自由主義」思想作怪。一笑。

## 「却與楊姝洗棒瘡」

李之儀字端叔，是北宋朝著名的文學家。他的名作〈卜算子〉（「我住長江頭，君住長江尾……」(註)流傳至今，受到眾多讀者的喜愛。

這位文人的生命歷程是相當辛酸的。他在宋神宗朝中進士以後，做過樞密院（掌握國家軍事的最高機關）編修官（擔任撰述職務），後被權相蔡京陷害，被貶到太平州「編管」（由地方官員監管）。當時，他的妻子已逝世，就與名妓楊姝同居，生了一子。於是，他向官府上報，讓兒子受蔭封。仇人郭祥正（字功父）知道此事後，即指使別人誣告他以假兒子受蔭，欺騙朝廷；導致他被審訊，被削除功名，楊姝也被判棒打。事後，郭祥正十分高興，寫了一首諷刺詩：

七十餘歲老朝郎，曾向元祐說文章。

如今白首歸田後，卻與楊姝洗棒瘡。

「元祐」是宋哲宗的年號，李之儀的文學曾受宋哲宗的賞識。「歸田」指被削除功名，回家閑居。這首詩，語意十分刻薄，發洩了作者幸災樂禍的心情。其實，李的災禍就是郭祥正一手造成的。爲什麼郭對李懷着這麼深的仇恨？因爲多年以前，李在爲羅朝議寫墓誌時，由於文人相輕的思想作祟，曾趁機貶郭，說：「姑熟之溪，其流有二：一清一濁，清者謂羅公，濁者爲功父」郭對此刻骨不忘，欲置李於死地而後快。

郭也是一個有影響的文學家，詩寫得不錯，曾被著名詩人梅聖俞譽爲「太白後身」；可是他的胸懷卻不坦蕩。文人相輕發展到相譏、陷害的地步，很令人嘆息。李的兒子由於是妓女所生而不被承認，楊姝被株連而受棒刑，可見封建社會多麼黑暗！後來，李的外甥及門人當了大官，他才獲平反，兒子的地位也才被確認。這宗儒林寃案還是靠封建關係才得以了結。這也令人嘆息。

## 一首「落韻詩」的故事

古人寫詩，很講究押韻。什麼字屬什麼韻部，韻書有規定；誤用了別的韻部的字，就叫「落韻」。這將被認爲是缺乏詩才的表現。

宋朝嘉祐年間，京師官場流傳着一則有關「落韻詩」的故事。

當時，有位叫唐介的御史（言官）聯合同僚吳奎，上奏章彈劾宰相文彥博，揭露他在四川當官時，不惜花費大量錢財，叫人用金線織成燈籠和蓮花圖案的錦緞，來討好張貴妃。

這一彈劾非同小可。文彥博是張貴妃的乾伯父，而且曾在鎭壓王則農民起義中立下大功，是朝廷的重臣。唐介等人這樣做，簡直是拔老虎的鬍子。在尖銳的鬥爭面前，吳奎退縮了，唐介卻無所畏懼，據理力爭。由於事實俱在，宋仁宗不得不把文彥博貶職，同時將唐介貶到偏遠的地方去。

當時，很多朝臣都敬佩唐介的勇氣，鄙視吳奎「拽動陣腳」的行爲。唐被押解離京的時候，侍制（卽侍御史，監察官員）李師中寫了一首詩贈別：

去國一身輕似葉，高名千古重如山。

並游英俊顏何厚，未死奸諛骨已寒。

李師中的愛憎十分鮮明。

第一、二句，是對唐介的讚揚。「去國」，指離開京城。「一身輕似葉」，形容他不重視功名利祿，飄然而去。第二句說他「高名」千古不朽，義重如山，可謂推崇至極了。

第三句矛頭直指吳奎。「並游」，指一起共事的人，稱吳爲「英俊」，是諷刺；「顏何厚」卽面皮何等厚，不知羞恥，詩人毫不留情地指斥這一滑頭傢伙。順便指出的是，據野史記載，這傢伙雖然滑，但下場不佳，他也同時被貶。而且帶着臭名，沒有人同情，更慘。

第四句是針對文彥博的。詩人滿懷義憤地斥他爲「奸諛」；「骨已寒」三字，形容他喪魂落魄的狼狽相。其實詩人言之過重。文彥博的「聖恩」尙「隆」，過了不久，卽被召回朝廷，官復原職。他一接到詔令，卽上書皇帝說：「當時唐介的說話，準確地指出了我的罪過。現在您只召我回朝而不召唐介，我不敢起程。」結果，仁宗接納了他的意見，起用唐介爲潭州（今湖南湘潭一帶）通判（州行政長官助理）；以後還升任爲掌管彈劾的長官──御史中丞。文彥博晚年以太尉的身分鎭守西京（今河南洛陽），這時，唐介已逝世，其子唐義問正好在西京當一名小官。文彥博對唐義問很照顧，還坦誠講述了當時的情況，使唐義問感動得流淚。由此看來，文彥博還不能算是一個「奸諛」之徒。這是後話。

話說回頭，唐介被文彥博拉了一把，重返朝廷之後，大概是由於吸取教訓的緣故吧，從此變得精乖了，對政事採取隻眼開隻眼閉的態度，雖身爲言官之長，卻不再敢言。李師中感到，以前把他捧得太高了，就派人去取回那首贈詩。唐介不領舊情，將詩退回，說：「我本來就不稀罕這首落韻詩！」李師中聽了，氣極，但無可奈何。大約是由於當時寫得太急的緣故吧，他誤用了「山」、「寒」作韻腳，這兩個字的韻部是不同的，所以被唐介譏笑。

這則文人官司生動地反映了當時官場的一角，頗有價值。要說明的是，「山」與「寒」的韻母都是an，只不過聲調不同而已；今天寫詩，完全可以互押，不會再被人譏爲「落韻」了。

## 「爐內便起煙」

張九成（一〇九二——一一五九）是南宋初年的狀元，曾任刑部侍郎（相當於司法部副部長）等職務，由於反對秦檜的投降路線，被貶官，撤職。他在閑居期間，發奮研究經學，取得一定成就；還常常與和尚來往，其中與參喜禪師特別要好。

一天，他又去拜訪參喜禪師。禪師問他爲什麼來，他答：

打死心頭火，特來參喜禪。

第一句的含意是修養性情，消除暴躁的「心火」。第二句將「參喜」的「參」單獨使用，作參拜解。

殊知這位和尙跟着吟道：

緣何起得早，妻被別人眠。

參喜禪師故意用這無禮的語言來挑惹他。他聽後果然十分憤怒，立卽斥罵：

無明眞禿子，焉敢發此言！

「無明」，不明事理的意思。「焉敢」，豈敢。這兩個句子，飽含著「心頭火」。參喜聽了，並不生氣，平靜地吟道：

輕輕撲一扇，爐內便起烟。

用比喻手法指出張九成還沒有「打死心頭火」。禪師說的完全符合事實，現在僅「輕輕」挑惹一下，張九成這個「爐」就「起烟」了，如果重重地「撲幾扇」，這個「爐」不就「火」高十丈嗎？張九成聽後，十分慚愧，聽說竟因此削髮爲僧，自號無垢子，拜參喜爲師。

這一問一答，順暢、押韻，而且帶著「禪機」。

## 朱熹追詩

朱熹（一一三〇——一二〇〇），字元晦，是南宋著名的理學家。他的學說，被視爲理學正宗，對後世有很大的影響。他學術著作很多，《四書集注》被明、淸兩代定爲科舉考試的依據。

五十多歲時，他腳部患疾，難以行走，一個道士爲他施行針療之後，病情減輕了。他十分高興，除了贈送錢財之外，還贈詩一首：

幾載相扶藉瘦筇，一針還覺有奇功，
出門放杖兒童笑，不是從前勃窣翁。

「筇」讀如「窮」，古書上說的一種竹子，可以做手杖，這裏指手杖。詩的第一句寫他這幾年的病狀——靠手杖扶持才能行走。最後兩句寫道士針療的「奇功」。「勃窣」（讀如「蘇」），本是匍匐而行之意，這裏是形容行走不便。

這首詩，讚揚了道士醫術的高明（詩人還「拉」出兒童來見證呢），道士非常高興地拜謝辭去。

殊知道士告辭後不久，他舊病重發，而且比前更甚。於是馬上派人去尋找道士，但找不著。他終日悶悶不樂。有人問他尋找道士的原因，他說：「我不是想處罰他，只是想追回那首詩，怕他拿著去炫耀招搖，使別的病人上當。」

可見，這位封建士大夫還是具有較高的社會責任感的。這一品行，還可以從另一詩例中得以證明。

一次，他去探訪女婿（蔡沈）、女兒。女婿不在家，女兒由於事前無準備，只能拿出蔥湯、麥飯來招待。這些食物太粗淡了，女兒心理深感不安，流露於言表。他卻吃得津津有味，還賦詩一首：

葱湯麥飯兩相宜，葱補丹田麥療飢。
莫謂此中滋味薄，前村還有未炊時。

他熱烈稱贊葱湯、麥飯的好處。「丹田」，人體部位名，在兩眉間的叫上丹田，在心窩部的叫中丹田，在臍下的叫下丹田。它也是針灸穴位名，在腹部臍下。道家的「丹田」則是指男子的精室、女子的子胞宮。我們不知朱熹的所指，總之，他是說葱湯對身體有補益（他的觀點是否科學，尚待有識者探究）。第三、四句意思更進一層。「時」在這裏作語氣詞用，相當於「呵」，結句的意思是：前村還有因缺乏食物而未舉炊的人家呵！

這位一代大儒不計較粗茶淡飯，還對窮苦人家懷有同情之心，值得稱道。

「聽，聽，聽」

南宋學者陸九淵（一一三九——一一九三），是一位有影響的理學家。他是家族世代聚居，禮教甚嚴。每天早晨，都舉行儀式：家長率領子弟聚集在大廳裏，敬禮問候之後，擊鼓三通，跟著，一個子弟高聲唱道：

聽，聽，聽，勞我以生天理定。若還懶惰必飢寒，莫到飢寒方怨命。虛空自有神明聽。

聽，聽，聽，衣食生身天付定。酒肉貪多折人壽，經營太甚違天命。定，定，定，定。

「虛空」，這裏是排除雜念，滿懷虔誠的意思。「經營」，指想方設法、東奔西走去謀取錢財。第一段唱詞的中心是戒懶惰，不要怕辛勞，第二段唱詞的中心是戒貪婪，反對過分追求生活上的享受。

這是陸家的治家格言，雖然有消極成分（「天理定」、「神明聽」、「天付定」、「違天命」等說法，是典型的天命論），但總的說來還有可取之處。封建士大夫以此來勉勵自己和教誨子弟，品德很好。

## 「隔簾間卻一團花」

明朝的大臣解縉（一三六九——一四一五），字大紳，是我國歷史上著名的風流才子。他的趣聞逸事在民間廣爲流傳，並被記載到多本野史、筆記文裏；在拙著的《野詩談趣》中，曾選錄了五則，還有很多未錄。

他在京城任翰林學士時，有一天，去拜訪一位駙馬，但駙馬不在家。公主早已知道他的大名，很想看看他的樣子，就隔著簾子叫下人泡茶接待。

解縉看到朦朧的身影，知道那是公主，一時興起，即索筆題詩：

錦衣公子未還家，紅粉佳人叫賜茶，
內院沉沉人不見，隔簾間卻一團花。

雖然是隨手寫來，但很順暢。

「錦衣公子」指駙馬。「紅粉佳人」自然是指公主。「沉沉」，形容駙馬府後院的大而深。將公主喻爲「一團花」，既是說她衣著美麗，更是說她相貌漂亮。「間」，指木欄之類的遮攔物，這裏作動詞用。末句的意思是：「一團」美麗的「花」被簾子遮攔著了。言下大有因爲不能一睹芳容而深感遺憾之意。

這樣寫並沒有什麼惡意，但不够尊重，公主是「金枝玉葉」嘛！她看了詩之後，勃然大怒，馬上跑去向皇帝老子告狀。

儘管解縉很有文才，但對皇室來說，不過是一名奴僕而已。公主這一狀，是足以置他於死地的。幸虧明太祖（朱元璋）賞識他的才能，不予加罪。朱元璋聽了女兒的哭訴以後，只是淡淡地說：「這個風流學士，你見他做什麼？」

但是，「皇恩」並不總是「浩蕩」的。明成祖（朱棣）永樂八年（一四一〇），他被控以「私覲太子，無人臣禮」的罪名，被捕下獄，遭嚴刑拷打；五年之後，被錦衣衛（中央特務機關）處死。這位風流名士的下場是可悲的。

# 解縉題半身美人圖

解縉既風趣，又善於寫詩，給後世留下很多有情、有趣、有味的作品。

有一天，他去拜訪一位朋友。見到牆上掛著一幅半身美人圖，就詩興勃發，揮筆寫了一首絕句：

百般體態萬般嬌，不露全身露半腰。
並非畫工無見識，動人情處不堪描。

開筆卽盛贊畫中美人的美麗，跟著寫出這是半身像。三、四句寫畫工只畫半身而不畫全身的原因，是「動人情處不堪描」。什麼地方是「動人情處」？自然是指沒有畫出來的腰肢以下部分；「不堪描」，是難以描繪出來的意思。

顯然，解縉這位「風流才子」在對著畫像想入非非。然而他又有節制，不作任何低級而下流的描述，只是留給讀者去想像。這首詩，句子順暢而又筆法含蓄，很好。

朋友讀了詩以後，兩人相對發出會心的大笑。

後來，這位朋友弄到了一幅全身美人圖，又請解縉題詩。解縉說：「興盡了！」不肯執筆。

爲什麼「興盡」？既是全身像，畫工把「動人情處」已畫出來了，欣賞者再也沒有想像的餘地了，所以不能激發詩情。

透過這則詩的故事，我們可以悟到一點藝術規律——不管寫詩、繪畫，都要講究含蓄。如果作者把一切都端了出來，使人一覽無餘，那只能使人感到索然無味。

## 「豈意偶然又偶然」

明朝永樂（明成祖的年號）辛丑（一四二一）殿試，泰和（今屬江西省）人曾鶴齡中狀元。

他往京赴考時，偶然與幾個浙江籍的考生同船。這幾個人的年紀都很輕，都很狂妄，他們整天高談闊論，唾沫橫飛，曾鶴齡卻默默不語，只是聽著。這一來，他們就以爲他沒有才學，並有意舉出經書中的一些疑義來問他。他謙遜地說不懂得，沒有回答。於是，他們更認定他沒有水平。其中一個更嘲諷說：「曾某人是憑著偶然的機會獲得上京考試的資格的。」從此，他們都叫他爲「曾偶然」。他也不生氣，依舊保持沈默。

後來「金榜」一出，曾鶴齡榮居榜首，那幾個考生卻全部落第。他在興奮之餘，寫詩一首來送給他們：

捧領鄉書謁九天，偶然趁得浙江船。
世間固有偶然事，豈意偶然又偶然。

「鄉書」，指由本省學政所出具的赴考證明書。「謁」本義是進見，這裏指赴考。「九天」，天空最高層，指皇帝居住的京城，也可以說是指會試的地點——宮殿。

第二句追敍自己偶然地與浙江考生同船的事。「趁」，乘坐的意思。

「固有」，本來有。第三句說，世間上本來就有偶然的事。這是爲下一句作鋪墊。

第四句含義較爲豐富，是主題的所在。「豈意」，豈能意想到的意思。這句話可作兩種不同解釋：一是說自己考中狀元，是偶然中的偶然，萬分僥倖。這是自謙。二是說，曾偶然此人又再偶然（交好運）了。這是以那幾個考生的口吻來寫的，帶着強烈的反譏色彩。

中了狀元的曾鶴齡，不再沉默了。那幾個浙籍考生看詩之後，定然不會高興得手舞足蹈。如今，輪到這幾張嘴巴沉默。

這則故事，反映出封建時代儒林內部的炎涼世態。今天，對那些只有「半桶水」就嘩嘩地鳴響的人也不無教益。

## 「試問老翁何許人」

明代的才子祝枝山（允明，一四六〇—一五二六）是個風趣之士。他在廣東興寧任知府時，想修建文廟，估計共要銀子一千五百兩。他自己捐出一百五十兩，餘款無從籌集。他正感爲難的時候，當地財主許久卿拿了一幅「寒江獨釣圖」來要求題詩。這幅圖畫是許久卿請人畫的，水平頗高，畫中的釣魚老翁正是許久卿本人。祝枝山對畫吟味了一會，提出要許捐銀子六百兩來修建文廟才同意動筆。這對許久卿來說並不是個大數目，就爽快地答應了。

於是，祝枝山馬上揮毫：

試問老翁何許人？

披蓑垂釣到江濱。

龜

寫到「龜」字，祝枝山卽停筆。這還了得？許久卿急問原因，祝枝山就趁機要他再捐銀四百兩。許捨不得這幅好畫，更希望能獲得這位大才子的墨寶，只好答應。於是，祝枝山把第三句寫出：

龜蒙昔有天隨艇

「龜蒙」卽唐代自號「天隨子」的詩人陸龜蒙。他長期在松江甫里隱居，在小船上載着書籍、文具、茶灶、釣具，遨遊於江湖上，是著名的清高人士。這一句詩完全吻合「寒江獨釣圖」的境界。所以，在場的人看了，都連聲讚好。可是，祝枝山繼續在下面寫了「君是龜」三字後又突然擱筆。這一來更急壞了許久卿，連忙催問祝枝山。祝說：「修文廟還欠銀子三百五十兩，我想着如何去籌集，文思續不下去了。」許久卿立卽答應支付。於是，祝枝山續筆寫完第四句：

君是龜蒙身後身

這就把許久卿比作陸龜蒙了。許高興得眉開眼笑。就這樣，祝枝山巧妙地敲了富人一筆竹槓，修建了文廟。

平心而論，這首詩寫得並不十分好，巧在將陸龜蒙這一名字用上，借「龜」這一具有特殊含義的詞（烏龜王八是罵人的刻薄話）來達到籌款的目的。祝枝山的腦子實在靈活。

## 唐伯虎譏笑術士和神仙

術士，往往是江湖騙子的代稱。他們有的吹噓懷有秘方妙藥，可以使人長生不老；有的聲言掌握點鐵成金、化石爲銀的本領，可以使人頓時變富……到處吹牛。自古以來，不知有多少傻瓜上當受騙，弄得傾家蕩產、家破人亡。也有很多聰明人士不相信他們這一套，甚至當面戳穿他們的牛皮。明朝的唐伯虎，就是一個聰明人。

唐伯虎（一四七〇—一五二三），名寅，能詩善畫，是著名的風流才子。一天，有一個衣着破爛的術士來向他游說，自言懂得煉銀的法術，表示願意竭力效勞。

唐伯虎聽罷，笑着說：「既然你有這麼高明的技術，爲什麼不爲自己煉銀，而將利益賜給我呢？」

術士答：「我福薄，不能享受。我看過很多人的面相了。你仙風道骨，是個大福人，他們都不及你。」說得相當動聽。

唐伯虎識穿他的假話，就開玩笑地說：「既然如此，我在北城有一間空房子，很清靜，你獨個兒去那裏煉吧，煉成銀子，兩人平分。」

這番話，實際上是拒絕之辭。但術士聽不懂，第二天又登門糾纏，還帶來一把扇子，請唐伯虎題詩。

唐伯虎又好氣又好笑，隨手題了一首：

破布衫中破布裙，逢人便說會燒銀。
如何不自燒些用，擔水河頭賣與人？

對術士提出尖銳的質問。

第一句的衣着描寫是有深意的。破爛的衣着，表明這位術士窮困不堪，如果眞的會「燒銀」怎麼會窮到這般地步？這正是術士無術的證據。

「擔水河頭」，卽挑水的河岸，是人們來往最多的地方。挑銀子到那裏去賣，必然生意興隆。唐伯虎這個「點子」出得很好，無奈這個術士沒有辦法接受。

這首詩，帶着譏笑的味兒。術士看後，連忙離去。

唐伯虎不但不信術士，也不信神仙。他看了《列仙傳》這部書之後，曾題打油詩一首：

但聞白日升天去，不見青天走下來。

忽然一日天破了，大家都叫「阿癐癐」。

很妙。

《列仙傳》是道教著作，據說是漢朝的劉向撰寫的，實際上是東漢人的作品。它記述了赤松子等神仙故事七十則，大都是說他們如何「白日升天」之類。對此，唐伯虎當然不會相信。

這首打油詩，是尖刻的諷刺。

「但聞」：只聽見說。「阿癐癐」是當時江南地區的俗語，凡遇到可羞的事情，小孩們都一齊拍手這樣呼叫。

詩句的大意是：我只聽說神仙白日升天的事，卻從未聽說過他們從青天走下來。這一來，天上的神仙越來越多，總有一天，天空會被擠破；神仙們忽然都從天上掉下來，大家就會拍手高叫「阿癐癐」。

充滿了幽默感。如果神仙們看了此詩，大概誰也不敢再「升天」，因爲「阿癐癐」的呼叫不同於「萬歲」的歡呼。

## 詠失鷄和詠喇叭

王磐（一四七〇—一五三〇）是明代有名的散曲作家。他把功名利祿看得十分淡薄，雖有才學也不去參加科舉考試；在故鄉高郵城西建了一座樓，命名爲「西樓」，經常與文人雅士在其上談詩論文，以此爲樂。

他爲人很有涵養，對小事不計較。一天，家裏失了一隻大公鷄，家童焦急地東尋西找，他卻勸止，並爲此撰寫散曲一首：

平生淡泊，鷄兒不見，童子休焦。家家都閑鍋灶，任意烹炮。煮湯的，貼他三枚火燒；炆炒的，助他一把胡椒。倒省了我開東道，免終朝報曉，直睡到日頭高。

心胸開闊得很。他除了表示願贈柴火、胡椒給偷鷄者以佐炊之外，還說丟失了公鷄以後大有好處：可以省去宰鷄作「東道」的麻煩；早上不必再被鷄啼聲驚醒，可以多睡一些。此曲充滿了諧趣。

另一方面，他對大事卻具有鮮明而強烈的愛憎，態度絕不含糊。

正德年間，皇帝昏庸無能，宦官掌握了實權，氣焰極爲囂張，這些「公公」常假借聖旨到各地去胡作非爲。他們的船一到高郵，就大吹喇叭來顯示威風，廣大老百姓又災難臨頭了！王磐對此十分氣憤，就寫〈朝天子，咏喇叭〉一曲來諷刺。這首曲子已被很多選本收入，不算「野」，但爲了免去讀者檢閱之勞，抄錄如下：

喇叭，嗩吶，曲兒小，腔兒大。官船來往亂如麻，全仗你擡身價。軍聽了軍愁，民聽了民怕，哪裏去辨什麼眞共假？眼見的吹翻了這家，吹傷了那家，只吹得水淨鵝飛罷！

也充滿了諧趣，但內容十分嚴肅，一腔激憤洋溢於字裏行間。「曲兒小」喻宦官本事很小，「腔兒大」喻他們氣焰甚高，架子甚大。他們每次「光臨」都說是奉了聖旨，來勢汹汹，所以誰也不敢「去辨什麼眞共假」，只好聽任他們爲所欲爲。「吹翻了這家」、「吹傷了那家」、「只吹得水淨鵝飛罷」三句，是對他們的暴行的藝術反映。王磐「眼見」到這些，實在忍無可忍了。

王磐對小事、家事一笑置之，對大事卻愛憎分明，品格的確高尙。

## 徐文長吟「紅白詩」和「酒壺詩」

徐渭（一五二一—一五九九）字文長，號青藤道士，是明朝中葉的著名文學家、書畫家，在文壇上久負盛名。清代「揚州八怪」之一，著名詩人、書畫家鄭板橋（鄭燮）對他十分崇拜，竟自稱爲「青藤門下走狗」，可見其影響之大。

但這樣多才多藝的人士竟是一個倒霉漢，年青時，多次參加科舉考試都不中；除了在浙閩總督胡宗憲手下當過幕僚之外，沒有擔任過什麼官職，而且還曾因受胡宗憲的連累而坐牢。可喜的是，他在令人惋嘆的一生中，留下了不少有情有趣的、關於詩文字畫的故事。

他有個鄰居叫何之岩。此人十分迷信，老婆病危時，卻特意迎娶兒媳婦來「沖喜」，想通過這來「沖」走老婆的疾病。誰知兒媳婦的花轎剛進門，老婆卻斷了氣；這一來，只好將喜事（「紅事」）喪事（「白事」）一齊辦。

何之岩照例宴請親友，徐渭也出席。這場面相當狼狽，靈堂裏素幡白燭，一片凄涼；洞房中朱帳紅燈，一片熱烈。賓客們說恭喜、祝賀的話是不合適的，嗚咽哭泣也不對頭，眞是使人啼笑皆非，大家只好喝悶酒。後來，有人忍不住了，要求徐文長賦詩來表達大家的心意，以便打破尷尬的局面。他感到盛情難卻，暢飲幾杯之後，即席吟詩：

紅燈銀燭兩輝煌，月老無常共舉觴。
今日逢凶偏化吉，一堂吊客賀新郎！

「紅」、「白」兩事都寫了，甚爲得體。

第一句通過「紅燈」來寫「紅事」（娶兒媳的喜事），通過「銀燭」（白燭）來寫「白事」（老婆逝世的喪事）；「兩輝煌」是說，兩者都辦得很有體面。

「月老」是媒人的代稱，屬「紅事」；「無常」是迷信傳說中的人死時勾攝生魂的使者，屬「白事」。如今說二者「共舉觴」，一齊舉杯喝酒，形象地指出了兩「事」齊辦的景況。

這種特殊場面是很難表現的，徐文長卻簡練、明暢地表現出來，他確是高手。

第三句是對這特殊場面的祝頌。「逢凶化吉」本來是一個成語，他卻巧妙地拆開：死了人，是「逢凶」；娶了兒媳婦，是「化吉」，既涉及二「事」，總的又祝頌吉祥。第四句是第三句句意的自然延伸，也是對賓客活動的眞實描繪。

這首詩構思很巧，所以贏得了賓客的稱讚。誰知，有幾個在場的年輕秀才卻不服氣，他們竊竊不休地對徐詩評頭品足，後來甚至口出狂言，要求與徐文長賽詩。徐文長不想理會，他們卻以爲徐膽怯，說了不少難聽的話。在這情況下，徐文長只好奉陪。

於是，一位賓客指定以酒壺爲題。徐文長讓對方先吟。這幾位秀才態度雖狂，但肚子裏墨水不多，哼哈了半天也吟不出一句。大家等得不耐煩了，就請徐文長吟誦。徐文長吟道：

嘴兒尖尖背兒高，才裝半壺便自豪。
量小豈能容大器，兩三寸水起波濤。

這首詩既是詠酒壺，又是對這幾個狂態十足的秀才的諷刺。

首句是對酒壺形狀的描繪，也是對秀才尊容的刻畫。「嘴兒尖尖」幾字很傳神；「背兒高」是對秀才的醜化，活該。

第二句同樣緊扣酒壺（大概剛好只得半壺酒吧）的實況，同時也暗指秀才們只有半桶水就搖得晃啷響。

第三句的「量」小是指酒壺的容量小，同時是指秀才們氣量小，容不下「大器」——有大才的人（指自己）。

第四句緊扣第二句。「起波濤」是喻指秀才嘰嘰喳喳，要求賽詩的事。

這是一首詠物詩，聯想自然，內容深刻，所以徐文長一吟完，卽引爆了熱烈的喝彩聲，那幾個秀才卻悄悄地溜了。

筆者由於工作關係，在詩壇中常常碰到這類「嘴兒尖尖」的「酒壺」，可惜缺乏徐文長那樣的詩才，未能給「酒壺」們一點顏色。甚憾！

## 「霎時飲，霎時醉，霎時醒」

明代，江蘇華亭（今上海松江縣）生產的酒十分淡，飲之無味。有好事者為此賦〈行香子〉一闋：

浙右華亭，物價廉平。一道會、買個三升。打開瓶後，滑辣光馨。君霎時飲，霎時醉，霎時醒。

聽得淵明，說與劉伶：「這一瓶，約莫三斤。君還不信，把秤來稱。有一斤酒，一斤水，一斤瓶。」

全詞針對着「物價廉平」來進行諷刺。通俗流暢，富於幽默感。

「光」，很清；「馨」，很香。表面看來這些酒很够勁，又清又香，是上等貨。但一喝進口中就知「妙」處，結果是：「霎時醉，霎時醒」！何謂「霎時醉」？一入口即感意外，不由嘖嘖地「尋味」，其狀如「醉」；跟着恍然大悟，原來淡得像清水一般，心裏「霎時醒」過來了。

下闋搬出兩個歷史上的著名的酒客來，由他們對這種酒作出評價，更具有「權威」性。「淵明」卽晉代的陶淵明（陶潛），他是個特大酒客，常飲酒爲樂。劉伶也是晉人，以嗜酒而聞名於世。據說此公外出時，載酒於車上，邊走邊喝；叫僕人拿著鋤頭之類的挖土工具跟在身後，吩咐說：「如果我醉死了，就挖個坑埋了我。」他還作了一篇〈酒德頌〉來讚美酒的「功德」呢！

在這首詞中，陶淵明是這樣向劉伶介紹華亭酒的：一瓶酒共重三斤，其中有一斤是酒，一斤是水，一斤是瓶子。這就把一個「淡」字鮮明地突出來，把「物價廉平」的眞相揭示出來了。這首詞，寫得很「絕」。

## 「煮殺許多行脚僧」

明人程渠南性格滑稽，愛開玩笑。他喜歡與僧道之流來往。一天，有個和尚請他吃飯，菜中有香蕈，旣甘且香，正合他的胃口。和尚乘他吃得津津有味、嘖嘖有聲之際，請他賦詩。他就邊吃邊吟道：

頭子光光脚似丁，只宜豆腐與菠薐。
釋迦見了呵呵笑，煮殺許多行脚僧。

「頭子光光」正是和尙的特徵，第一句是既寫香蕈的形狀，也是寫和尙的外貌，一下筆卽嘲笑和尙。第二句說它與豆腐、菠菜伴着特別好吃，這是寫實。

全詩妙在後二句。「釋迦」卽釋迦牟尼，是佛祖。結句反過來以「行脚僧」來比喻香蕈。這兩句的含意是：佛祖高興得呵呵大笑，因爲煮死了很多和尙！

佛門嚴戒殺生，程渠南卻開此玩笑，怎能不令人絕倒？他吟聲剛停，同桌的和尙「呵呵」捧腹不已。他卻不管，抓緊時間用筷子夾緊幾隻「行脚僧」，一把塞進嘴裏去……

這首詩利用外形的一點相似來設喩，並抓住對方心理的特徵（戒殺生）反其道而歌唱，所以別具情趣。

## 浴狗

古代習俗，每年的三月三日是浴佛日，六月六日是浴狗日。很多人都在三月三日那天洗澡。

明代某年的三月三日，有一個客人來拜會名士楊南峰。楊南峰說自己要洗浴，請他改日再來。那個人忘記了這天是什麼日子，以爲楊南峰是有意怠慢，就生氣地離去。他念念不忘這件事，總想着報復。

後來，楊南峰見他很久不來，就去拜候他。這一天剛好是六月六日。楊剛到達他家，他即悻悻然地說：「今天我要洗澡，你改日再來吧！」說完就走進內室，讓楊坐冷板凳。

楊南峰聽了，忍不住哈哈大笑起來。今天洗浴，不正是狗嗎？於是信筆在廳堂的牆壁上題了一首詩：

君昔訪我我洗浴，我今訪君君洗浴。
君訪我時三月三，我訪君時六月六。

此詩沒有什麼詩味，但能說明問題。這件事很快傳遍周圍地區，使很多人爲之捧腹。從此，那位老兄也榮膺「狗」的外號。

## 「麵糊糊了青州府」

明朝萬曆年間，趙秉忠考中了狀元，衣錦還鄉。這也是地方的光彩，所以青州（治所在今山東省益都縣）的知府及首縣（府治所在的縣）的縣令設盛宴歡迎。

這時，天氣寒冷，雪花紛紛揚揚地飄灑，到處一片銀白。爲了助酒興，知府請趙秉忠以此爲題吟詩。這位狀元公說：「好，但大家一起來吟才高興，我先開頭。」

聽狀元吟詩，這機會十分難得，於是，在場的人從官員到侍役個個都屏息靜聽。趙秉忠隨即吟出了第一句：

剪碎鵝毛空中舞

趙使用了比喻手法，不算新穎，但頗爲形象。

知府跟着吟道：

山南山北不見土

形容大雪把大地覆蓋，句子平庸。

知縣接口吟道：

琉璃碧瓦變成銀

這也毫無新意。如果說，剛才知府吟的是「面」，知縣吟的則是「點」了。

這三句詩都只是描繪眼前的景色，沒有寄寓什麼思想，都不耐讀。古人寫詩，常喜歡在結尾時昇華，讓結句起着畫龍點睛的作用；現在由狀元公來「點睛」，大家估計一定十分精彩，所以更加集中精神諦聽。殊不知狀元公卻爆出這麼一句來：

麵糊糊了青州府

這算得什麼詩？在場的人聽了，好容易才忍得住笑，但礙於情面，這兩位地方官只得連聲讚好。

這位狀元是被佳肴美酒塞住了思路，還是本來就缺乏詩才？這是一樁疑案，只好由讀者來下結論了。

## 「嗡嗡嗡嗡嗡」

詩，是文學中的文學。我國是詩之國，自古以來，出現過多少才華橫溢的詩人，他們寫下多少動人心弦、啟人思考的詩篇！但也曾有多少庸碌甚至是愚蠢之輩因爲強作「詩人」而鬧笑話，使千百年後人們還爲之齒冷。

話說在明代，某地有四個紈袴子弟，既蠢且懶，胸無半點墨，卻憑着父兄的權勢和家裏的財貨，獲得了「秀才」的頭銜。可是他們以「詩人」自居，爲了名揚四海，經常結伴出遊，每到一處，吟咏不已；或將「詩」題於牆壁，或刻於石上，以圖不朽，不斷給遊人增添笑料。一年春天，他們又同遊某名山僧寺，見到壁上題詩甚多，不由技癢，就相約以大鐘爲題聯句。

甲「詩人」指着大鐘先吟：

懸掛一口鐘

乙「詩人」撫摸着鐘壁接口吟道：

外圓裏面空

丙「詩人」「馳騁想像」，吟出一句：

和尚光頭撞

丁「詩人」緊接着爆出結句：

嗡嗡嗡嗡嗡

吟罷，四人互相讚許一番，就依次執筆題寫在白牆上，再齊聲朗讀幾次，然後興致勃勃地離開，寺僧看了，哭笑不得。

這首「詩」語言鄙俗，毫無情味，但有一個好處：就是使人讀後不禁開懷，所以筆者將它錄下，讓它廣為流傳。

「只好炎天曬作巴」

明代，秀州（治所在今浙江省嘉興）有位詼諧的人士，名叫李公衡，常常愛與別人開玩笑，而且有時尖酸刻薄。他禿頂，綽號「葫蘆」，於是有人就抓住這一特點寫詞來嘲笑他：

家門稀差，養得一枚依樣畫。百事無能，只去籬邊纏倒藤。

幾回水上，按捺不翻眞個強。無處容它，只好炎天曬作巴。

詞牌是〈減字木蘭花〉，寫得很有趣。

「稀差」，很稀少。爲下句的「一枚」作鋪墊。「養得一枚依様畫」是「偈後句」，句後略去「葫蘆」二字。「依様畫葫蘆」是人們所熟知的俗語，讀者自會將句意補充完整。

「百事」、「只去」兩句，寫出葫蘆瓜的生長情況，含着使人發笑的戲謔。「幾回」、「按捺」兩句，寫葫蘆瓜「輕浮」的特點，旣切合物的實際，也嘲笑了李公衡。加上「眞個強」這一讚揚，更使人讀後忍俊不禁。「無處容它」是說，不知拿它來幹什麼好，那就「只好炎天曬作巴」了。「巴」，是蟲的意思。

全詞抓住他的綽號來寫，始終扣着葫蘆的特點，頗見巧思；使用俚語，甚爲生動。雖然沒有什麼積極的思想意義，但可供一笑。寫詞者以詼諧之道，還治詼諧者之身，很有趣。

## 「試教菩薩看麻胡」

「麻胡」是傳說中的人物。據唐人張鷟的《朝野僉載》說：十六國時期後趙的皇帝石虎，手下有個名叫麻秋的將軍，是胡人，被稱爲「麻胡」，他性情非常凶暴，喜歡殺人，因此「威名」遠揚。當小孩啼哭時，母親恐嚇說「麻胡來了！」小孩立即會乖乖地閉上嘴巴。後來人們常稱長相粗醜的人爲「痲胡」。

明代，有個叫成朗中的大漢，滿臉髫子，其貌不揚。在他結婚前夕，丈母娘對人說：「我的女兒漂亮得像菩薩，竟然嫁給痲胡。」對這個醜女婿很不滿意。成郎中聽了，心中有氣，乘機寫了一首催妝詩來發洩（「催妝」是古代的禮節，在婚前一天或當天的上午進行，男、女方互相贈送一些禮物，有文才的男子則趁興寫詩，一併送去）：

一棒雨好世間無，好女如何得好夫？

高卷珠簾明點火，試教菩薩看痲胡。

既是自嘲，更是對丈母娘的「安慰」。

開頭兩句回答了丈母娘的囉嗦。詩人說：世界上沒有兩全其美的好事，因此，美貌的女子自然不可能嫁給美貌的丈夫。言下之意是：你的女兒就應當嫁給我。

這樣寫，顯然是強辭奪理，但是，誰叫丈母娘得罪了他？

「高卷」句是說即將來臨的洞房花燭之夜。「珠簾」指華美的簾子。

「教」：令、使、讓的意思。他要「菩薩」好好欣賞他這個「痲胡」。

他開了一個自嘲式的玩笑。如果丈母娘懂詩，不氣得嗷嗷大叫才奇怪呢！

## 「誰似此老漢」

張果老是神話傳說中的「八仙」之一，與鐵拐李、漢鐘離（鐘離權）、何仙姑、藍采和、呂洞賓、韓湘子、曹國舅等並列。據說，他長期在中條山隱居，騎着白驢往來於汾水一帶，到唐朝武則天時，已數百歲；曾被唐玄宗召至京師，表演種種法術，被封爲銀青光祿大夫，賜號爲通玄先生。他倒騎着驢子，日行數萬里，休息時卽將驢子折叠，藏在箱子裏，可謂神奇。他的故事最早見於《明皇雜錄》，新舊唐書均有〈張果傳〉。雖然有書爲證，但也是假的，我們不會相信。

他的故事家喻戶曉，並且吸引着騷人墨客。明代，有一位老書生爲他的倒騎驢像題了一首詩：

舉世多少人，誰似此老漢；
不是倒騎驢，凡事回頭看。

顯然，這是借畫發揮。

張果老既然「倒騎驢」，在前進時必然是「回頭看」的。可惜，世上人都不像他那樣「凡事回頭看」，而多是「一闊臉就變」，一旦得意，就忘記了以前的勞苦，忘記了親戚朋友。詩人有感於此而賦詩。

這首小詩寓意很深，耐人尋味。

「定是瓜皮搭李皮」

以前，我曾從一本筆記文中，看到在古代有一個姓林的青年人，冒充宋代隱士林和靖（林逋）的十世孫，因而被陳嗣初寫詩諷刺的故事。陳詩是這樣寫的：

和靖當年不娶妻，如何後代有孫兒？
想君自是閑花草，不是孤山梅樹枝。

史書記載得一淸二楚，林和靖長年隱居於杭州的孤山，終生不結婚，以梅花爲妻、白鶴爲子，「如何後代有孫兒」呢！這位青年爲了擡高自己的身價，連史書也不讀就來招搖撞騙，他的伎倆實在也太低了。這個故事，我已寫成〈林逋的「十世孫」〉一文，收進《野詩談趣》裏。殊不知這位「十世孫」是有「曾祖父」的。近日我從另一本古代筆記文中，發現一則與此異曲同工的故事。

宋末，有個叫林洪的人公開聲稱，他是林和靖的「七世孫」。這一來，這位老兄比上述那一位還早四輩，不正是「曾祖父」嗎？當時，這位「曾祖父」就被一位名叫姜石帚的詩人咏詩譏笑：

和靖當年不娶妻，因何七世有孫兒？
若非鶴種並梅種，定是瓜皮搭李皮！

這首打油詩的主題與上首相同，而且第一句完全一樣，但語氣更爲尖刻。第三句的「若」，是「你」的意思；詩說他不是「鶴種並梅種」，否定他是林逋的後代。第四句斷定他是「瓜皮搭李皮」，即「瓜」與「李」的合生物，表露了詩人對這位「七世孫」的鄙視，感情相當強烈。

大概，這位「七世孫」讀後，是難以興高采烈的。

## 「查名須向榜頭看」

蔡崑暘是清代康熙庚戌（一六七〇）狀元。他上京應考路過江蘇淮安時，趁便拜見正在這裏當縣令的同鄉邵某。誰知邵某大擺官架子，在蔡的名片上批了「查明回報」四字，要差役對蔡進行盤問。蔡十分生氣地離去。蔡中了狀元後，對此事仍耿耿於懷，就在紙扇上題了一首詩派人送給邵某：

去冬風雪上長安，舉世誰憐范叔寒。
寄語山陽賢令尹，查名須向榜頭看。

開頭兩句是對去年在淮安遭到冷遇的回憶。長安是唐朝的京都，後人常用它來指代京城，這裏指北京。「風雪」二字可能是實指，也可能是喻指自己在當時所受到的冷落待遇。「范叔」即戰國時期魏國人范睢。他被中大夫須賈陷害，遭到毒打後，化名張祿逃到秦國作了秦相，準備起兵伐魏；魏國對此十分害怕，就派須賈出使秦國。范睢知道須賈到來，就化粧成僕人去探試。須賈看見范睢衣服破爛，即將一件綈袍（絲、棉合織成的厚實袍子）送給范睢御寒。范見他還有點舊情，就免他一死。後世因以「綈袍垂愛」或「綈袍戀戀」來表示不忘故人。在這裏，蔡崑暘以范睢自比，「舉世誰憐范叔寒」一句是對邵某不念同鄉之情的行爲的譴責。

「寄語山陽賢令尹」中的「山陽」，持淮安，「賢」字是諷刺的反語。「查名須向榜頭看」一句，是直接對準邵某人的「查明回報」而發的。蔡既中了狀元，名字自然列在「金榜」的頭，他要邵「向榜頭看」，一副洋洋得意之態流露於詩行。

這是封建社會中的一場文人官司。邵某的作爲固然應當譴責，但蔡崑暘的氣量也不值得讚許。

## 皺皺狀元

清代康熙丁丑（一六九七）年廷試，彭城（今江蘇徐州）的李蟠中了狀元。他的字寫得不好，文思遲澀。廷試那天，各個考生先後在傍晚前交卷離場，獨有他仍伏在案上苦幹。監考的官員催促他，他哭着哀求說：「我一輩子的事業就在這一天了，請不要催促我，讓我成就功名吧！」監考官員只好同意。就這樣，他一直苦幹到四更天才交卷。

誰知這卻給他帶來好運。康熙皇帝知道了這件事，認爲他有艱苦奮鬪的精神，就點他爲狀元。榜發以後，探花（第三名）姜宸寫了一首打油詩送給他：

望重彭城郡，名高進士科。
儀容如絳勃，刀筆似蕭何。
木下還生子，蟲邊更着番。
一般難學處，三十六餑餑。

開頭兩句是恭維話，轉而是諷刺，寫得頗爲有趣。

「望」即聲望，第一句是稱讚他聲望滿故鄉。按淸代的科舉考試制度，廷試成績分爲三甲（三個等級）：第一甲只有三人，即狀元、榜眼、探花，稱爲「賜進士及第」；二甲若干名，稱爲「賜進士出身」；三甲若干名，稱爲「賜同進士出身」。李蟠既中了一甲第一名的狀元，自然是「名高進士科」了。

第三句是議論李的儀容。「絳勃」即被封爲「絳侯」的漢初大將軍周勃。據野史說，李軀體高大，滿臉鬍子，狀如武夫，姜宸正利用這一點來設喻。周勃是歷史上著名的武將，用他來喻李，看似是褒，實際上不是這樣。周勃出身低微，沒有什麼文化，他與灌嬰一道任丞相時，世人對他們有「絳灌無文」之譏。顯然，姜宸是借此來譏諷李蟠的文才不佳。

第四句是議論李的才學。把李喻爲漢初的名相蕭何，表面上是褒，其實是挖李的老底。「刀筆」，本來指書寫用具，古代記事，先是用刀刻在龜甲或竹木簡上，後來才發明筆，因此，人們把辦文案的小官吏稱爲「刀筆吏」，後又將訟師稱爲「刀筆」，因爲這種人的筆就像刀那樣鋒利，可以殺人。蕭何年青時，曾在沛縣任小吏，而李蟠也曾在家鄉幹過「刀筆」的勾當，詩人把兩者聯繫起來，吟出「刀筆似蕭何」一句來諷刺這位欽點狀元。

這種借文、武名人來實行明褒暗貶的手法，够絕了！

第五、六句是從姓名入手來寫的。「木」下「子」就是「李」，「蟲」邊加上「番」就是「蟠」。還另有含意：前者是暗諷李蟠的家世無文，似木那樣愚頓；後者則是暗譏李蟠粗魯無文。「番」這裏應讀爲 bō（音「波」），「番番」是「勇武」的意思（見《詩經．大雅．崧高》：「申伯番番」）。「番」同時是「蹯」的本字，卽獸足，蟠還是一種蟲，它與老鼠生活在一起，叫「鼠婦」。這一來，「蟲邊更着番」就是蟲再加上野獸或再加上鼠婦；譏諷得更刻薄了——雖然在這情況下「番」應讀爲 fān，不押韻，但這並不妨礙詩人的聯想。總之，這兩句詩的主旨是一致的。

最後一段也是諷刺。詩人提出：李蟠什麼地方難學？或自己什麼地方不如李蟠？就是「三十六餖飣」。「餖飣」是當時的北京方言，卽麵粉蒸製成的餅團（可能就是饅頭）。據野史說，李蟠參加廷試時，帶了三十六個餑餑，而且在試場上吃光。詩句的含意是：李能堅持到四更天，全憑吃了這三十六個寶貝，言下之意是，他的狀元名位是憑三十六個餑餑取得的。

大概，姜宸是不甘居於李蟠的名下，才寫這首詩來發洩酸情吧。不知李蟠讀後作何感想？

## 「新詩和到是明年」

清代雍正、乾隆朝的大臣尹繼善（一六九六—一七七一），是滿族鑲黃旗人，本姓革佳氏，字元長。此人博學多才，而且辦事頗能幹。著名的詩人袁枚，是他的門生（科舉考試得中者稱考官爲「座師」，自稱爲「門生」），兩人關係很好。尹繼善任兩江總督（管轄江蘇、安徽、江西地區，衙門設在今天的南京）時，兩人經常唱和。

尹的文思敏捷，一寫好詩就派人馳馬送來，十分神速，使素有「才子」之名的袁枚也有點招架不住。一年除夕，已經三更了，袁枚突然派人將一首詩送給尹：

知公得句便傳箋，倚馬才高不讓先。
今日教公輸一着，新詩和到是明年。

「公」是對尹的尊稱。開頭兩句是說尹的詩才敏捷而且詩成後迅速傳遞。「倚馬」即「倚馬可待」，這典故出自《世說新語．文學》：東晉的袁宏，文筆神速。有一次，大將軍桓溫在行軍中突然急需發布檄文，就命令他在馬旁執筆，他一會兒就寫了七張紙，而且寫得相當好。後人就用「倚馬可待」來形容文思的敏捷。由於袁枚的詩在除夕的三更才送到，儘管尹有「倚馬」之才，儘管尹所派出的送詩人策馬飛奔得更快，和詩也得在第二年才送到袁枚手中，這就必然使尹「輸一着」。袁枚這個點子很精，尹接詩後不由大笑起來。

這是詩壇上的一件趣事。事實上，尹寫詩雖然速度快，但詩才遠不及其門生。袁枚（一七一六—一七九七）字子才，號簡齋，中進士後當過幾任縣令，講法治，不畏權貴，頗有政績；剛到中年就隱退，在南京小倉山建隨園閑居，吟詩弄文五十年。他寫詩提倡「性靈」，反對擬古，反對形式主義，詩作的風格清新而富有情味，與趙翼、蔣士銓並稱爲「江右三大家」；詩論集《隨園詩話》影響很大，至今還有參考價值。

## 「如何嫁了賣鹽人」

清代。狀元錢鶴灘回鄉閑居以後，聽說江都（今揚州）有個姓張的妓女長得十分漂亮，就特意去訪問。到了江都，才知道她已經嫁給一個大鹽商做小老婆，他就去拜訪那個鹽商。

那時候，鹽商們雖然擁有大量財貨，富甲一方，但被人們鄙視爲「俗物」，社會地位並不高。所以他們常常附庸風雅，巴結名士，以提高自己的地位。這個鹽商聽說狀元公來訪，自然高與得手舞足蹈，連忙設宴歡迎。

賓主飲了幾盞之後，錢趁着酒興要求見見那個妓女，鹽商馬上答應。

過一會，那個妓女裊裊娜娜地走出來了。她身穿潔白的絲綢衫裙，整個人就像皎潔的明月，楚楚動人，使錢神魂顚倒。寒暄幾句以後，她拿出一條白綾手帕，請錢題詩。錢卽揮筆寫了一絕：

淡羅衫子淡羅裙，淡掃蛾眉淡點唇。
可惜一身都是淡，如何嫁了賣鹽人！

用一個「淡」字來突出妓女的外貌特徵，準確而鮮明。跟着，通過「可惜」二字，筆鋒急轉，將「淡」與「鹹」作對比（鹽是鹹的，賣鹽人自然是「鹹」的了），直率地抒發了對鹽商的鄙夷態度和對這樁婚事的失望情緒，一股酸溜溜的味兒溢出於詩外。如果這個鹽商懂詩，定然尷尬萬分。

不要因此而斷定錢鶴灘是輕薄之輩。他是頗有「雅量」的。據野史記載：他高中狀元以後，名揚四海，有一個老學究就冒充是他的老師，到鄰縣一富翁家教書，以領取優厚的報酬。不久錢氏告假返鄉，富翁聽到消息，恭請老學究在錢氏面前爲自己的兒子講好話。老學究假裝答應，內心卻十分驚慌，連夜跑到幾十里外去迎接錢氏，說明原委，請求原諒。錢氏對他很同情，答應幫助他解脫困境。不久，錢氏果眞親自訪問老學究的家，而且態度謙恭地盡弟子禮節。富翁十分高興，更相信老學究是錢氏的老師，付給薪酬更加多。貴爲狀元的錢氏竟肯演假戲爲一個素不相識的窮學究效勞，實在難得。他的品德與那些稍有一點名氣就大擺臭架子的人相比起來，高尙得多。筆者特補上這一筆，以便讀者更全面地了解他的爲人。

## 「教儂空自喚『非非』」

古人在結婚前，都沒有談戀愛，男女結合，全憑父母之命、媒妁之言。媒人爲了撮成好事，在牽線時自然把對方的優點吹得天花亂墜，對缺點卻閉口不提，這一來，造成很多悲劇。

傳說在若干年前，有一個禿子娶了一個缺唇的姑娘爲妻。新婚的晚上，兩人都想各掩其醜。禿子要新娘先將燈吹滅，自己才脫帽；新娘迫於無奈只好用衣袖半掩缺唇，呼氣吹燈。殊知她「非非」作響地吹了半天，也不能把燈吹滅。有人爲此賦詩一首：

檀郎何事緊相催？袖掩朱唇出繡帷；
滿口香風吹不住，教儂空自喚「非非」。

這首詩是以那位新娘的口吻來寫的。「檀郎」，是古代女子對夫婿的美稱。「繡帷」，指床前的繡花帳幕。「儂」，「我」的意思。由於缺唇，氣流不集中，使勁吹燈，只能空自「非非」作響。這幾句詩，把新娘的狼狽相表現得相當生動。

這首詩，用「檀郎」、「朱唇」、「繡帷」、「香風」等綺麗詞語來寫，可見是文人之作。下筆滑稽，已流於刻薄。拿別人的生理缺陷來開玩笑，是不應該的。

## 「只當秋風過耳邊」

清代著名詩人和書畫家鄭板橋（一六九三—一七六五），是乾隆年間進士，曾任山東濰縣知縣。他上任不久，濰縣一帶穀物歉收。出身貧困的他，深知老百姓的苦難，就上書給上級，請求救濟災民，因此獲罪；於是他索性辭官回鄉，以賣字賣畫爲生。

由於他的詩、書、畫素有盛名，所以很多人找上門來。他乾脆寫一篇榜文來標明態度和價目。全文如下：

大幅六兩，中幅四兩，小幅二兩，書條對聯一兩，扇子斗方五錢。凡送禮物、食物，總不如白銀爲妙，蓋公之所送，未必弟之所好也。若送現銀則心中喜樂，書畫皆佳。禮物既屬糾纏，賒欠尤恐賴帳；年老神倦，不能陪諸君子作無益語言也。

畫竹多於買竹錢，紙高六尺價三千。
任渠話舊論交接，只當秋風過耳邊！

乾隆己卯，拙公和上屬書謝客。板橋鄭燮。

這則榜文，坦率而又風趣，這正是鄭板橋眞誠性格的表露。「乾隆己卯」卽公元一七五九年，當時他已六十六歲。文和詩都寫得通俗易懂，顯然是針對那些以禮物、食物來賺取字、畫或賒欠、賴帳和企圖通過拉扯關係、稱兄道弟而拿走字、畫的人的。「只當秋風過耳邊」一句，寫得很決絕。

但鄭板橋決不是一個情感淡薄、視錢如命的人。他自幼家境貧寒，孤苦伶仃，全憑一位姓費的乳母撫養，每天清早乳母先背他到街市去，買一文錢的餅放到他手中，才去幹活。他對此印象很深，當了縣令之後，還寫了一首詩來抒發對乳母的懷念深情：

食祿千萬鐘，不如餅在手。

平生所負恩，豈獨一乳母。

「祿」，這裏指當官所得的俸。「鍾」，古代的量器，每鍾六斛四斗，卽六十四斗（一說每斛五斗，那麼一鍾就是五十四斗），「千萬鍾」是形容薪俸很多（古代以粟作俸）。「千萬鍾」竟「不如餅在手」，可見他對孩提時代的往事記憶之深，對乳母感情之深。第三、四句的詩意拓進了，除了乳母之外，他還「負」了誰的「恩」呢？大概是父母、師長、老百姓吧。這首詩語言樸素，凝聚着眞摯的感情。這位名士的心地多麼純樸、忠厚！

## 「是誰勾却風流債」

鄭板橋在濰縣當縣令時，境內發生一宗和尙、尼姑的「風流」案。一個年青和尙和鄰近庵堂的一個年青尼姑「六根未淨」，偷偷地相好，經常約會。不幸，被幾個無賴之徒知道了。一次，當這雙「方外」情人正在喁喁談情時，那幾個無賴突然走來「捉奸」，借此進行勒索。和尙和尼姑一貧如洗，不能滿足無賴的要求；結果被誣爲奸僧淫尼扭送到縣衙門去。

鄭板橋身爲縣令，此案自然歸他處理。經仔細審問，查淸和尙和尼姑雖然相愛，但未有奸情，於是斥退無賴，判令兩人還俗，結爲夫婦，並寫七律一首，以作判詩：

一半葫蘆一半瓢，同來一處好成挑。
從今入定風規寂，此後敲門月影遙。
鳥性悅時空是色，蓮花落處靜偏嬌。
是誰勾卻風流債，記取當年鄭板橋。

寫得亦諧亦莊。

第一句抓住和尙、尼姑都削髮的特點，喻他們爲「葫蘆」和「瓢」。第二句的「好成挑」，意思是適宜合成「一挑」，卽適宜結爲夫婦。

第三、四句是通過環境描寫來暗喻他們從今以後可以安心地過夫妻生活。

第五、六句以象徵手法來想像他們今後的愉快生活。「空是色」是佛門哲學。他們認為一切事物都不具有常住不變的個體，也不是獨立存在的實體，一切都是「空」的。「色」指男女之間的關係（包括性行為）；而佛教又把有形質的、能使人感觸到的東西稱為「色」（把屬於精神領域的稱為「心」）。詩句含有他們今後可以照樣修心養性之意。

最後兩句概述這一案件的處理。「勾卻風流債」就是取消這一筆「債」，使他們得以實現心願的意思。

在封建時代，和尚、尼姑還俗結婚，是受到世俗的鄙視和輿論的譴責的。官員如此判案，也是少有的事。鄭板橋可謂富有人性，敢作敢為。

「依人門戶度春秋」

鄭板橋未成名之前，為了解決生活問題，曾到人家裏去當教師；寄人門下，受盡委屈，一肚子怨氣，難以發洩。考中了進士之後，他回想起那段日子，仍然感慨盈懷，為此賦詩一首：

教讀從來是下流，依人門戶度春秋。
半饑半飽清閑客，無鎖無枷自在囚。

功緩父兄嫌懶惰，課嚴弟子結寃仇。
而今幸折南宮桂，遮卻當年半面羞。

詩歌眞切地反映了他的心態。

一、二句是概述。「下流」是對地位卑微的形容。「春秋」，指歲月、日子。那時候，上門去當塾師，完全是「依人門戶度春秋」，事事得看主人眼色。

三至六句寫出了當塾師的難處。這份差事是「淸閑」的，但收入不多，只能「半饑半飽」；這份差事比起繁重的體力勞動來，是「自在」的，但整年整月被困於主家，不能自由，正像「無枷無鎖」的囚犯。功課放鬆，則家長會說教師偸懶；功課抓嚴，則會招致學生的仇恨。這兩聯，簡練地抒寫出當時的苦惱，對仗工穩，詞順意達。

最後兩句寫現在的心情。

古人稱中進士爲「折桂」，「南宮」是主持京試的機關——禮部的代稱，所以詩人把考中進士稱爲「折南宮桂」。「幸」字凸現了歡欣、幸運的心情。在封建社會中，書生一旦中了進士，就可以當官，可以徹底改變命運；而要考得中，是極不容易的事。「半面」是成語「半面不忘」的省略。在這裏，「遮卻」與「不忘」是不矛盾的：既中了進士，是可以遮卻了當年的羞恥，但內心卻不忘記，正因爲這樣，他才寫這一首詩。從這也可以見出，詩人用詞的準確、精煉，抒寫心情用筆的細膩。

## 「富貴寒酸共一堆」

某地有一個富商以重金購得一幅牡丹圖，視爲珍寶。爲了炫耀，就邀集社會名流、騷人墨客來欣賞，並希望有人當場題詩，以便進一步提高這幅畫的價值。

剛好鄭板橋來到這個地方訪友，朋友就拉他一道參加這個盛會。這時候，很多人都圍着那幅畫嘖嘖稱讚，但由於知道它價值千金，所以誰也不敢貿然下筆。鄭板橋卻毫不客氣地拿起筆來，飽蘸濃墨，走到畫前準備題詩。這個富商有眼不識泰山，看見鄭板橋衣着寒酸，以爲他只是一個普通的窮儒罷了，生怕他弄壞圖畫，連忙上前阻攔，鄭板橋一愣，一滴墨滴在畫上。

這還了得？富商既心疼又氣憤，幾乎要咆哮，爲了顧全面子，才勉強忍住。鄭板橋把這一切看在眼裏，索性又往牡丹旁邊灑幾滴墨汁。這時候，不少圍觀的賓客大驚失色，富商更是氣得吹鬍子瞪眼。鄭板橋卻若無其事，利索地勾畫了幾筆，一株墨梅便傲然地出現於紙上，與牡丹相映成趣，隨即在空白處賦詩一首：

牡丹花側一枝梅，富貴寒酸共一堆。
休道牡丹天國色，須知梅乃百花魁。

跟着寫上「板橋鄭燮畫梅並題」等字。

花上添花，清艷相襯，已使圍觀者讚嘆不已；再加上題詩，使畫意詩情合爲一體，人們不由佩服得五體投地。這時，大家才知道這位衣着寒酸的人就是大名鼎鼎的鄭板橋！富商高興至極，連忙喚人捧出重金酬謝。

這首題畫詩既是歌咏畫意，也隱然是自喻。牡丹歷來被認爲是富貴花，顏色艷麗奪目，但梅花向來被公認爲百花之首（這就是「百花魁」的含義），地位更高。它淸寒高潔，自放幽香，不畏風雪，如果牡丹花是富商的「影子」的話，梅花不正是鄭板橋的自我寫照嗎？

## 別開生面的祝壽詩

古代，有一位姓陶的隱士，設宴慶祝六十壽辰，親友滿堂，歡呼暢飲，十分熱鬧。忽然風雨大作，有一個書生衝入大門要求避雨。他舉止斯文，風度翩翩，但衣服都被淋濕了。陶隱士素來熱情好客，就索性邀請他參加宴會，交談中知道他姓祝。這時有位賓客靈機一動，說：「看來，您是爲祝壽來的。這並不是偶然的巧合，應當賦詩，不知道您肯不肯？」祝書生笑道：「我水平很低，言詞粗俗，眞怕被各位文豪雅客瞧不起。雖然是這樣，但欣逢這一盛會，自然應當遵從您的囑咐。」說完就揮筆寫出第一句：

奈何奈何可奈何

這算什麼詩？毫無文彩，而且與祝壽的內容毫不相干，所以大家看了都不高興。

他繼續揮筆寫了以下一句：

奈何今日雨滂沱

除了寫出天氣之外，沒什麼內容。有的人不禁搖頭。

他又繼續寫了兩句，湊成一絕：

滂沱雨祝陶公壽，壽比滂沱雨更多。

這兩句點出祝壽的主旨。大家看了，都不約而同地佩服他的才思敏捷，陶隱士更是讚嘆不已。祝書生卻不以為意，暢飲之後，拜謝而去。

詩人用「頂針」（又稱「頂眞」、「聯珠」）手法來寫，卽用前一句的末尾詞語來作下一句的開頭，以取得語氣緊湊、生動暢達的效果。但總的說來，這首詩並不怎麼好，第一句有點嘩眾取寵味，最後一句通過比喻納入正題，也來得牽強。

有些筆記文說，此詩的作者不是祝某人而是鄭板橋。

「恐教兒子着蘆花」

鄭堂是淸代的福建人，性格滑稽，很會寫詩。他寫了不少詼諧的作品，被人稱爲「鄭堂體」。

有一年，當地郡守（地方行政長官）的妻子逝世了，但不瞑目，大家不知道如何辦好。鄭堂說自己能够使她瞑目，跟着對着屍體口吟一首詩：

夫人一貌玉無瑕，四十年來鬢未華。
何事臨終含淚眼？恐教兒子着蘆花。

這首詩有點「嬉哈」，並不符合喪禮的肅穆悲哀氣氛。

「瑕」，玉上的赤色斑點，玉的疵病。「白玉無瑕」這一成語，比喻事物十分完美。詩的第一句盛讚死者容貌美麗。「華」同「花」，第二句是說，死者雖已四十歲了，但頭髮未花白。這兩句，表現了對死者的惋惜。第三句是設問，觸及「主題」。「含淚眼」，指死者未瞑目。最後一句是回答。「蘆花」又稱蘆衣，卽用蘆花代替棉絮做的冬衣。故事出自《太平御覽》（引自《孝子傳》）：閔子騫年幼時，被後母虐待，冬天只能穿上不足以禦寒的蘆衣。他的父親知道了十分憤怒，要驅逐後母，閔子騫求父親不要這樣做，說：「有後母在，不過一個兒子衣着單薄罷了，如果後母不在，則三個兒子都會寒冷。」（後母生了兩個孩子。）父親聽了，就留下後母。後來人們把「蘆衣」作爲孝子的代稱。這句詩的含意是：死者擔心兒子將來會受到後母的虐待，所以不瞑目。

這首詩雖然是衝口而出的作品，但眞切地點出了死者的心事。有關筆記文說，鄭堂吟完詩之後，死者果然閉上了眼睛，所以郡守對他十分感謝。這自然不足爲信。

關於他的故事還未完結。過一些日子，皇帝病逝，按規定全國哀悼，一年內官吏不能宴樂，但那位郡守卻在西湖（指當地的西湖）宴客。當郡守去西湖時，鄭堂故意沖犯郡守的車駕。郡守大怒，命令他寫詩來責備自己。他卽拿起筆，在紙上連寫幾個「苦」字。郡守看了，笑着說：「你現在才知道苦嗎？」鄭堂跟着寫下去，寫成一首絕句：

苦苦苦苦苦苦天，上皇宴駕未經年。
江山草木皆垂淚，太守西湖看畫船。

指出了郡守的錯誤。這一錯誤是要命的。郡守急忙趕走他，同時立卽取消宴會。

詩的開頭叠用「苦」字，強調這是痛苦的日子，因爲「上皇」（死了的皇帝）「宴駕」（對皇帝死去的褒稱）「未經年」（未够一年），這還是「國喪」時期。第三句的環境描寫是「想當然」，採用擬人化手法，形象地表現「苦」。第四句點出眼前的事實。

這首詩近乎「打油」，但內容相當嚴肅。看來，這位滑稽詩人是有意通過沖車駕和賦詩來提醒、勸告郡守，免得郡守犯大錯誤。

## 傻瓜訪西施

西施，是春秋末年的越國人。她本姓施，由於家居於苧羅（今浙江省諸暨）浣紗村西而得名。這位絕色女子曾爲越國作出了巨大貢獻，在勾踐（越王）滅吳的復仇計畫中充當了重要的角色。吳國滅亡後，她不知所終，一說被勾踐殺掉了，一說隨范蠡駕扁舟去太湖隱居了。千百年來，她的事跡廣泛地流傳於民間。

清代咸豐年間，有位名叫王軒的書生遊覽西施的故鄉，目睹西施石，感慨盈懷，在其上題詩一首：

嶺上千峯秀，江邊細草青。
今逢浣紗石，不見浣紗人。

深切地抒發了對西施的懷念之情。題完詩，忽然見一美貌女子向他走來，並含羞答答地吟詩一首：

妾自吳宮還越國，素衣千載無人識。
當時心比金石堅，今日與君堅不得。

西施竟然鍾情於王軒。於是乎，兩人相聚甚歡，直到日落西山才依依惜別。

稍有常識的人都會懂得，這是杜撰的故事。西施已死去兩千多年，還怎麼會出現並吟詩？歷來，不少文人雅士喜歡談神說鬼，通過編造神話來抒發情懷或博取一笑。誰信以爲眞，誰就是傻瓜。

可是，傻瓜卻有的是。蕭山有個名叫郭凝素的人聽了這個故事以後，竟深信不疑。他像王軒那樣，到西施的故鄉去，在浣紗石上題詩，希望見到西施。可是，等了一天又一天，西施卻不肯賞面，他只好悵然而歸。

這件事很快被多事者傳爲笑談。有位名叫朱澤的詩人聽了，忍不住寫詩嘲笑：

三春桃李本無言，苦被殘陽鳥雀喧。
借問東鄰效西子，何如凝素學王軒。

語意很尖酸。

「三春」卽春天（古人將春天分爲孟春、仲春、季春），這是桃花和李花開放得最燦爛、最嬌艷的季節。「本無言」說它們獨自默默開放，詩人用這來喻指美貌的西施。她早已死去，自然是「無言」的。「鳥雀喧」，是喻指她的靈魂被「鳥雀」（郭凝素之流）糾纏。「苦被」是說她爲此而十分苦惱。這兩句，下筆很不客氣。

第三、四句更是對郭的辛辣譏笑。詩運用了「東施效顰」的典故。這典故出自《莊子》：西施因爲心痛而皺眉，同鄉的醜女認爲這個樣子很美，也學着皺起眉頭來，結果這種苦相醜得不堪入目。詩句的意思是：比起東施效顰來，郭凝素學王軒的效果更醜。這樣寫雖然流於刻薄，但不無道理。如果說，王軒的故事還有幾分「雅」的話，郭凝素的作爲簡直就是呆矣！

## 「平地」與「樓臺」

清代。

官員張若瀛退休回鄉以後，築庭園以度晚年。他想早日建成，要工匠們在晚上點火照明施工。由於時間過於匆促，樓臺的質量不好，估計它耐不了多少歲月。有人向他指出這一點，他回答說：「我的年紀已經老了，這樣的房子已足以使我歡心，不要理會以後的事情了。」他將庭園命名爲「逸園」，還在匾額上題寫了四句詩：

平地起樓臺，樓臺起平地。
平地兮樓臺，樓臺兮平地。

用詞看似重重複複，無甚意思，實際上是通過「樓臺」與「平地」的變易來嘆息世事的滄桑變化和變化的迅速，流露了「看破紅塵」的心緒，是很耐尋味的。

此老喜歡寫詩。他的作品不追求藝術上的工巧，卻多帶着諧趣，例如，他寫了一首嘲笑大鼻子的五律，最後一聯是這樣的：

江南一噴嚏，江北雨濛濛。

嘲笑矮子的詩的最後一聯是：

陽溝三寸水，呼喚渡江船。

嘲笑臉色黑的詩的最後一聯是：

有時眠漆凳，秋水共長天。

「秋水共長天」出自唐人王勃的〈滕王閣序〉，原句是「秋水共長天一色。」他將「一色」兩字省去，讓讀者自己補充，嘲笑臉頰與漆凳同一顏色（漆黑），可謂絕了。

這幾聯詩都寫得很刻薄，都是使用誇張手法來突出特徵，給人很深印象。

## 「莫待顛危始執持」

清代，有位叫張映沙的人，在當官的哥哥八十壽辰時，送上一根手杖作壽禮，並賦詩一首致意：

鄭重提携此一支，枯藤亦有化龍時。
須知手足關情重，莫待顛危始執持。

借物咏意，含意很深。

詩一開筆，即希望哥哥對手杖要「鄭重」，實際上這已不是說手杖了。第二句說枯藤（手杖）可能化龍，是喻說身爲弟弟的「我」也可能有飛黃騰達的日子，希望哥哥不要看不起自己。

歷來人們認爲兄弟之間的密切關係「情同手足」，而手杖這東西，與手、足關係緊密（用手拄着，以助足力），第三句緊扣手杖的特點提醒哥哥要注重兄弟情分。最後一句承接上句，告訴哥哥，不要在遇到危難時才執持「手杖」，而在平時卻不屑一顧。看來，這位當官老爺的哥哥平時對弟弟不怎麼熱情，因此弟弟才寫這首詩來抒發情懷。

這首咏物詩，寫得「不即不離」，構思頗爲精巧，值得吟咏。

## 「都都平丈我」

在南宋時候，京城臨安（今杭州）流傳着這麼一個故事。

有位村塾先生教學生讀《論語》「郁郁乎文哉」時，不知是由於不識字或由於老眼昏花，竟誤教爲「都都平丈我」，學童們自然照讀可也。一位有學問的讀書人聽到了，就滿懷好心地到村塾去糾正，殊不知學童們反以爲他是錯的，哄然逃出課堂，他們依然相信「都都平丈我」。當時有人爲此吟了一首打油詩：

都都平丈我，學生滿堂坐。
郁郁乎文哉，學生都不來。

「郁郁乎文哉」出自《論語・八佾篇第三》，全句是：「子曰：『周監于二代，郁郁乎文哉！吾從周』。」意思是：「周朝的禮儀制度是以夏、商兩代爲根據然後制定的，多麼豐富多彩呵！我主張周朝的。」村塾先生誤之爲「都都平丈我」，就不可解了。這個故事，諷刺了村塾教學水平的低下，同時似乎也說明了一個問題——有的東西本來是錯的，但被人們習慣了，接受了；一旦有人指出這是錯誤的時候，人們倒反不能接受。在生活中，先入爲主的現象比比皆是，習慣勢力是很大的，有時甚至是可怕的。

這個故事還有「尾聲」。當時有人畫了一幅〈村學圖〉，詩人曹勛在其上題了一首詩：

此老方捫虱，衆雛爭附火。
想當訓誨間，都都平丈我。

一、二句寫畫的內容：先生在捉虱子，學童在圍火取暖，反映了先生的寒酸和學堂的散漫狀況。第三、四句是詩人的想像，把上述的故事融進詩中。「訓誨」，教導的意思。曹勛是北宋末、南宋初的大臣，曾任武義大夫、昭信軍節度使等職。

詩畫眞實地反映了當時某些村塾的面貌，頗爲生動、有趣。

「天地玄黃喊一年」

俗話有云：「家中三斗米，不做猴子王。」「猴子王」指教學童的教師。

在舊社會，教師的生活是非常清貧的，雖然是「爲人師表」，但往往被人瞧不起，農村的私塾教師更甚；有的沒有實學，不過是混混日子，找口飯吃罷了。

清代，有人寫了一首打油詩來反映農村私塾的情況：

漆黑茅柴屋半間，猪窩牛圈浴鍋連。
牧童八九縱橫坐，天地玄黃喊一年。

一、二句描繪了私塾的環境：破舊、雜亂、骯髒，哪兒像個學堂？顯然，這同時是教師的家，從中可以見出教師生活的貧困。

在這種情況下，教與學都不會認眞，師與生都是混日子。詩的三、四句形象地反映了這一點。私塾的學生是牧童，他們「縱橫坐」，隨隨便便，沒有紀律。「天地玄黃」是舊社會通用的啟蒙課本——《千字文》中的第一句。他們不是讀而是「喊」，說明他們無心向學，不過是在勉強應付教師、家長的督責而已。透過這學習場面，也可看出教師工作的馬虎。

詩寫得通俗、順口、生動。充滿生活情趣。

## 窮的咏嘆

書生多數清貧，歷來如此。可喜的是，他們雖窮，但往往不失風騷，「不平則鳴」，「詩窮而後工」，所以給後世留下不少富有感情的佳作，其中充滿諧趣者更得人喜愛。

元代，知識分子被欽定爲「老九」，社會地位在妓女之下，他們的命運是毫不令人羡慕的。當時有一位名叫周德清的書生，窮得要命。他曾寫了一首詞來抒發心底的嘆息：

倚蓬窗無語嗟呀，七件兒全無，做什麼人家！柴似靈芝，油如甘露，米若丹砂。醬甕兒恰才夢撤，鹽瓶兒又告消乏。茶也無多，醋也無多，七件事尚且艱難，怎生教我䦨苑探花？

全用俚語來寫，情趣盎然。

柴、米、油、鹽、醬、醋、茶，是家庭的「七件兒」，是時刻都不能缺乏的。但他都缺，怎麼能不嘆息？

一開始，詩人就直抒胸臆，嘆息無以爲家。「蓬窗」是以草、木條之類製作的窗，形容房子的破陋。跟着，詞分別對「七件兒」進行敍寫。

「靈芝」是一種菌類植物，功能益精氣，強筋骨，古人認爲它是可以起死回生的「仙草」，十分珍視。「甘露」，甜美的露水，古人認爲飲天降的甘露可以長生不老。「丹砂」又稱朱砂、辰沙，是一種礦物，可以提煉水銀，也作藥用，古人認爲它可煉出長生不老藥。以這三種寶貝來比喻柴、油、米的稀缺，很深刻。

醬甕兒「夢撤」，「鹽瓶兒又告消乏」，就是說，醬、鹽都沒有了。加上「茶也無多」，「醋也無多」，生活艱難之至。

最後兩句寫貧困的後果。閬（讀如「郎」）苑，原是指神仙的住處，常用指宮苑。句子的表面意思是，我生活得這麼艱難，還怎麼能到宮苑裏去欣賞鮮花？因爲「探花」是科舉殿試第三名進士的稱謂，所以這個句子可以理解爲「……還怎麼能上京去考試獲取功名？」

在封建社會，參加科舉考試是讀書人博取功名、改變命運的主要途徑。看來，周德清已對此有些絕望。出路何在？一片迷茫。

當時還有一位名叫王德章的老書生也很窮。他所寫的一首絕句也頗有情趣：

柴米油鹽醬醋茶，七般多在別人家。
寄語老妻休聒噪，後園踏雪看梅花。

此公雖窮，但還很風雅。

詩一、二句表明家裏那「七般」都很少，突出一個「窮」字。

「聒噪」亦作「咶噪」，是吵鬧的意思。看來，由於他的老婆爲「七般」缺少而囉囉嗦嗦、吵吵鬧鬧，他聽得不耐煩了，才寫這首詩。最後一句是說他獨個兒去後園欣賞梅花以逃避「聒噪」，還是約老婆一起去賞梅花而不要再「聒噪」？兩者都可解。

梅花雖然可愛，但終究不能代替那「七般」。這位老書生的遭際很值得同情。

# 「自古文章厄命窮」

杜甫有句云：「文章憎命達」（〈天末懷李白〉）。這句話概括了歷代以來大多數文人的遭遇。文人多被窮困、倒霉的命運糾纏。也有享盡榮華富貴的，但爲數不多——而且，這些幸運兒，實際上已很少能再配稱爲「文人」了。

明代，有個叫瞿宗吉的文人，有感於身世，寫了一首七絕：

自古文章厄命窮，聰明未必勝愚蒙。
筆端花語胸中錦，賺得相如四壁空！

一腔凄涼，縈繞於詩中。

「厄」，苦難。首句的意思是，自古以來，善於寫文章的人都遭逢苦難的命運。

第二句是發揮。「愚蒙」，愚蠢的人。詩人說，聰明的人的命運未必勝過蠢才。其實，蘇東坡早已認識到這一點。他吟道：「我願生兒愚且魯」（見拙著《野詩談趣》）；廣大人民羣衆也認識到這一點，俗語有云：「庸人多厚福」。

第三句的「筆端花語」，是說揮筆能寫出好文章；「胸中錦」，指心裏充滿着文采。這一句是指大文豪、大寫手。詩人運用了比喻手法，頗爲形象。

「相如」卽漢代的大才子司馬相如。他擅長寫辭賦。景帝時，辭官回家，與大財主卓王孫的守寡女兒卓文君相愛私奔，生活窮困不堪，靠賣酒爲生（後來得到卓王孫的資助才解決問題）。「賺」本義是盈利，得到好處，這裏是反用。「四壁空」，說家裏四邊牆壁都空無一物，形容很貧窮。

這首詩前兩句是議論，後兩句舉出司馬相如爲例加以證明。詩人對文人的可悲命運滿懷不平，但也只能空自呻吟幾聲而已。

## 「似我少年時」

清代湖北麻城的陳楚產，出身貧困，從小苦讀，歷盡艱辛，年紀很大才在科舉場中得勝，出任山東萊陽縣令。

除夕的晚上，他想親眼看看萊陽地區的風俗與自己的家鄉有什麼異同，就微服出城。半夜，來到一間茅屋前邊，聽到陣陣讀書聲。他透過窗隙，看見在昏黃的燈光下，一對年輕夫婦合披着一床破棉被坐着，男的讀書，女的紡紗；兩人的神色都很憔悴。陳楚產目睹此情此景，聯想起自己的過去，感嘆不已，馬上回衙門派差役送去酒、麵、肉、米，同時還寫一首詩爲贈：

破灶無煙火。寒門蛛結絲。

斯人今日事，似我少年時。

前兩句簡練地描繪了這對年青夫婦的貧困景況，用語頗爲形象；後兩句的敍寫看似平淡，卻飽含着嘆息。「斯人」就是這個人；「少年時」就是年青的時候。陳楚產對這個窮書生滿懷着同情。

故事到此並未結束。第二天，窮書生到縣衙門叩謝。原來他名叫觀光，是未考中秀才的「童生」。當時陳楚產還未有孩子，就要觀光夫婦搬到衙門來生活，還親自指導他讀書。幾年之後，觀光考中了進士，後被派到廣東任臬司（即提刑按察司，主管一省刑獄及官吏考核）。這時，陳楚產剛好在廣東當知府。觀光當了陳的上級，但不忘舊恩，仍然以弟子自居，對陳畢恭畢敬，就像過去在萊陽時那樣。

這是封建社會儒林中的一件美事。陳楚產的愛才和助人，觀光的勤奮和謙恭，都是值得稱道的。

「從今先要拜財神」

讀書人愛書，這是「天性」。古往今來，有多少讀書人爲了買書而節衣縮食，更有多少讀書人因無力買心愛的書籍而長嗟短嘆。

清代的秀才徐雲路就是其中一個。他曾寫了一首律詩來抒懷：

生成書癖更成貧，賈客徒勞過我頻。

聊借讀書佯問值，知非售處已回身。

乞兒眼裏來鴞炙，病叟床前對美人。

始嘆百城難坐擁，從今先要拜財神。

這首詩，眞切地抒寫了窮書生無錢買書的惆悵心情。

一至四句敍述，也寫了心理。「賈客」指書商；「佯」是假裝。「我」沒有錢，所以「賈客」頻頻找上門來，也是徒勞。第三句是寫「我」爲了看一看書商手上的書，而假裝商談書價；第四句是寫「賈客」，他知道「我」沒有錢，生意做不成回身離去。

五至八句全是抒發「我」的感嘆。

「鴞炙」，卽烤鴞鳥(猫頭鷹)。「乞兒眼裏來鴞炙」，自然高興得很；「病叟床前對美人」，卻有心而無力。用這兩句來比喻「我」面對心愛的書的高興和無力購買的苦惱，很生動。

「百城」的典故出自《北史·李謐傳》。李謐很愛書，常對人說：「大丈夫擁書萬卷，何假南面百城」。（擁有萬卷圖書，就像當上了管轄廣濶地區的大官那樣得意。）後來人們就將擁有很多藏書喻爲「擁百城」。最後兩句慨嘆由於自己沒有錢，難以實現藏書豐富的理想。

「財神」是「拜」不來的，奈何！這首詩抒發了廣大讀書人的心聲，是「超越時間」之作。

## 「寒氣偏歸我一家」

在封建社會裏，多少有才學的「老九」窮困潦倒，抱恨終生。清代，有個窮詩人叫林茂之。晚年他困居於南京，衣食無着，十分狼狽。冬天，寒風凜冽，大雪紛揚，可是他連一床棉被也沒有。爲此，他寫了一首〈冬夜〉來傾訴自己的遭際：

老來貧困實堪嗟，寒氣偏歸我一家。
無被夜眠牽破絮，渾如孤鶴入蘆花。

開筆平平，第二句卻使人贊嘆。老天降寒，是不會特別「照顧」哪一家的。詩這樣寫，似乎不科學，但這卻是詩人的獨特感受。他既然窮得連被子也沒有，居室定然破敝不堪，防寒性能極差，也定然無錢生火；保暖條件比不上一般人家，更比不上貴人濶佬，漫漫寒夜，實在難熬，所以自然感到「寒氣偏歸我一家」了。這個句子，抒發了對老天的埋怨和心中的不平之氣。寫詩就應當像他這樣滿懷感情地抒寫自己對生活的獨特感受，無情裝作有情，人云亦云的文字決不是詩。

第四句也寫得很精彩。把自己喻爲「孤鶴」，突出了孤單的處境，表現了瘦骨棱棱的形相；把破絮喻爲「蘆花」，得形似之妙。詩人把自己在冬夜的凄涼境況描繪得很眞切。「渾如孤鶴入蘆花」這一藝術形象，使人發出帶淚的笑聲。

據有關野史說，曾有好心人在夏天送他帳子，在冬天送他被子，可是他不得不拿去換糧食。後來他在貧困中辭世了，留給人世的只有他的名字和這首詩，這首永遠能引發讀者嘆息的詩。對此，他若有靈，也可以自慰了。

## 「文人落魄最堪憐」

清朝末年，有一位窮秀才在上海設館教授學童。他收入不多，僅足以糊口。一個三十來歲的乞丐，經常來教館門口朗讀八股文，聲調很美，每讀完一篇，就伸手乞取一文錢，景況十分可憐。秀才知道乞丐是個倒霉的讀書人，所以很同情他。

有一天，乞丐又來了。秀才問他姓名。他答：「我流落在這個地方，身無一文錢，才到中年就倒霉得很，心裏感到很羞恥，你爲什麼要了解我的姓名呢？如果你有舊鞋，送一雙給我穿，我就非常感激你了。」

秀才聽了，覺得很奇怪，遺憾的是自己沒有舊鞋可送，於是快筆寫了二首絕句，並贈他幾十文錢。這兩首詩是這樣的：

憔悴青衫淚欲漣，文人落魄最堪憐。

未曾學得吹簫技，朗讀名家八股篇。

咨嗟我亦清寒士，贈爾青蚨莫誚微。

同是斯文人欲議，從今切勿進柴扉。

寫得頗爲懇切。

「青衫」卽「青衿」，是古代學士的衣服，後用來指代書生。詩的一、二句描繪了乞丐的容貌，咏嘆他的遭遇，並直接抒發了同情（也有自憐之意）。

「吹簫」的典故出自漢人劉向著的《列仙傳》。傳說秦穆公時，有一個人很善於吹簫（所以被稱爲簫史），穆公的女兒弄玉很喜歡他，於是穆公就招他爲婿。後來弄玉乘着鳳、簫史乘着龍升天了。「吹簫技」在這裏是喻指能够獲得帝皇喜愛的技藝。這第三、四句詩的含意是：因爲這位乞丐未掌握能够獲得帝皇賞識的本事，所以只好靠朗讀名家的八股文來乞錢度日。（「八股文」亦叫「時文」、「制義」、「制藝」，是明清科舉考試制度所規定的文體；每篇由破題、承題、起講、入手、起股、中股、後股、束股等八部分組成。這是一種形式死板、束縛思想的文體。但如果要想在科舉考試中取得名位，就必須學好。）

第二首是從自己的角度出發來寫的。第一、二句說明自己「清寒」，只能贈一點點錢，請乞丐不要嫌少。「青蚨」原是古代傳說的一種蟲。《太平御覽》卷五百九十記有「青蚨還錢」的傳說，後來人們就用它指代錢。三、四句是向乞丐提出要求。「柴扉」，木製的簡陋的門，指窮人家的門。句子含意是：「我們都是貧困的讀書人，互相來往會招致別人議論的，所以請你今後不要再來了。」看來，這位秀才怕別人看見自己與乞丐來往，有失身份，所以才提出這樣的要求。這種心思是可以諒解的，他得要「爲人師表」以掙飯吃呵！

乞丐把這兩首詩朗誦一次後，吟了一首絕句作答：

鶉衣百結走風塵，落魄誰憐此一身。
世路崎嶇儂歷遍，逢君今日獨周貧。

他吟完就走了，從此遵守諾言，不再到來。

「鶉」是一種鳥，頭小禿尾，羽毛赤褐色，雜有暗斑和條紋，好像一件破衣。「鶉衣百結」，形容衣服破破爛爛，打了很多個補丁。「走風塵」，喻指辛辛苦苦、到處流浪。第一句描述了自己的「落魄」景況。第二句述說自己很少獲得別人的同情，控訴了世情的淡薄。「儂」就是「我」，第三句說自己走遍了人世間艱難的路，什麼苦都吃過了。最後一句表示對秀才的感謝。「周貧」，接濟貧窮的意思。這位乞丐的確是懂詩的，但竟淪落爲乞丐，這是社會的罪過。

## 「魚鱉蛟龍滾出來」

明代的進士科（科舉制度的最主要科目）考試分縣試、府試、院試、鄉試、會試、殿試等級。殿試得中，卽是進士，這是讀書人夢寐以求的事。但要取得這個名位，先要考取舉人。有很多人讀了一輩子書，連個秀才也撈不着，只好抱着書本含恨而終。

明朝某一年，浙江舉行鄉試，由提學（掌握全省科舉、學校事宜的最高官員）吳伯通主持。他極爲重視學問根底，而大多數考生都是年青人，在答卷中引經據典不多，或發揮得不透徹，所以考上舉人的很少。

落選的考生不服，就成羣結隊地上京到御史臺（中央監察機關）告狀。御史下令複試一次，主持者仍然是吳伯通。

這個老頭子可不手軟，出的題目是〈黿鼉蛟龍魚鱉生焉〉，十分艱深。大部分考生只能咬破筆頭，徒喚奈何。吳伯通趁機嘲笑一番，發洩被告狀之忿，把考生們氣得七竅生煙。

爲此，有人寫詩一首：

> 三年王制選英才，督學無情告柏臺。
> 誰知又落吳公網，魚鱉蛟龍滾出來。

這首打油詩，富有幽默感。但內容是嚴肅的，字裏行間，流露出對落第者的同情。

朝廷規定，考試每三年舉行一次，所以詩中有「三年王制」的詞語。「英才」，傑出的人才。「督學」卽提學，又稱「學臺」、「學政」，這裏自然是指吳伯通。「柏臺」是御史臺的代稱，因爲漢朝的御史府中有很多柏樹，所以後人就以此作稱謂。

三、四句構思很巧。它結合了第二次考題來寫，充滿了諧趣。詩人把再次落第的考生喻爲「魚鱉蛟龍」，寫他們都「又落吳公網」裏，把考生的可憐和「吳公」（吳伯通）的「無情」表現出來了。

第二次試題中的「黿」讀 yuán，音同「元」；是生活在河中的一種爬行動物，俗稱「癩頭黿」。「鼉」讀 tuó，音同「駝」；一種水生動物，又稱「揚子鱷」、「猪婆龍」，古人用它的皮來製鼓。「蛟」是古代傳說中的動物，據說它能引發洪水；另一說它是母龍，沒有角。這些東西出現在試題中，實在難以對付。從這可見古代應科舉考試的艱難。

## 「回家及早養兒子」

明朝宣德(明宣宗朱瞻基的年號)年間，皇帝突然下令，把五十歲以上的監生「放歸田里」。這道「御旨」猶如晴天的一聲霹靂，使一批熬了大半輩子的老監生喪失前途，被剝奪了參加鄉試、殿試的機會，當官的希望徹底破滅了。這批老生員鬍子白了還撈不到一官半職，只得灰溜溜地「歸田里」。

當時又有一條規定：凡應「賢良方正」試取了的，可得八品官。「賢良方正」是不定期的考選人才的科目，不必層層應考，比起正常的科舉考試來，它要輕鬆得多；雖然僅授予八品小官，但終究比那批被黜棄的老監生走運。

這兩道「御旨」一公布，就引起很多人不滿。翰林尹岐鳳賦詩一首，爲老監生們鳴不平：

五十餘年做秀才，故鄉依舊布衣回。
回家及早養兒子，補了賢良方正來！

用詞通俗，飽含着感情。

詩的一二、二句對這些老監生的淒涼遭遇作了概括性的描述。照一般規律，「故鄉依舊」應當是「人事全非」，可是他們如今依然是穿着布衣回來（「布衣」是平民百姓的代稱），「五十餘年」秀才白做了，書白讀了。在封建社會，讀書的目的是應科舉，從秀才到舉人到進士，跟着當官，如今以「布衣」結束前程，是很可悲的。

後半首是詩人對老監生們的「建議」：你們回家後及早養兒子，讓兒子中「賢良方正」就可當官，以此來遂自己所未遂的心願吧！言下之意還有：別讓兒子像你們那樣先考秀才當監生再考舉人……了。

詩人把滿腔的不滿情緒寄寓於詼諧之中。

這首詩從一個側面反映出封建社會「士人」的倒霉命運。那時候，能考中舉人、中進士、中狀元的幸運兒有多少？他們大多陷入「死讀書，讀書死」的泥潭裏，默默地結束一生。要指出的是：能考中舉人、進士、狀元的並不一定是拔尖人物，而不少秀才（甚至連秀才也不是的「童生」）卻是有眞才實學的。實行科舉制度的根本目的是選取奴才而不是選取人才，而且它是與舞弊、走後門緊緊連在一起的。

## 「回家一命到黃泉」

科舉制度是封建皇朝套在讀書人身上的鎖鏈，是籠絡文人、物色奴才的手段。當年唐太宗在看到應考者魚貫進入考場時，高興地說：「天下英雄，盡入吾彀中矣！」千多年來，多少人做了科舉制度的犧牲品？讀過《儒林外史》的人，對此都會有不同程度的認識。

據說，清代有個老童生，考了幾十年都沒有考上秀才。參加最後一次考試時，他在試卷後邊題詩一首：

老童提筆淚漣漣，窗下讀書四十年，
今日憲臺仍斥我，回家一命到黃泉！

讀了四十年書還是個「童生」，難怪此翁「淚漣漣」了。「憲臺」是對官員的尊稱。從第三句「仍斥我」的「仍」字可以見出，他曾不只一次受過訓斥。大概是由於水平太低的緣故吧？最後一句寫得很決絕，叫人同情。這首詩陳述了他的痛苦情狀，希望考官憐他年老，讓他能一過秀才的「癮」。殊知考官閱罷，毫不留情地拿起筆來批示——

在第一句詩後批上「**該哭**」；

在第二句詩後批上「**未必**」；

在第三句詩後批上「**自然**」；

在第四句詩後批上「**該死**」。

這位老童生如果看到這些批示，不必回家也會「一命到黃泉」了！這僅是一樁科場笑料，但使人看到科舉制度中的讀書人瘋瘋癲癲的精神狀態。

更多的落第者心情雖然也很悲哀，但不至於想著去死，請看這首描繪落第者的詩：

恭賀先生命運通，餞行侑酒鼓東東。
臨場常想天開眼，索句翻思地有窿。
筆掃千人軍盡墨，炮轟三響淚流紅。
傷心傍晚歸家日，悄悄無言餓火攻。

一、二句描敍赴考前親友餞行的場面。中間的四句寫考試時的情景：他希望「天開眼」（老天助一把），可是老天不理會，面對試題，無能爲力，感到難以交卷，希望「地有窿」讓他鑽進去。「墨」，喻黑色，進而喻晦氣；同時，「墨」與「默」通，沈默不言，精神頹喪，形容失敗後的淒涼情態。「炮轟三響」意味著考試時間已結束；「淚流紅」，誇張地形容心情的悲苦。最後兩句寫這位應考者「沈默的凱旋」的情況，很眞切。

這首打油詩對仗頗爲工整，筆法也很生動，它描繪了一名考場敗將的狼狽相，既可同情又可笑。

## 「看你魂兒在不在」

清代的科舉考試制度很繁瑣。童生先要參加「縣試」取得「出身」，才能參加「府試」；「府試」錄取之後，才能參加「院試」，及格者才可以入府學或縣學讀書（謂之「入學」），也才有資格參加「鄉試」（中者爲舉人）。很多人過得這一關過不得那一關，被科舉制度吞噬了一生。

在府學或縣學讀書的生員，對掌握他們命運的官員畏若虎豹。清代有個叫齊升甫的人，年紀快到五十歲了，經歷過二十多次考試都失敗，長年鬱鬱不樂。一天，他與六個命運相同的「同志」在寺院裏聚飲，正在高興之際，突然有人跑來說學政大人（掌握一省學校、科舉的官員）來檢查，眾人萬分驚慌地逃散，只有齊升甫坐著不動。那六個「同志」躲避到一個地方，等候他來共商對策，但等了很久仍不見踪影；到寺院裏一看，原來他已被嚇死，但還僵坐著，一拉，即倒地。兔死狐悲，「同志」們都哭得十分悲傷。有人爲此作小令一首：

> 轎夫狗奴才，無端擡個學臺來，嚇得我靈魂兒飛到九霄雲外。願來生我做轎夫，你做秀才，我也擡個學臺來，看你魂兒在不在！

「學臺」卽學政。這首小令上半是怨恨轎夫。因爲他「擡個學臺來」。下半卻希望「來生」做轎夫，轎夫本來是「卑賤者」，爲什麼秀才羨慕他們？因爲他們可以「擡個學臺來」。心情既矛盾又統一。這首小令以諧趣的筆調來寫，眞實地反映出秀才們的心理狀態，也使人看到封建科舉制度的罪惡。

當時還有人寫了一副對聯來弔齊升甫，順手錄下供讀者欣賞：

> 曲譜陽關，偏弄得三叠聲酸，怕聽煞尾；
> 魂招禪院，最痛是一生命苦，只剩光頭。

「陽關」曲卽唐代大詩人王維的〈渭城曲〉。它抒發了與朋友離別的深情，後來有人把它譜成〈陽關三叠〉，成爲流行的送別曲。「煞尾」是指曲的結尾部分，喻指齊升甫的結局。這曲子自然是「酸」的，這「煞尾」自然是使人「怕聽」的。

「魂招禪院」是說，齊在寺院中嚇得魂兒出竅而死去，所以要在「禪院」中招他的魂。齊「苦戰」了一生，始終未撈到一頂烏紗帽，「只剩光頭」是這一可悲遭際的形象寫照。

這首對聯筆調詼諧，但感情深沈，使人讀後嘆息再三。

## 「未冠今朝出甚題」

清代有一個時期，「縣試」分「已冠」、「未冠」兩種，題目不同（古代禮節，男子二十歲加冠）。由於二十歲以上的「童生」的考題特別艱深，所以不少中年甚至老年的「童生」，想盡辦法冒充「未冠」應考，鬧出很多笑話。某地有一位年過半百的老「童生」，一心要搏個功名。他已經考了三十次，還是考「未冠」，命運對他的玩笑也開得太過分了，他亦可謂機關算盡了。爲此，他寫了七絕一首來自嘲：

縣試歸來日已西，老妻扶杖下樓梯。
牽衣附耳高聲問：「未冠今朝出甚題？」

「扶杖」和「牽衣附耳高聲問」，見出「老妻」的「老」和聽覺已不靈，這位「童生」的年紀可想而知。最後通過老妻的問話來點出自己是參加「未冠」試，妙極。

這首詩從側面揭露了科舉考試的腐朽，也含蓄地抒發了老「童生」的辛酸之情，頗值得一讀。

## 「老妻相見不相識」

清代的科舉制度很腐敗，走後門、通「關節」、竊試題、夾帶材料、冒名頂替……無所不有。有的主考官爲了拔取眞才，在考生進場時派差役遍身搜查，但仍不能解決問題。於是改爲先初試，再當堂複試的辦法。年紀已老的「童生」初榜有名之後，生怕考官嫌棄，就想盡辦法「返老還童」，裝扮成年紀小的樣子，以爭取考官的寬容。某年某縣考試，有一位年近五十歲的老童生忍痛將鬍子完全拔光，但還是過不了複試關，只好灰溜溜地回家。爲此，他的朋友改唐人賀知章的〈回鄉偶書〉來予以諷刺：

老大離家少小回，鄉音未改嘴毛摧。
老妻相見不相識，笑問兒從何處來。

「嘴毛」即鬍鬚。「摧」，凋落之意，他的鬍子已全被幹掉了。最後兩句最幽默，經過「整容」之後，老妻竟不認得他，而把他稱爲「兒」！諷刺可謂辛辣。

賀知章的〈回鄉偶書〉是一首膾炙人口的名作。原詩如下：

少小離家老大回，鄉音未改鬢毛摧。
兒童相見不相識，笑問客從何處來。

我們只要稍作對照，就可知那位友人改詩功夫之妙。

## 「一本白卷交還你」

故事發生在清代。有一年，江南名士馬世祺去參加鄉試，試題是〈淵淵其淵〉。他苦苦思考，到第二天還寫不出一個字；時刻已到，就在卷上題了一首詩上交：

淵淵其淵實難題，悶煞江南馬世祺。
一本白卷交還你，狀元歸去馬如飛。

交罷，他卽騎馬揚長而去。

他雖然交了白卷，卻還很自信。現在他參加的僅是鄉試，就算中了也不過是個舉人，但他已以狀元自居。後來的事實證明，他自信是有根據的。他很有才學，下一科鄉試考中了，跟著上京應考，果然當上狀元。他可算是眞正的「白卷英雄」。

那爲什麼他曾被「淵淵其淵」難倒？野史說他由於「想爭勝於人，不肯輕易下筆」才耽誤了的。恐怕未必如此。從詩中的「實難題」、「悶煞」等詞語看來，他當時是想不出怎樣下筆。這並不奇怪。一個人儘管有眞才實學，有時也可能會思路閉塞。

還需要說幾句關於試題的話。據有關資料記述，從元朝皇慶二年起，規定科舉考試的題目必須在「四書」(《論語》、《大學》、《中庸》、《孟子》)中摘取;而且考生在發揮題意時,規定以宋人朱熹的《四書章句集注》爲根據。明、清兩代都沿用這些規定。「淵淵其淵」就是從《中庸》中摘來的,它的含意是水非常深。至於該怎樣發揮,該怎樣就此作文章,那就不是筆者所知的了。

## 「雄師直縛仲尼魂」

清代某年,湖南桂陽府(今郴州一帶)某縣舉行縣試,有一個姓李的童生所作的〈謁孔子墓〉詩,使考官瞠目結舌:

不殺季路我不生,不誅顏淵我不存,
冥中若爲楚令尹,雄師直縛仲尼魂。

此詩雖缺乏韻味,但確能「一鳴驚人」,書生狂態,盡呈紙上。「季路」卽子路(仲由),他以英勇有力稱著,是孔子的得意門生。「顏淵」卽顏回,家貧好學,以品行優良稱著,被儒門尊爲「復聖」,他也是孔子的得意門生。這兩個人歷來備受儒林人士的尊敬,其塑像、牌位歷來分列於孔子的左右,同享香火、叩拜。李某人卻聲言要予以「誅」、「殺」,可謂大膽矣!

後二句的矛頭直接指向孔子。「仲尼」是孔子的別字。「令尹」是最高的行政官員，地位相當於丞相。李某是楚人（湖南在古代屬楚國之地），他希望能在「冥中」（地下）當上令尹這樣有權有勢的大官，去指揮「雄師」來「直縛仲尼魂」，以便把孔子幹掉。

李某雖然參加科舉考試，卻是儒林的叛逆，「反潮流」的態度十分鮮明。他在考卷中寫了這樣的詩，自然是考不上秀才的，看來他也不把這功名放在心上。自古以來，儒林中曾出現過不少反孔的人士，但像李生這樣赤裸裸者，並不多見。孔子及其弟子的學說雖然存在著消極因素，但也有可取的一面，似不宜對他們實行「殺」、「誅」、「縛」吧？

## 「父親逼我來」

從隋文帝開皇七年（五八七）起，我國歷代封建皇朝主要都是通過科舉考試制度來選拔官吏。在漫長的封建社會中，很多人從小廢寢忘餐地苦讀，就是希望能在科舉場中得勝，以求得功名利祿，光宗耀祖。不但「書香世家」爲此日夜拼命，影響所及，其他階層的人士也常爲此而艱苦奮鬪。

清代康熙年間，河南有個四肢發達、頭腦簡單的屠夫，他雖然目不識丁，但有時卻會哼幾句順口溜、打油詩。他的父親聽了，高興得眉開眼笑，以爲自己的兒子是天下奇才，就費了一些銀子把他打扮一番，並購置文房用具，逼他去參加科舉考試，希望撈個秀才當當，以便提高家庭的社會地位。屠夫一向孝順，就硬著頭皮前去。

到了考場，考官命他以「牡丹」爲題賦詩一首。屠夫聽了，急得滿頭是汗，不知如何是好。他正在抓耳搔腮之際，忽然一陣清香傳來，屠夫往窗外一望，看見數株臘梅正在開放，玉玉亭亭地吐蕁含笑。是於，他順口哼出了幾句：

肚裏無眞才，父親逼我來。

拈筆作牡丹，梅花正是開。

可謂不倫不類。殊知考官聽後卻十分高興，心想：此考生雖然出身微賤，詩卻新奇，句子樸實無華，這正是謙遜的表現，所以取他爲第一名。

放榜之日，考官著意招呼屠夫留下，希望能與這位得意門生談詩論文。屠夫卻頗有自知之明，不敢答應，謝過考官之後就聲若驚雷地說：「我要趕回家去宰猪殺狗。」說罷卽頭也不回地疾步離去，使考官大感意外。

這位新秀才所吟的「詩」，全無詩味，第一、二句倒是心聲，但跟第三、四句根本毫無關係；兩者之間的「跳躍」的跨度可謂大矣，使人莫名其妙。大概正由於考官從來未見過這樣的「詩」，才認爲它「新奇」而給以青睞吧。這種現象現代也存在，很值得「接受心理學」的專家研究。

## 「俯求優行老門生」

清代慣例，在生員們進行秋試（每三年一次，在秋天舉行，稱爲「秋闈」，也稱「鄉試」，考中即爲舉人，那年，府、州、縣學的教官也得進行考試。但是，這種考試卻是有名無實的，一般都在考前幾天發試卷，又延遲幾天才收卷，應考者完全可以請別人代勞。

咸豐癸丑年（一八五三），萬藕舲任浙江學政。他忽然心血來潮地來個「嚴要求」，要把教官們關起來考。消息一傳出，那些年紀老大、學識荒廢了的教官個個膽戰心驚。他們原先都早已找定別人作「槍手」，如今陣腳大亂了。幸而後來學政考慮到這樣考會使有些人不能交卷，難以下臺，就作出巧妙的安排：將成績優秀的生員與教官合在同一試場應考；跟着又下令，如果老師（教官）目昏手顫不能寫端正的楷體時，准許他將草稿交由生員代抄。教官們對這一決定心領神會，馬上歡聲雷動；大半人都由自己的學生代勞，結果人人「合格」。交卷那天，教官們照例還受到學政的宴請，飽餐一頓，盡歡而散。這種「考試」徒具形式，實際上是作弊，清代教育制度的腐朽由此可見一斑。

當時有位叫陳星垞的人，寫了一首七律來嘲諷：

接談散卷久通行，誰料今番忽變更。

高踞考棚方桌子，俯求優行老門生。
牢籠一日神都倦，安枕三年夢再驚。
共說阿婆都做慣，者回新婦夢難成。

實屬滑稽之至。

第一聯是敍述這次考試的「風雲突變」。第二聯寫出了那些沒有能力應考的教官們的醜態。「高踞」與「俯求」對比鮮明，他們雖然「高踞考棚方桌子」，但不得不低頭請求自己的門生幫忙，有趣！

第三聯寫得也很眞確。「牢籠」指關閉的考場。這些教官「考」了一天，雖然有人代筆，但也精疲力盡。考完這一次後，可以安枕無憂地過三年了，但以後還要再考，還不知學政會弄出什麼花樣。「三年夢再驚」正是他們心理狀態的眞實寫照。

第四聯寫得更爲滑稽。句意是：大家都說我們已做慣了婆婆，者（這）回要做新媳婦就會失禮。喻意是：我們慣於考人，如今一被人考就狼狽不堪。

詩把這一場教官「考試」的眞相暴露無遺，給人很深印象。

## 巧用杜甫詩句

兩個黃鸝鳴翠柳，一行白鷺上青天。
窗含西嶺千秋雪，門泊東吳萬里船。

這是唐代大詩人杜甫的〈絕句〉。四句詩分別是四幅視角不同的圖畫，共組成生意盎然的立體春景。詩人通過這來抒發喜悅的心情，還寄托着早日結束戰亂、以便乘船離開四川回鄉的願望。它歷來受到眾多讀者的讚賞。

清人梁紹壬的《兩般秋雨庵隨筆》，記載了一個與這首詩有關的「詩厨」故事。

「詩厨」用鷄蛋製作四道菜，各用一個句子來命名：

兩個燉蛋黃，是「兩個黃鸝鳴翠柳」；

把熟蛋白切絲排成一個隊列，稱作「一行白鷺上青天」；

清炒蛋白一團，叫「窗含西嶺千秋雪」；

一碗清湯上放幾片蛋殼，叫「門泊東吳萬里船」。

這一構想相當有趣。

我還聽過一個巧用這首詩來作評語的故事：

有一位發表過一些東西的文學「新銳」，態度十分狂妄，自認爲是該地的第一文人，常以青年文學領袖自居。其實他的水平有限，之所以能够發表文章，全憑拍馬奉迎，「文品」甚差，甚至將別人的著作「翻新」而宣稱爲「創作」。他卻又口口聲聲反對拍馬，時常慷慨激昂地抨擊「

文壇黑暗」，尖酸地譏笑「老傢伙」不懂得創新。所以，此人已達到神憎鬼厭的地步，除三兩個「知己」之外，沒人願意與他共處。有一次，他又通過種種關係發表了一篇堂而皇哉的論文，一位文學前輩看後，說：「此文可配得上杜甫的《絕句》」。那位「新銳」知道以後，高興得手舞足蹈，馬上一改狂妄情態，寫信稱呼這位前輩爲「恩師」。殊不知「恩師」讀信後苦笑不已。朋友再三詢問，他才「揭秘」。原來所謂「配得上」的意思是：

「兩個黃鸝鳴翠柳」——莫名其妙；

「一行白鷺上青天」——離堤（題）萬丈；

「窗含西嶺千秋雪」——一片混沌而且滿臉冰雪（指文章冷冰冰，充滿殺氣）；

「門泊東吳萬里船」——胸懷遠志卻不踏實地。

這位前輩活用了杜詩，準確地評價「新銳」，叫人絕倒。話傳到了「新銳」耳邊，他跳起三丈，於是乎，「恩師」旋即被打成「老朽」。

這段故事，完全可以寫進《儒林新史》中。

## 「四喜」和「四憂」

古代，有一人家發生竊案，老是查不出作案者。主人急了，只好去某廟求神問卜。他求得一首詩：

久旱逢甘雨，他鄉遇故知；
洞房花燭夜，金榜題名時。

主人莫名其妙，只好向塾師請教。塾師看了一眼，就問主人：「尊翁家人中有名叫四喜的嗎？她就是小偷。」主人聽罷，爲之愕然，原來，四喜是他寵愛的小老婆的名字！他不大相信，反覆審問之後，卻得到證實。

這個故事純屬無稽之談，古人不過是姑妄言之。這「四喜詩」不知寫於什麼朝代，它的確寫出了四件人們心目中的大喜事。第一句：旱災解決，莊稼得救；第二句：在異鄉作客，孤寂無聊，卻意外地遇到了老朋友；第三句：新婚之夜，其樂無窮；第四句：考中了進士，從此可以當官、享富貴。這些事都是叫人非常高興的。

其中的第四「喜」，帶着鮮明的封建社會色彩。

不知什麼時候，有人根據「四喜詩」的構思寫了「四憂詩」：

寡婦攜兒泣，將軍被敵擒；
失恩宮女面，落第舉人心。

一、二句不必解釋。第三句「失恩宮女」，指失去了皇帝恩愛的宮女，她的面孔，必然滿是憂愁。第四句「落第舉人」，即參加殿試考不上進士的舉人，他的心自然也充滿憂傷。這首詩也具有鮮明的封建社會色彩。

「四喜詩」和「四憂詩」都對仗工整，押韻嚴格，讀起來朗朗順口，句子通俗易懂，所以流傳很廣。仔細想來，在封建社會中，這「四喜」還未算最「喜」，譬如，「龍袍加身時」（當上皇帝）不比「金榜題名時」更「喜」嗎？但這會「犯禁」的，所以不被列入。這「四憂」也未算最「憂」，譬如，「寡婦死兒泣」就比「携兒泣」更「憂」，而「去位皇帝心」也一定比「落第舉人心」更凄涼，因爲他失去的更多了。

## 戒貪詩

貪得無厭，是人世間的通病。「人心不足蛇吞象」這句俗語，正是對此弊的生動形容。古代，曾有人賦詩一首以勸戒貪心：

終日奔波只爲饑，方才得飽便思衣。
衣食兩般皆滿足，又想嬌容美貌妻。
娶得嬌妻生愛子，恨無田地少根基。
買下田園百十頃，又怨出門缺車騎。
庭前屋後滿車馬，復嘆無官被人欺。

若要世人心裏足，除非南柯一夢西。

這首詩採用層進的手法來寫，把貪婪的人的步步渴求簡練地表現出來。開頭兩句，寫解決了肚子問題，就想到衣服；三、四句寫進而想到要娶個美貌的妻子；五、六句說有了妻子、生了孩子，就想要田地；七、八句寫進而想到要車、馬；九、十句更想要當官。最後兩句是「總結」。

「南柯一夢」的典故出自唐人李公佐作的〈南柯太守傳〉：淳于棼夢入大槐安國，當了駙馬，任南柯太守，享盡榮華富貴；後來奉命率兵征戰失敗，公主也死了，由於國王疑忌而被遣歸；醒來才知道大槐安國就是他家裏大槐樹下的螞蟻洞，南柯郡卽槐樹最南的一枝。後來，人們用這一故事來比喻得到的富貴是極易喪失的，不過像作了一場夢而已。詩最後兩句的含意是，世人只有在發夢中才能滿足自己的貪慾——而它畢竟是夢，到頭來一切皆空。作者勸人們不要作過分的追求。

這首詩，有一定的思想意義。

## 詠命歌

清代筆記文《雨窗消意錄》記載了一首無名氏寫的詠命歌：

石崇豪富范丹窮，運早甘羅晚太公。
彭祖壽高顏命短，了人都在五行中。

詩以對比手法來歌唱人的不同命運。

首先是貧富的對比。石崇是西晉人，出任過侍中（那時是管理雜務的皇帝近臣）、荆州刺史等職務，通過刧掠客商獲得無數財寶，成爲當時最大的富翁，過着窮奢極侈的生活。范丹是東漢人，很有學問，但生活十分窮困，有時甚至絕糧。

第二句是交運早與晚的對比。甘羅是戰國時期的楚國人，十二歲就當了秦國丞相呂不韋的家臣，自動請求出使趙國，說服趙王割地給秦，並把所攻取的部分燕國土地給秦，在外交上立了大功，被封爲上卿（極高級的爵位），是我國歷史上著名的「早遇」人物。太公卽姜太公，又叫呂尙，字子牙。他隱居釣魚，到八十歲才被周文王賞識，是「文王四友」之一；武王時被尊爲尙父，在滅商的戰爭中立下大功。「甘羅十二爲上卿」，「太公八十遇文王」這兩句話已成爲人們的順口溜。

第三句是長壽與短命的對比。彭祖是故事傳說中的人物。他姓籛名鏗，生於夏代，至殷代末年已七百六十七歲（一說已八百多歲），此公可謂超級壽星了。雖然這是不可信的，但我國民間歷來以他作爲長壽的典型。「顏」指孔子的得意學生顏回，卽顏淵。他窮而好學，道德品質很好，年僅三十二歲就逝世。

最後一句是總結。「了人」是「人了」的倒裝（這是爲了切合句子平仄的需要）；「了」，是「完全」的意思。句意是，人的一切遭遇完全都在「五行」裏。「五行」卽金、木、水、火、土，相命者認爲，這五種東西的關係如何，決定了人的命運。這是很玄的東西。

這首詩宣揚了宿命論。從中，我們可以隱約地聽到飽歷風霜的失意者無可奈何的嘆息。

## 放狗屁的詩

很多遊覽勝地都「滿臉傷痕」，這是某些缺德遊客的「傑作」。或用筆塗抹，或以刀刻劃，或題歪詩幾句，或寫上「某某到此一遊」……這是大煞風景的事。大概，這些遊客的目的，是要留下自己的名字，以便與風景名勝一齊「不朽」，其實這是一種破壞的行爲。

傳說在古代，有一位先生到某古寺遊覽，發現很多遊人在寺門的粉牆上留下「遊痕」。其中多是字體歪歪扭扭，文句狗屁不通的東西。這位先生看後，義憤塡膺，揮筆題寫了一首詩來加以斥責：

此牆上面文字多，非文非詩也非歌。
吃完大糞放狗屁，有才何不早登科！

「登科」指參加科舉考試獲得了功名。

這位老兄是要諷刺題字者，殊知這一來，自己也成了諷刺的對象。詩寫得粗俗不堪，同樣屬於「放狗屁」之作。

還有一首「野詩」，也是諷刺人們在風景勝地的牆壁上亂題亂寫的：

桃紅柳綠春光好，個個詩人丈二長。
不是詩人長丈二，爲何放屁在高牆！

第一句環境描繪，突出這是風景優美的遊春之地。第二句下筆突兀，使人乍看起來莫名其妙，這是作者看了高牆上的「詩歌」之後的感覺。三、四句是對第二句的解釋和說明——爲什麼「個個詩人丈二長」？因爲他們在高牆上「放屁」——寫放屁詩。

諷刺得很尖酸。這首詩不知是否也寫在高牆上？如是，也屬「放屁」。

要「放屁」還是另找地方爲宜。題字者這樣做不可能達到「不朽」，只能遺臭。

# 第二輯

# 官場百態

這裏的「官場」，包括朝廷在內，所以它更不止「百態」了。

本輯所收集的詩，上起三國時期，下至清末，直跨一千六百餘年，仍依時間順序排列。這些詩，從不同層次、不同角度反映這漫長的封建時代的政治生活，展示了吳末帝孫皓、宋徽宗趙佶、慈禧太后那拉氏、范仲淹、韓琦、童貫、秦檜、韓侂冑、賈似道、俞大猷、石達開等不同類型的歷史人物及各朝代一些大小官員的容貌和內心世界。

翻閱這一輯，可以看到剛正不阿人士的光輝形象，可以聽到清廉官吏、民族英雄的呼吸心音；也可以了解到腐朽統治者的凶殘本質和昏庸嘴臉，還可以看到各種小丑的精彩表演。

## 投降皇帝唱〈你你歌〉

東漢之後，我國出現魏、蜀、吳三國鼎立的局面。公元二六三年，掌握魏國實權的司馬昭（司馬懿之子）派兵攻蜀，劉禪（劉備之子）投降，蜀國被消滅。兩年之後，司馬昭病死，其子司馬炎廢了魏帝，登上皇帝寶座（即晉武帝），使魏國從歷史上消失。公元二八〇年，司馬炎派兵攻吳，孫皓（孫權的孫子）投降。於是，「三國盡歸司馬氏」，晉統一了天下。

孫皓投降之後，被封爲歸命侯，在晉京洛陽居住。一天，司馬炎宴請羣臣，孫皓也被邀請。席間，司馬炎忽然對孫皓說：

「聽說江南地區的人都喜歡作〈你你歌〉，你會不會作？」

這時，孫皓正舉杯欲飲，一聽到司馬炎這樣說，馬上向司馬炎敬酒，同時吟道：

昔與你爲鄰，今與你爲臣。

上你一杯酒，令你萬壽春！

「鄰」，鄰國。開頭兩句，述說他與司馬炎之間的關係的變化。後兩句是祝頌語。「萬壽春」，萬年長生不老，永葆青春的意思。這位投降皇帝很是精乖，懂得抓住機會拍馬。他從一國之君淪爲別人之臣，處處看人眼色，卑躬地祝別人「萬壽無疆」，處境是相當淒涼的。

但這也是咎由自取。他當皇帝的時候，專橫殘暴，奢侈荒淫，大失民心。他自已促使吳國走向滅亡，以致贏得了在晉國殿堂上演唱〈你你歌〉的「榮幸」。這首歌，在思想、藝術上均無可取，但反映了一段歷史。

## 「扶風馬」和「隴西牛」

隋代，有個叫馬敞的書生到京城應選，謀求官職。他去拜訪掌握此項工作的吏部尚書（掌管官吏任免、升降、調動、考核等事務的中央機關的首長）牛弘，殊知牛弘看見他相貌不揚，就產生輕視之心，側臥在床上吃水果，不以禮相待，還隨口吟了一首詩來諷刺：

嘗聞扶風馬，謂言天上下。
今見扶風馬，得驢亦不假。

「扶風」，古郡名，轄今陝西省秦嶺以北地區，以產馬稱著。牛弘從馬敞的姓氏來進行聯想，把他當作馬來吟唱。詩意是：過去，曾聽說扶風所產的馬匹，是從天上降下來的良種；如今，我看見的扶風馬不過像驢子那樣。

牛弘以貌取人，認爲馬敞不會有什麼才能，所以才這樣嘲諷。

馬敞聽後，馬上回敬一首：

嘗聞隴西牛，千石不用軥。
今見隴西牛，臥地打草頭。

「隴西」，古郡名，轄今甘肅省東部地區。「軥讀 gōu，車轅前夾着獸頸以便駕馭的工具。「石」在這裏是重量單位，一石相當於一百二十斤；「千石」，形容很重。

馬敞以牙還牙，同樣通過對方的姓氏來進行聯想。詩句的大意是：過去，曾聽說過隴西所產的牛很頂用，很馴服，盡管拉着很重的東西，也不用裝上軥來駕馭。如今，我所看見的隴西牛卻懶洋洋的，只顧睡在地上吃草根。

馬敞抓住牛弘臥床吃水果這一點來設喻嘲諷，可謂針鋒相對。這正好證明他的確有才，所以牛弘聽了以後，馬上起來相敍，還委任他當官。

這則詩壇軼事，反映出封建時代以貌取人的惡習，也贊揚了馬敞不畏權勢和牛弘勇於改過的精神。牛弘很有「雅量」，他是一名大官，馬敞的命運全掌握在他手上；如果要讓馬敞穿小鞋的話，是輕而易舉的，但他毫不計較，而且提携了馬敞一把，難得！但願牛弘之風世代流傳。

## 「案後一腔凍猪肉」

唐代，有個吏部侍郞（吏部的副長官）名叫姜晦。此公胸無點墨，目不識丁，更不懂得讀文章。可是，他竟然擔負這樣重要的職務，結果常常鬧笑話。

一年，他主持選拔官員的工作。由於他根本不懂得分析考卷，無從分辨優劣，於是實行來者不拒，凡參加應選者一律選取，個個封官。這自然使那些不學無術的應選者感恩感德，但也引起了有識之士的強烈不滿。有人寫了一首「打油」來進行諷刺：

今年選數恰相當，都由座主無文章。
案後一腔凍猪肉，所以名爲姜侍郞。

頗爲刻薄，但使人讀後覺得痛快。

第一句批評了他的濫選。「選數恰相當」，就是應選者與入選者人數恰恰相等的意思。跟着指出產生這樣結果的原因，是「都由座主無文章」，道出了實情。「座主」又稱「座師」，是參加考、選的人對主試官的尊稱（入選、考上者自稱「門生」），這裏是指姜晦。

在第三句中，詩人展開形象思維，把端坐於桌子後邊監考的姜某人喻爲「案後一腔凍猪肉」，諷刺他愚蠢、痲木、沒有用。最後，詩人將「姜」諧爲「薑」來進行諷刺——既然是「凍猪肉」，必然要用薑來作佐料烹調，下筆很自然。

詩人極盡嬉笑怒罵之能事，但我認爲，姜侍郎決不會生氣。因爲他「無文章」，讀不懂。儘管詩筆鋒利如劍，但能耐「凍猪肉」何？詩人對「凍猪肉」彈琴，枉費心機。

詩，是具有一定的社會功能的，但在「詩盲」面前，它卻沒有絲毫用場。在世間還存在「凍猪肉」的時候，詩人切勿輕率地拋擲詞語、聲情，否則，倒反被人譏爲傻瓜。

## 「不如依樣畫葫蘆」

北宋初年，有個叫陶谷的朝臣，在翰林院工作多年，迫切想升官。可是宋太祖卻瞧他不起，對人說：陶翰林寫文書，都是翻閱前人的舊本，俗語所謂「依樣畫葫蘆」而已。陶谷聽了，知道升官無望，就吟了一首詩來發洩怨氣：「官職須從新處有，才能不管舊時無。堪笑翰林陶學士，年年依樣畫葫蘆」這則詩的故事，我已寫成〈依樣畫葫蘆〉一文，收進《野詩談趣》一書中，在此不再多費唇舌。

到了南宋，又有一首涉及「依樣畫葫蘆」的詩。翰林院士胡衞、盧祖皐在起草文書時，寫了「江淮盡掃於胡塵」的句子，結果被一位太學生作詩諷刺：

胡塵已被江淮掃，卻道江淮盡掃於。
傳語胡盧兩學士，不如依樣畫葫蘆。

這故事涉及一件史實。一一六一年，金兵在完顏亮指揮下大舉侵犯，大臣虞允文正好到采石（在今安徽省馬鞍山市長江東岸，江面較窄，是當時的江防重地）慰勞軍隊；那時剛巧主將王權被罷職，宋軍無人指揮，形勢很危急，虞允文就毅然承擔責任，指揮作戰，並把金兵打敗，使江淮地區的局勢得以穩定下來。大概胡、盧學士是爲了追求新奇吧，竟寫出「江淮盡掃於胡塵」（「胡塵」指金兵）的句子，把事實說反了——照句意解釋，就是江淮地區盡被金兵所「掃」（掃蕩、占領），難怪他們被太學生諷刺。而太學生詩句「胡塵已被江淮掃」的意思是：金兵已被長江、淮河的水流沖得一乾二淨。這是形象化的寫法，眞實地反映出金兵大敗的事實。

「傳語」兩句，寫得很有味。本來，「依樣畫葫蘆」是不好的，作文寫詩，不應模仿而應當追求獨創；但如果亂寫一氣而導致表達錯誤，倒「不如依樣畫葫蘆」爲佳。這位太學生把這兩位學士的姓諧連爲「葫蘆」，可謂機智之筆。

這則故事是有生命力的。今天，不是有的「詩人」爲了追求新奇而寫出一些辭不達意的或誰也讀不懂的怪句來嗎？我看，也應當奉勸他們「不如依樣畫葫蘆」。

## 以詩作墓誌

北宋初年的狀元王嗣宗，是個頗有名氣的人物。他性格剛毅果敢，在一生中，有兩件事值得一傳。

一是大膽上書，指斥得到皇帝寵信的种放。

种放（九五五—一〇一五），字明逸，自號雲溪醉侯。此人不參加科舉考試，隱居在終南山，以清高自命，同時卻積極結交、巴結權貴，以求上薦。宋眞宗時，他的「清名」果然得到皇帝的欣賞，被召入朝當官；後來時隱時官，終於爬到工部侍郎（工部是朝廷六部之一，掌管工程、工匠、屯田、水利、交通等政令，侍郎是部的副長官）的高位，撈到了大量的賞賜和俸祿。他還依勢以賤價買進很多良田，成爲一方富豪；門生、親屬也狐假虎威，幹了很多壞事。王嗣宗掌握了證據，就寫奏章告發他。由於皇帝包庇，沒有將他問罪，但對他也不再那麼欣賞了。他的名聲隨即一落千丈。

第二件是毀滅邠州（今陝西省彬縣一帶）的靈應廟。

這座廟宇原來很有聲威，據說它所供奉的神十分靈驗，境內男女老幼無不信仰，香火甚盛，使廟祝發了大財；甚至官吏來邠州上任時，也要先去叩拜一番。王嗣宗卻不賣賬，他到任不久就調集兵員去拆牆搗像，還放火燒熏廟裏的地穴，決心將「神仙」置於死地。煙火一起，幾十頭狐狸慌忙逃出，結果盡死於刀箭之下。

這兩件事，受到正直人士的贊揚，有人寫詩云：

終南處士名聲歇，邠土妖狐窠穴空。

二事俱輸王太守，聖朝方信有英雄！

一、二句概括地寫出他的兩件大事。「終南處士」指种放。「俱輸」，都輸給的意思，他的確是勝利者。詩人把他譽爲「聖朝」的英雄，充分肯定他不畏權勢，不畏鬼神的精神，評價甚高。

這首詩傳到了他耳朵裏，他十分高興，對子孫說：「我死的時候不要請人寫墓誌，就把這首詩刻在石上放在墓中，我就感到十分光榮了。」後來，子孫果眞遵照他的意願辦理。

王嗣宗歷來是不信鬼神的。據《涑水紀聞》紀載，有一次，他病了，家人爲他燒紙錢祈禱，他知道後笑着說：「何等鬼神，竟然敢向我索取財物?!」這位封建社會的人士的確有膽識，比今天某些人士還要強。

## 「水滴石穿」

張詠，字乖崖，是北宋太平興國（宋太宗的年號）年間的進士，以性格剛烈、勇敢稱著。年青時候，他曾見義勇爲，殺掉一個掌握主人的陰私、要強娶主人的女兒爲妻的惡僕。後來在河南的一間旅店，又機智地殺掉了要謀害他生命、搶刼他錢財的店主父子三人，還放一把火燒掉了這間黑店。

他當官之後，性格不改。在任崇陽（今湖北省屬）縣令時，有一天，他發現一個管錢的小吏偷了一枚錢幣藏在頭巾裏帶出庫房，就馬上審訊。小吏直言不諱。他就下令打小吏板子，以示懲戒。殊知小吏傲慢地說：「區區一枚錢幣算得什麼？你可以因此而打我，但能够殺我嗎？」張詠聽後大怒，馬上揮筆寫了四句詩作判詞：

一日一錢，千日一千；
繩鋸木斷，水滴石穿！

一放下筆桿，跟着拔出佩劍當場砍掉這小吏的腦袋。這件事震動了全縣，使官吏們不敢再胡作非爲，老百姓也更加安分守己。判詞寫得簡潔有力，他的推理無疑是正確的。對這種抱着「大法不犯，小法常犯，奈何我不得」思想而屢做壞事的人，無疑是應當予以懲辦的，但竟一下子致之死地，未免太嚴酷了。事後，他向有關部門申報，彈劾自己。

他出任益州（今屬四川）的地方官時，有一個小吏做錯了事，他命令處以帶枷的刑罰。那個小吏不知厲害，悻悻地說：「枷我容易，要解脫就難」，言下大有不肯干休、糾纏到底之意。他聽了憤然說：「解脫又有什麼困難？」說完就把小吏的頭從枷上砍下來。從此，屬下官員都更聽話了。張詠這樣隨便殺人，是不對的，從這可見出他暴烈的性格。

另一方面，他卻很愛才。這件事也發生在益州。一天，有一名屬員不肯依照慣禮來參拜他。他很生氣，說「只有辭職不幹才可免掉參拜。」這個屬員來個硬碰硬，馬上遞上辭呈，同時獻詩一首，其中有句子云：「秋光卻似宦情薄，山色不如歸興濃」，抒發了厭惡官場生活（他認為官場中缺乏人情味）、寧願回鄉閒居的情懷。這兩句詩寫得很好，他看後大加贊賞，不由離開座位趨前執着對方的手說：「屬下有水平這麼高的詩人而我卻不知道，是我的罪過！」把這位屬員敬奉為上賓。

從上例可見，張詠是愛詩的人，但他卻幾乎被詩所害。那是被降職到江南地區當知州的時候。一天，他閒極無聊，寫了一首絕句。其中有一聯是：

獨恨太平無一事，江南閑煞老尚書。

他把詩放在桌子上。溧陽（今江蘇省屬）縣令蕭楚材看了，就提起筆來將「恨」字改為「幸」字。他發現之後很惱火。左右的人對他說：「是蕭先生改的，他是為了保護您呵！你功高位重，而奸人正冷眼注視着您，現在天下統一，您卻獨恨天下太平，奸人會抓着這一點來攻擊您的。」他聽後深懷感激地說：「蕭先生眞是一字師呵！」

原句的含意是很不妙的。「獨恨太平無一事」，不是希望天下大亂嗎？將「恨」改爲「幸」，句意就大大不同。這一字之改，免除了一場文字獄。蕭楚材可謂厚道、聰明，張詠可謂走運。如果蕭楚材是一名打小報告的愛好者，這位「老尚書」就將會忙於吃官司而不會再有「閒煞」的雅興了。

## 「却被旁人冷眼看」

夏竦（九八五—一〇五一）是北宋的大臣。他與丁謂、王欽若等營私結黨，當上了副宰相，聲譽不佳，但頗會寫詠物詩。

那時候，宋眞宗崇尚道教，丁謂投其所好，就不惜花費巨額的國家資財來興建道觀。富麗堂皇的玉清昭應宮落成了，丁謂在齋廳大宴同僚，夏竦也應邀參加。當時，請了一班雜耍藝人來表演助興，酒興正酣，丁謂要夏竦賦詩紀述。他卽席吟道：

舞拂跳珠復吐丸，遮藏巧使百千般。
主人端坐無由見，卻被旁人冷眼看。

一、二句是寫雜耍表演，說他們要弄種種把戲，技藝高超，實際上這是喻指丁謂的手腕高超，要弄種種手法來取悅「主人」，以鞏固權位。第三句的「主人」看似是寫席上的官員（包括丁謂），其實是指皇帝。他在上面「端坐」，沒有發現演員「遮藏巧使百千般」的手段，沒有發現丁謂在耍弄政治手腕。「卻被旁人冷眼看」一句，是對丁謂的警告。「旁人」，指不與丁謂同一黨的人，他們在「冷眼」看着丁謂的表演，在等待事態的發展並伺機把丁謂趕下臺。

這首詠物詩，是勸丁謂不要過分弄巧，免得被「主人」發現而導致垮臺。這是一片苦心，因爲一旦丁謂垮臺，夏竦的日子也不會好過。丁謂「聞弦歌而知雅意」，臉色都變了，他是了解這位「同志」的用意的。這個故事出自《東軒筆錄》。

《春明退朝錄》還記載了夏竦的另一首詠物詩。那是針對他的老師胡旦而寫的。

胡旦是宋太宗時的狀元，曾擔任秘書監（掌握圖書著作的官員）等職務。此人很有學問，但爲人刻薄、貪錢，常常喜歡批評、譏笑別人。後來，他雙目失明，在襄陽閒居，仍不甘寂寞，經常說長道短，抨擊地方政務，官員們對他既討厭又害怕，但也無可奈何。一年，夏竦奉調鎮守襄陽，到任不久，卽去拜訪胡旦。胡旦問他：「你近來有沒有讀書？」他答道：「由於公務繁忙，很少讀書，只是經常寫些絕句來消遣。」胡旦擺出老師架子，叫他試讀一些聽聽，他就吟了一首《燕雀詩》：

燕雀紛紛出亂麻，漢江西畔使君家。

空堂自恨無金彈，任爾啾啾到日斜。

表面上是詠燕雀，實際上是對胡旦進行嚴厲警告。

「使君」，是對刺史的稱謂，泛指州郡的最高行政官員。漢江流經襄陽，第一、二句是說「燕雀」在自己的衙門裏亂叫，說胡旦吱吱喳喳地干擾自己及屬下的工作。最後兩句鋒芒畢露，「金彈」，是鐵彈丸的美稱。「日斜」，日暮。他「自恨無金彈」才「任爾啾啾到日斜」，如果有「金彈」的話，那就對「燕雀」不客氣了！

實際上，作爲一個地區最高軍政長官的夏竦，是有權的，手頭是有「金彈」的，只不過念在師生情面，暫時未發射而已。這首詩是警告：「如果你還想活的話，就閉上嘴巴！」胡旦是一隻聰明的「燕雀」，自然了解詩的含意，從此他稍爲收斂，不敢太放肆了。

不管夏竦的爲人如何，也不管這兩首詠物詩的寫作目的有什麼不同，但應當承認它們都寫得很好：既切「物」又寄寓着深意，而且寄寓得貼切、自然；同時也都產生了效果。有個成語叫「對牛彈琴」。「牛」不懂欣賞是理所當然的，我們不應責怪「牛」，而應當責怪「彈琴者」愚蠢，不了解對象。現在夏竦對「遮藏巧使百千般」的「雜耍藝人」和對「啾啾」鳴叫的「燕雀」吟詩，對方都聽懂了，說明夏竦的水平很高。

## 「乃是孤兒寡婦船」

北宋名臣范仲淹（九八九—一〇五二），出身貧苦，很關心國家利益和人民大眾的命運，是一位能幹而正直的政治家。他在出任陝西經略副使（副邊防長官）時，有效地防禦了西夏的掠犯；到朝廷擔任參知政事（副宰相）時，聯合富弼等人實行「慶曆新政」，積極推行一些有利於國計民生的改革；可惜由於官僚集團反對，而壯志未酬。他同時是著名的文學家，散文、詩詞都寫得很好，「先天下之憂而憂，後天下之樂而樂」（〈岳陽樓記〉）的名句，足可以與天地共不朽。

早年，他在浙江一帶當官時，有一位姓孫的小官吏病逝，留下老婆和兩個孩子，景況淒涼，連回鄉的旅費也沒有。范仲淹知道後，馬上送去俸錢數百緡（「緡」，成串的錢，一千文爲一緡），同僚們見此情景，也紛紛解囊贈予。他還租小船，派出一個老吏，護送孤兒寡婦回鄉；爲了避免途中阻滯，還賦詩一首交給老吏，說：「在經過關卡的時候，你把我的詩拿出來給有關官員看。」這樣做，可謂仁至義盡。詩是這樣寫的：

一葉輕帆泛巨川，來時暖熱去涼天。
關防若要知名姓，乃是孤兒寡婦船。

首句表現途程的艱辛，次句寫出旅途的漫長。這兩句，隱隱流露了詩人對孤兒寡婦的關懷。「關防」即軍隊防守的要塞，結句指出這是「孤兒寡婦船」，含着希望關防官吏也關心他們，幫助他們順利回鄉之意。

這首詩沒有什麼文采，但很順暢，反映詩人救弱扶貧的熱心，這是「先天下之憂而憂，後天下之樂而樂」的具體體現。

封建時代有官如此「仁愛」，難得！

據另一本筆記文記述，范仲淹鎮守邊疆時，用黃金鑄了一個箋筒，並飾以寶石，用來裝貯朝廷的詔旨敕命。後來這個貴重的箋筒被一名老卒偷了，范仲淹卻不予追究。從這可以見出他的寬厚心懷。後來，有一位叫袁桷的人爲此寫了一首詩，並題在范的遺像上以作紀念：

甲兵十萬在胸中，赫赫英名震犬戎。
寬恕可成天下事，從他老卒盜金筒。

這首詩也缺乏文采，但同樣明白曉暢。第一、二句贊揚范鎮守邊疆時的英名。當時，西夏人很害怕他，說他「胸中自有甲兵十萬」，詩的第一句顯然是由此而來。「犬戎」是對西夏人的蔑稱。第三、四句才寫及失金筒的事，頌揚他的「寬恕」胸懷。

這首詩，從「威」和「寬」兩個方面來歌頌范仲淹，把這位封建時代的名臣的形象完整地表現出來了。

## 韓琦因詩選女婿

韓琦（一〇〇八—一〇七五），字稚圭，是北宋的大臣。他任右司諫（言官）時，一次奏劾就罷了四名宰相、參政（副相）的官，從此名聲大震；在鎮守邊疆時，與范仲淹一起，有效地抵禦西夏的侵犯，建立了功勛。他執政三朝（仁宗、英宗、神宗），擔任樞密使、宰相，地位顯赫；雖然晚年時思想保守（他極力反對王安石變法，認為王不是擔任宰相的人才），但不失為能幹的名臣。

早年他在定州（今河北滿城以南）任知州時，一天，有位叫李淸臣的書生來拜見；適逢他正在午睡，守門的小吏就把來客擋駕。李淸臣很不高興，留下一首詩就離去了：

刺史乘閒臥絳廚，白衣老吏慢寒儒。
不知夢見周公否？曾說當年吐哺無？

首兩句敍述來訪的遭遇。

「刺史」自然是指韓琦。「絳」，大紅色；「廚」，指有紗帳的床。「慢」，怠慢，慢待；「寒儒」，寒酸的讀書人，是作者的自稱。

三、四句是對韓的質問，運用了「周公吐哺」的典故。

周公（姬旦）是周代的大賢臣，曾爲鞏固周朝政權作出巨大的貢獻。他一生都禮賢下士，毫無架子，凡有士人來訪。都馬上熱誠地接待，吃一頓飯曾三次把食物吐出，不讓士人等候，因此，他獲得天下人士的衷心擁戴，爲國家招攬了很多人才。後世的曹操在〈短歌行〉中曾發出「周公吐哺，天下歸心」的贊嘆。

在這裏，李清臣以韓琦因午睡不見客與周公吐哺待客作對比，批評韓琦對「寒儒」的態度冷淡。韓琦讀了這首詩以後，十分慚愧，立即把李清臣請到家裏。他很欣賞李的才能，後來選李爲女婿。

這首詩只是率眞地抒發心聲，在藝術上沒有什麼特色。這件事卻很有意義，當時被傳爲佳話。韓虛心對待「寒儒」，樂於接受批評；李不怕冒犯大官，勇於提出意見，他們的精神都是可敬的。

後來，李清臣中了進士，在神宗、徽宗朝擔任國史編修官、門下侍郎等職務。他生活節儉，奉公守法，名聲很好。韓琦是有眼光的。

## 「又逐流鶯過短牆」

北宋的大臣司馬光（一〇一九—一〇八六），是我國歷史上的大名人。他小時候機智地用石頭擊穿大甕，讓水流出，從而救了跌落甕中的小朋友的故事，已家喻戶曉。

他在政治上十分保守，強調「祖宗之法不可變」，拼命反對王安石的新法，成爲改革的重大阻力，「舊黨」的領袖人物。另一方面，他是一位有重大影響的學問家，作品除了《資治通鑑》這部巨著外，還有《司馬文正公集》、《稽古錄》等，治學很有成就。同時，他生活儉樸，「食不敢常有肉，衣不敢常有帛」，而且作風正派。

這裏收錄他早年所寫的一首詩。

年輕時，他在定武（卽定州，今河北省定縣一帶）當從事（州郡長官的僚屬）。有一位同僚生活很墮落，經常與妓女鬼混；他知道了，但一直沒有揭穿。可是，這位同僚越來越不像様，有一次甚至把妓女帶到僧寺去嫖宿，這對崇尚道德的司馬光來說，是不可忍受的事情，於是就跑去僧寺當面勸戒。妓女看見司馬光到來，狼狽地跨牆逃跑，同僚只得講出實情。司馬光沒有厲色疾聲地予以斥責，只是吟了一首打油詩：

年去年來來去忙，暫偷閒臥老僧床。
驚回一覺游仙夢，又逐流鶯過短牆。

第一句批評這位同僚無所作爲，渾噩度日，讓時光匆匆消逝。第二句婉轉地點出了同僚現在所幹的勾當。

後兩句依然是寫現在所發生的事情。「驚回」，驚醒；「游仙夢」，指性行爲。由於司馬光的「突然襲擊」，同僚的「夢」被驚醒了。「流鶯」，指妓女；「短牆」即矮牆。誰「逐」流鶯？自然是司馬光本人。

這首詩既揭露了這位同僚的醜行，但又不失「溫柔敦厚」之旨，這是婉言的規勸。在客觀上，它反映了當時官吏的腐朽的一面——在封建社會裏，官吏狎妓，有時被認爲是「風流韻事」，有的人還恬不知恥地加以宣揚，甚至賦詩吟詠。這位同僚的所作所爲，絕非最惡劣的例子；只不過他遇上了潔身自愛的司馬光，司馬光又偏偏贈詩一首，使他的事情流傳到今天。幸虧野史沒有記錄他的姓名。

在生活方面，司馬光堪稱封建官吏的表率。他不但反對狎妓，連老婆爲他所置的妾也不屑一顧。這一點，《畫墁錄》、《清波別志》等書都有所紀錄，看來不會是假的。他在政治上不足取，但在治學精神、個人品德方面卻值得贊揚。從他身上，我們可看到「人」是相當複雜的；評價一個人物，切忌非好即壞的簡單化。

## 「一任夫君鶻露蹄」

宋仁宗朝的大臣張士遜，在政治上毫無建樹，爲人無稜無角，一味和稀泥，被人們稱爲「和鼓」。正因此，他官運甚佳。景祐五年（一〇三八），他與章得象一起被任命爲宰相，這是他第三次擔任這一位極人臣的職務。當時他已七十五歲，老態龍鍾，更加無所作爲。

兩年之後，由於處理西北邊防問題不當，引起朝議紛紛，他只好以年邁爲理由辭職。離開朝廷時，他寫了一首絕句送給章得象：

赭案當衙並命時，蒹葭衰朽倚瓊枝。

如今我得休官去，鴻入青冥鳳在池。

「赭案」，辦公的桌子；「並命」，一道被任命。第一句追敘了兩年前與章得象一起被任命爲宰相的事。

第二句緊承首句。「蒹葭」，即蘆葦，這是自喻；「瓊枝」，指美麗、名貴的花樹，這是對章得象的美稱。「衰朽」，形容自己年老無用；一個「倚」字，表達了自己與章的關係。看來此公很謙虛，很客氣。

三、四句的筆鋒轉到「如今」。「青冥」，青色的天空；作者自喻爲飛入茫茫青天的鴻雁，說自己從此可以自由自在地生活。跟着喻對方爲「鳳」，「鳳在池」三字，寫出對方仍在朝廷榮任宰相的事。這樣寫是有出處的：魏、晉時候，中書省掌握一切機要，接近皇帝，所以被稱爲「鳳凰池」，後來這就成爲宰相衙門的代稱；這一來，宰相自然是「鳳凰」了。

平心而論，這一首詩不過是表達自己的態度而已，沒有什麼值得非議之處。但由於此公缺乏才能和氣魄，只懂得充當「和鼓」；年逾古稀還不服老地擔當宰相這一極爲重要的職務，直到耽誤了國家大事而被批評之後才休官離去，所以人們對他很不滿。當時，有人改他的詩來進行諷刺：

赭案當衙並命時，與君兩個沒操持。
如今我得休官去，一任夫君鶻露蹄。

改動了兩句，全詩面目全非，主題迥異。

第二句的「沒操持」，指不懂得「當家」，指他們對國家大事措置失當，把張、章二人一起駡。駡得有理。

第四句改得相當刻薄。「夫君」是妻子對丈夫的稱謂。「鶻露蹄」暗指「鶻突」；「鶻突」是當時的口語，即糊塗之意。結合全詩來看，就另有一番「風味」。古代，丈夫離棄妻子稱爲「休」，詩變成了一個被「休」的妻子對丈夫（「夫君」）的怨恨的傾訴。這一來，可對詩作這樣的理解：當年我們當着赭赤色的香案「並命」（把命運連在一起——結成夫妻），但我與你都不會持家；如今我被官府斷「休」了，任由你這位夫君糊塗下去吧！

大妙！據有關筆記文說，這首打油詩很快流傳開來，使「聞者大哂」（譏笑），這是必然的。這種不知進退的昏老頭子着實應該被「大哂」。

## 「龍圖雙淚落君前」

宋仁宗的時候，在汴京（今河南省開封市）的士大夫中間，流傳着一首叫人齒冷的打油詩：

仲昌故國三千里，宗道深宮二十年。
殿院一聲〈何滿子〉，龍圖雙淚落君前。

顯然，這首打油詩是由唐代詩人張祜的絕句名作〈何滿子〉改成的。原詩是：「故國三千里，深宮二十年。一聲〈何滿子〉，雙淚落君前。」它抒發了宮人的幽怨感情。打油詩人在每句的前邊各加上兩個字，內容就大大不相同了。

第一句涉及一樁科舉考試的案件。「仲昌」即章仲昌，因爲科場舞弊而犯罪。他的叔叔章得象（當朝的大臣）知道形勢不妙，就連忙上奏皇帝，乞求將他押回故鄉監管、教育，使他逃脫了牢獄之災。「故國」，故鄉；「三千里」，形容故鄉離京城很遠。這件事反映了封建社會的一個黑暗面——皇帝講私情，權貴包庇子弟，「衙內」犯了法卻可以不受處罰。打油詩人對此懷着義憤，把它寫進詩中。

第二句反映了一件官場醜事。「宗道」即王宗道，他在皇宮裏當了二十年教官而未得升遷，於是向皇帝上奏，終於撈到了龍圖閣學士的職位。龍圖閣是皇家圖書館，專門保存宋太宗的御書、御製文集及典籍圖畫、「祥瑞」；龍圖閣學士是皇帝的文學侍從，「清高」的閒職，總比當教官顯赫得多。王宗道的官癮得到滿足了。由此可見，皇帝把官位視爲賞賜物，這在「家天下」的封建社會中，本來不足爲奇。打油詩人對這種做法是不滿的，所以也寫進詩中。

第三句寫了一個官兒的倒霉遭遇。當時，有人塡了一首〈何滿子〉（它原是唐代教坊曲名，後來用爲詞牌）來諷刺殿中侍御史（中央檢察官員）蕭定基。這首小詞很快傳進朝廷，宋仁宗要蕭定基吟誦出來；吟誦完畢，就下令貶他的官。這首〈何滿子〉內容如何，筆記文沒有記錄，但我們可以推斷到，它一定是譏諷蕭定基的醜行、罪行的，要不，他就不會被貶。

第四句與第二句一樣，歌唱了一齣求官的「喜劇」。「龍圖」指龍圖閣學士王博文，他以年紀老大而且快要死去爲理由，哭求皇帝讓他升官，結果被升爲樞密院副使。他只犧牲幾滴眼淚就鑽進掌握軍事、邊防機密的重要機關裏去當上副長官，可謂乖巧！

這首打油詩，攝取了朝廷生活的幾個鏡頭，再現了宋仁宗和幾個官僚的嘴面，有助於我們了解封建皇朝的實質。

## 「也防風緊却收難」

呂惠卿（一〇三二—一一一一），字吉甫，是北宋的大臣。他進京當官時，宰相王安石正積極地進行改革。他很快取得了王安石的信任，很多改革法例、奏章，都出自他的手。由於王安石的大力推薦，他擔任了參知政事（副宰相）的要職，成爲王安石的助手、「新黨」的主要人物。自此以後，他拼命擴張個人權勢，作威作福，與王安石產生摩擦以至分裂。王安石到晚年十分悔恨自己信任他。

此公的仕途不大順利。由於皇帝的主意不定，新、舊黨爭激烈和「新黨」內部矛盾的尖銳化，所以他的官職多次改動，多次浮沈。他在一封給皇帝的「謝表」中，曾有「歷官三十八任」、「去國四十二年」之語。

到了宋徽宗大觀年間，他奉命從貶所返回京城，但只擔任太一宮使的閒官（徽宗崇尚道教，建了許多道觀，每個觀均設「使」）。這時他已八十多歲，看見朝中大臣的資歷都不如自己深，就以前輩自居，經常洋洋得意地倚老賣老。

有一天，他在道觀內會見賓客，有一位道士的態度不够謙恭，他很生氣，就質問道士有什麼才能。道士回答說：「會寫詩。」這時，剛好有一隻紙鳶在天空上飛旋，他就要道士以此爲題吟詠。道士當即吟了一首：

因風相激在雲端，擾擾兒童仰面看。
莫爲絲多便高放，也防風緊卻收難。

這首詠物詩表面上是歌唱紙鳶，實際上是針對呂惠卿的。

前兩句是敍述，看似平淡，其實另有深意。首句暗指呂惠卿昔日能官居高位，是「因風相激」（喻新舊黨爭）的緣故，並非因爲他具有特別強的治國才能。「擾擾」，形容「兒童」看紙鳶時高興得手舞足蹈、喧喧嚷嚷的樣子；結合上句來看，這裏的「兒童」是指那些在呂惠卿當大官時的爲他捧場的人。

後兩句含意更深。詩人是勸戒這位老頭子，不要恃恩（當時，徽宗曾想重新起用呂惠卿執政，並親筆在扇子上寫了一首詩贈給他）仗勢而目空一切，要防止一旦「風緊」（喻失去皇帝恩寵）時難以收場。

呂惠卿聽到了弦外之音，臉上不禁流露出慚愧的表情。當時他忙着接待別的客人，顧不上找道士，待要找時，道士已不知去向，所以不知道道士的姓名。這首詩很快流傳開來，被人寫進筆記文中。

他感到慚愧是必然的，因爲道士揭開了他的傷疤——過去，他在得勢時，不顧一切地要權弄勢，連志同道合的「新黨」朋友也得罪了，「舊黨」的人士更恨他入骨，所以他倒霉的時候沒有人肯拉一把；後來「新黨」的蔡京、章惇、曾布被宋徽宗重用，執掌朝政，對他不但不扶持，反而千方百計地排斥。這都是「絲多便高放」的惡果。

不久，這位不甘寂寞的老頭子終於寂寞地離開人世。他是不值得同情的，但這首詩卻很令人尋味。

## 宋徽宗當俘虜後的幾首詩

宋徽宗（一〇八二—一一三五），名趙佶。他在一一〇〇年登位以後，重用蔡京、童貫等壞人，把朝政弄得一塌糊塗。他窮奢極侈，是享樂的行家，專門派人到江南搜刮奇花怪石（稱爲「花石綱」）在京師建「艮嶽」；迷信道教，大建宮觀，並自稱「道君皇帝」。那時候，官吏橫暴，貪污成風，階級矛盾激化，農民起義蜂起，北方的金兵日益進逼，造成內外交困的局面，他不得不於一一二五年讓位給兒子趙桓（欽宗）而當太上皇。一一二七年，金兵攻陷汴京，他與趙桓一起當了俘虜，受盡侮辱和折磨之後，在五國城（今黑龍江省依蘭）死去。

這個腐朽無能得出奇的皇帝卻是一個頗有水平的文藝家，字寫得相當好，稱爲「瘦金體」，至今還有〈千字文卷〉等流傳下來；繪畫以精細、逼眞稱著，特別精於花鳥，擅長用生漆點鳥睛，有〈芙蓉錦鷄〉、〈池塘秋晚〉等作品傳世；詩詞也寫得不錯，相傳〈燕山亭·北行見杏花〉一詞，是他的絕筆。這首詞寫得極爲凄涼，富有韻味，歷來受到人們的讚賞，被收進很多選本中。元人蔣子正的《山房隨筆》記載了他一首題壁詩，據說是他被押解北上經某地時寫的，這大概是他的最後作品：

徹夜西風撼破扉，蕭條孤館一燈微。

家山回首三千里，目斷天南無雁飛。

眞是字字帶淚。

開頭兩句描述了凄涼的環境。西風徹夜吹，說明這是秋天。「蕭條」、「孤館」、「一燈微」（一盞小燈燈光不亮），一片冷清清的，再加上「西風撼破扉」（扉：門）所發出的格格聲響，更使他悲傷，徹夜難以入睡。

「家山」指汴京，「三千里」是概數，形容十分遙遠。第三句點出了被押解北上、遠離汴京的現實。秋天，景物肅殺，最易牽動人的愁腸，惹起遊子思鄉的心緒，但就在這時候，他卻被迫「反其道而行之」，離開「家山」越來越遠。古人歷來認爲，大雁是能够傳書送信的；可是，他雖然「目斷天南」（極目望盡南方的天空）也「無雁飛」，能通過誰去傳書送信給還在南方的家人呢？他絕望了！

這首詩從景寫起，以景烘情，二者交融在一起，深切地抒發了痛苦之情，使人讀罷嘆息不已。這是一首情韻兼勝的作品。

宋人莊季裕的《鷄肋篇》還記了一首徽宗的遺作，據說它題寫在燕山某佛寺的牆壁上：

九葉鴻基一旦休，猖狂不聽直臣謀。
甘心萬里爲降虜，故國悲凉玉殿秋。

「九葉鴻基」指宋朝基業。「猖狂」是狂妄放肆，一意孤行的意思；「直臣」，指忠直的朝臣；「謀」，泛指意見。「玉殿」指宮殿。這首詩充滿了譴責的味兒，水平也不高，不像是宋徽宗寫的。姑且錄之，以供參閱。元人王仲暉在《雪舟脞語》中說，徽宗被押解北上途中，共寫了百多首詩詞，後來被人告發而燒掉，只餘下幾首，有的還缺了一些字。其中以清明日寫的絕句較爲精彩：

茸草初生忍禁煙，無家對景倍凄然。
帝京春色誰爲主？遙指鄉關涕淚漣。

「禁煙」：古代風俗，在「寒食」（清明節前一日）時不生火煮飯，據說是爲了紀念晉代賢人介之推，因爲他在那一天被火燒死。清明、寒食時節，春天降臨，容易引起愁思。這首詩，抒發了對「帝京」的懷念深情。「春色誰爲主」？自然是占領着汴京的金人。這裏是「明知故問」，藉以表達自己身爲俘虜，不能再當「帝京春色」的「主」的悲傷。詩寫得頗爲動情，至於是否這位「太上皇」的眞正「御筆」？那就有待專家考證了。

## 「三十年前一乞兒」

薛昂字肇明，是北宋宣和（宋徽宗年號）年間的宰相。年輕時候，他曾得到王安石的幫助；貴顯以後，不忘恩德，在家裏豎王安石的牌位祭祀，連語言動作也效仿王安石。

他並不懂得寫詩，有一次，勉強與皇帝唱和，但寫得不好。可是他的兒子卻認爲了不起，對人吹牛說：「我的父親在皇帝面前作詩不是偶然的，他在年輕時，曾夢見金甲神人說：『你要學吟詩，以便以後與聖人唱和』，現在果然應驗了。」一位性格素來滑稽的朋友聽罷，諷刺地說：「眞的不偶然！眞的不偶然！」這位兒子感到奇怪，再三追問，朋友幽默地答：「當時那位神仙已在爲你父親煩惱了。」這件事當時被傳爲笑談。

不久，有人吟了一首打油詩來諷刺薛昂：

三十年前一乞兒，荆公曾與替梅詩。

如今輸了無人替，莫向金陵更下棋。

把薛昂不會寫詩的老底端出來了。

「荆公」指王安石（他曾被封爲荆國公）。詩敍寫了早年薛昂與王安石下棋的故事。那時，薛昂還是一個秀才，去拜訪已被罷相、在金陵（今南京）閒居的王安石。王熱誠地接待他，並與他下棋，約定凡輸者要寫梅花詩一首。後來薛輸了棋，但吟不出詩來，王安石就代替他吟。詩的一、二句就是寫這件事。「替」是代替的意思。詩說他是「乞兒」，是有原因的，因爲薛在寫「昂」字時，草書近似「丐」字，所以被人稱爲「薛乞兒」。後兩句表面上是勸他不要再下棋，實際上仍然是諷刺他不懂得寫詩。

這首打油寫得相當尖酸。薛昂聽了，十分憤怒，懷疑是朝臣韓子蒼寫的，就哭着向皇帝告狀，結果韓被罷官，韓可謂無辜矣！我國是詩之國，值得自豪。但自古以來，多少人被詩連累，甚至弄得家破人亡？

## 「碧油幢下一婆婆」

北宋末年的太監童貫，善於拍馬、奉承，深得宋徽宗的寵信。此人壞事做盡，人們把他與朱勔、王黻、梁師成等五個禍國殃民的壞蛋合稱爲「六賊」。他與權臣蔡京互相吹捧，狼狽爲奸，蔡當宰相，他領樞密院事(最高軍事長官)，兩人分掌軍政大權；所以當時人們稱蔡爲「公相」，稱他爲「媼相」(媼，老太婆的意思，因爲他是太監，所以這樣諷刺他)。他對外投降賣國，對內大肆鎭壓農民起義，起義軍領袖方臘就是他逮捕、殺害的；還拼命搜刮民脂民膏，實屬罪大惡極。

公元一一二四年，金兵侵占燕京(今北京)。他率軍北上作戰，卻在暗中與金兵談判，以一百萬貫的巨款贖回空城，然後「勝利」回朝。昏庸的宋徽宗竟因此而封他爲廣陽郡王。朝野人士對此十分不滿，有人改了一首舊詩來進行諷刺：

長樂坡頭十萬戈，碧油幢下一婆婆。

今朝始覺奴爲貴，夜聽元戎報五更也囉！

「長樂坡」，這裏指抗金戰場；「十萬戈」，指代十萬大軍——童貫統率的軍隊。第二句是指童貫。「碧油幢」是油漆成綠色的車簾，大概這個太監是安坐其下來「指揮戰鬪」的。「奴」指太監，因爲太監是皇帝的家奴；第三句詩的「奴爲貴」，是諷刺童貫被封爲郡王。第四句的「元戎」，是主將的意思，指童貫；「也囉」，語氣詞，是打更的語調；「元戎報五更」，充滿諧謔。詩人對他諷刺得十分辛辣，够這位「婆婆」、「元戎」受了！

這位「元戎」後來下場不妙。他被封爲郡王的那一年，金兵繼續南犯，他放棄陣地，匆忙從太原逃回汴京。當時形勢十分危急，宋徽宗嚇得退位，由兒子趙桓（宋欽宗）頂替。欽宗命令他爲東京留守，保衞汴京，他卻逃命要緊，擁徽宗南逃，甚至爲此而命令他的親軍放箭刺殺幾百名懇求徽宗留下抵抗的戰士。這一行爲，激起朝廷內外人士的極度憤恨，於是欽宗把他貶到英州（今廣東省英德）去；到了南雄（今廣東縣名），欽宗下詔數他十大罪狀，將他處死。這個「婆婆」的下場是罪有應得的，但是，這不能補償他的罪過。他將永遠被釘在歷史恥辱柱上。

## 「未必王侯著眼看」

朱敦儒，字希眞，是北宋末、南宋初的詞家。早年，他以清高自許，隱居不仕，曾高傲地唱道：「天教懶慢帶疏狂」，「詩萬首，酒千觴，幾曾著眼看侯王？玉樓金闕慵歸去，且插梅花醉洛陽。」（〈鷓鴣天．西都作〉）。

在北宋末年的大變亂中，他狼狽逃命，曾一度流落到偏遠的嶺南地區，思想感情有了很大的變化。南宋初年，任秘書省正字（校正文字的官員）等職務；由於與李光等一起反對秦檜的投降政策，被罷官。看來，他在這階段雖然已經「著眼看侯王」，但還具有一些正義感。到了晚年，思想又有變化，不甘於寂寞，投靠了秦檜，任鴻臚寺（掌握禮儀、讚禮等事務的官府）少卿（副長官）。秦檜看上他的詩才，想要他教兒子（秦熺）寫詩。這時侯，他何止「著眼看侯王」？簡直是「折腰向侯王」了！當時有人爲此吟唱了一首絕句來加以諷刺：

少室山人久掛冠，不知何事到長安？
如今縱插梅花醉，未必王侯著眼看！

很妙。

「少室山人」是他被罷官閑居時所起的別號；「山人」二字，含着清高、不追求功名利祿之意。「冠」是帽子，烏紗帽。「掛冠」這一典故出自東漢末年逢萌辭官的故事。當時，王莽專權，逢萌看到王莽心狠手辣，就把頭上的烏紗掛在城門，逃離京城避禍，後人遂用「掛冠」來指代辭官不幹。此詩的第一句，敍述「山人」長期閑居。

第二句是明知故問。「長安」是唐代的京城，這裏指代南宋京城臨安。他爲「何事到長安」？自然是爲了在秦檜手下當官。詩人問得很俏皮。

後兩句諷刺意味明顯而強烈，詩人巧妙地反用了他的〈鷓鴣天〉詞意。早年，他「幾曾著眼看侯王」，瞧不起權貴，現在他投靠在「侯王」的懷抱，就算再擺出揷着梅花、喝醉酒招搖過市的狂態，「王侯」也未必瞧他一眼。這兩句形象地指出，他的「身價」已大跌，詩以其人之句還刺其人之身，手法高超。

## 「使我大笑識荒唐」

南宋初年的大奸臣秦檜，是中華民族「家喻戶曉」的歷史人物。

北宋末年，金兵大肆進犯，宋朝廷風雨飄搖。當時，他任御史中丞（掌管監察官吏事務的衙門的長官），曾以抗戰派的面目出現。一一二七年，汴京失陷，他與徽宗、欽宗一道被金兵俘虜；後來成了金國的爪牙，被派回南宋當內奸。他爲人乖巧，很快取得宋高宗的信任，掌握了大權，積極推行投降路線。他性格陰險殘忍，喜歡他人的拍馬奉承，不惜採取一切手段排除異己，殘酷地打擊抗金人士，製造了很多冤案；長期占據相位，權勢顯赫，很多人都爭先恐後地依附他，後來，連抗金名將張俊也拜於門下。但也有一些硬骨頭不賣他的帳。鄭昌齡就是其中一位。

這位鄭昌齡，字夢錫，年紀很輕就考中進士，才學爲衆人所公認。秦檜想將他拉到門下，爲自己服務，就派人帶書信去找他，以好話引誘，封官許願。鄭昌齡卻不理會，寫詩一首以表「謝意」：

先生傲睨辭官傍，不免蹉跎入醉鄉。
來書恐是夢中語，使我大笑譏荒唐。

一腔正氣，躍出詩行。

「先生」是自稱。「傲睨」，傲然地睨視，形容倨傲、蔑視的態度。詩的第一句，表示他瞧不起秦檜，不想到他手下去當官。「蹉跎」，形容時間白白過去，虛度光陰。詩的第二句說自己寧願虛度光陰，在飲酒中求醉來過日子。第三句直指秦檜的籠絡信是說夢話，最後把秦檜的想法斥爲「荒唐」，還說因此而「大笑」，膽子可謂大矣！

看來，鄭昌齡是下定了必死的決心的。因爲在當時，秦檜要殺掉一個人，是易如反掌的事。令人奇怪的是，他卻沒有受害。這絕不能說明秦檜的「仁慈」，大概是由於秦檜一時忙於處理更緊急的事情而放過了吧？鄭昌齡虎口餘生，可謂走運。

## 「富貴而驕是罪魁」

在封建社會裏，老子官大，兒子自然威風。秦檜當了宰相，權傾天下；兒子秦熺也當上侍郎（相當於中央副部長職位），甚至被人稱爲「小相」。

紹興二十五年（一一五五）春天，秦熺回金陵故鄉祭祖，前呼後擁，趾高氣揚；事畢，遊覽著名風景區茅山，在華陽觀題詩一首：

家山福地古云魁，一日三峰秀氣回。
會散寶珠何處去？碧巖南洞白雲堆。

「魁」，壯偉的意思。「回」，回旋。這首詩雖然寫得不好，但也是借景抒情。它主要是贊「家山福地」（祖墳）的風水好，使他的老子及他能當上大官，流露出洋洋自得之意。陪遊的建康郡守宋某立卽拍馬屁，叫匠工馬上將詩句刻於木板，高掛在華陽觀的殿樑上。

到了晚上，秦熺前來觀賞，發現詩板的旁邊有字，感到十分奇怪；爬梯子上去一看，是一首「和詩」：

富貴而驕是罪魁，朱顏綠鬢幾時回？
榮華富貴三春夢，顏色馨香土一堆。

幾乎把秦熺氣死。

詩的第一句就直接斥責秦熺。第二句的「朱顏綠鬢」本指年青女子的美麗容貌，這裏喻指美好的日子；「幾時回」是反問，意卽秦家的美好的日子將一去不復回。「三春」卽春天，舊稱陰曆正月爲「孟春」，二月爲「仲春」，三月爲「季春」，合稱「三春」；「三春夢」，比喻美好而短暫的夢。詩的第三句是說，秦家的好景不長。第四句指出秦家的結局：到頭來，一切「顏色」、「馨香」都化爲「土一堆」。這首詩也寫得不大好，但充滿着感情——抒寫了對秦家的憎恨。

秦熺看了，十分生氣；宋某和觀中的道長都嚇得要死，害怕秦檜因此而加罪。他們日夜提心弔膽，終於在這年冬天先後死去。從這可見出秦檜父子的淫威。

「和詩」是誰寫的？查不出。這位作者的勇敢精神，的確可敬。

## 「一檜死，一檜生」

宋高宗紹興二十六年（一一一六）春天，做盡了壞事的秦檜終於病死。這壞蛋當了十九年宰相，雙手沾滿愛國人士的鮮血，禍國殃民的罪行眞個罄竹難書。

他在病危的時候，曾將親信董德元（任副宰相）、湯思退（任樞密使——最高軍事長官）召至臥室，吩咐後事，並各贈黃金千兩。當時，董德元想，如果不接受的話，秦檜會認爲自己見外，所以接受了；湯思退想，如果接受，秦檜會以爲自己希望他死，所以拒絕了。這兩人的接受與拒絕，同樣都是從怕得罪秦檜的角度來考慮的，殊知後果大不一樣。

也合該湯思退這傢伙走運。那時候，高宗已察覺秦檜專權太甚，決心利用秦死去的機會清除其影響。他聽說湯思退拒絕接受贈金，就斷定湯不是秦的同黨，立卽予以重任，提升爲左僕射（

宰相）；相反，因爲董德元接受了贈金，就認爲董是秦的同黨，借故罷了董的官。

其實湯思退這傢伙比董德元更壞，被人們視爲另一個秦檜。當時，有人寫了一首古樂府來詠嘆：

相門沉沉夜不扃，百年恩重千金輕。二人辭受本同情，君王但賞辭金名。嗚呼，一檜死，一檜生！君王孤立臣爲朋，誰人更問胡邦衡？

這首詩簡練地敍寫了贈金的事及其後果，諷刺了「君王」（宋高宗）的昏庸和鞭撻了另一個秦檜——湯思退。

詩開頭就創造了一個神秘的氛圍。「沉沉」既是形容黑暗的夜色，更是暗示在奸相府內正在進行陰謀活動。「扃」是關鎖的意思。第二句是針對湯、董二人來寫的。「百年恩重」，指這二人都蒙受過秦檜的厚恩，就是說他們都是秦門走狗。這兩個傢伙早已當了大官，自然腰纏萬貫，在他們心目中，「千金」算不了什麼，要緊的是千萬別得罪恩師。「君王孤立臣爲朋」一句，指出高宗的愚蠢決定所產生的後果——湯思退將與奸臣勾結成朋黨，推行沒有秦檜的秦檜路線，皇帝仍然被孤立。最後一句，是嘆息正直的賢臣沒有被重用。胡邦衡卽胡銓，是高宗朝的樞密院編修官。他堅決主張抗金，向皇帝上書，要求斬秦檜、王倫等投降派的頭，結果被貶謫到廣東去。他的愛國精神，受到人們的崇敬。

人們把湯思退視爲另一個秦檜，是有理由的。在秦檜生前，他積極附和秦檜，當上左僕射這位極人臣的大官後，仍念念不忘投降，甚至主張割讓大片領土來「求和」。隆興（宋孝宗年號）二年，他竟下令撤除戰備，秘密要求金兵統帥派兵南侵，以迫使南宋朝廷實行「求和」政策，實際上他已成爲一名內奸。事發，被罷官，後在永州（今湖南零陵）死去。

這首詩，語言通俗，感情充沛，愛憎分明。可惜不知是誰寫的。

## 「歸骨中原是幾時」

曹詠，是南宋投降派頭子、大奸臣秦檜的親信。此人助桀爲虐，壞事做盡，秦檜病危時，還獻計要秦檜請求宋高宗讓兒子秦熺繼承相位，以便保持秦家權勢，從而保住自己的地位。宋高宗了解到這一底細，在秦檜死後的第二天，就下令罷他的官，押他去新州（今廣東新興）「安置」（監督、看管），後來死於該地。這是罪有應得的。

在他得到秦檜寵愛、地位顯赫的時候，很多人搶着來巴結、奉承，唯獨他老婆的哥哥厲德斯不賣帳。他很生氣，多次威逼利誘，但厲德斯始終不就範。秦檜死訊剛傳出，厲德斯就馬上作了〈樹倒猢猻散賦〉來諷刺他；他被押去新州時，厲又寫詩一首「送行」：

斷尾雄鷄不畏犧，憑依擬禍更何疑！
八千里路新州瘴，歸骨中原是幾時？

這其實是一首送葬歌。

把這個曾經極爲囂張的倒臺人物喻爲「斷尾雄鷄」，既新鮮又恰切。「犧」即犧牲，古代祭禮的牲口；事到如今，這頭「斷尾雄鷄」已不能再翹尾巴，只能默默充當犧牲，欲「畏」亦無從「畏」了。

第二句緊承上句。意思是：既然曹詠這隻「雄鷄」是憑依着秦檜才升官發財、作威作福的，今天「掇禍」（取禍）是必然的事。這句點出了「雄鷄」「斷尾」的原因。

「八千里路」，形容新州距京城（臨安，今杭州）極遠。「瘴」，瘴氣。當時在人們的心目中，廣東一帶是瘴氣彌漫的荒僻地方。這句寫出了「雄鷄」的可悲處境。

最後一句斷定曹詠必定死於貶所，而且，他的屍骨不知什麼時候才能運回「中原」（指京城一帶地區）。這句預寫了「雄鷄」的淒涼結局。

這首詩寫得十分決絕，字字燃燒着怒火。據說，「雄鷄」讀後氣憤至極，但不敢伸頸一啼，只是低垂腦袋上路。厲德斯爲廣大正直人士出了一口氣。

## 「使他花腿擡石頭」

南宋初年的大將張俊，在抗擊金兵的戰鬥中屢立戰功，與岳飛、韓世忠合稱三大將。但這個人的性格相當複雜，後來爲了保住烏紗帽，竟追隨奸相秦檜，言無不從，甚至喪心病狂地依照秦檜的旨意，誣告岳飛的部將張憲「叛變」，坐實岳飛的「罪狀」。另一方面，此公很講究享受，想方設法刮取金錢，這也是一大污點。

宋高宗南逃到臨安時，其他大將都在外地與金兵作戰，唯獨張俊的軍隊常常跟隨在皇帝左右。這時，他選擇年青健壯、身材高大的士兵，在身體上刺花紋，一直刺到脚部，號稱「花腿軍」；命令這支隊伍爲他建造第宅和酒樓（名叫「太平樓」）。這些作爲，引起了大眾的不滿。軍隊中流傳着這樣的歌謠：

張家寨裏沒來由，使他花腿擡石頭。

二聖猶自救不得，行在蓋起太平樓。

「抬石頭」，指從事建築工程。「二聖」，指被金兵俘虜北去的宋徽宗、欽宗父子。「行在」是「行在所」的簡稱，卽皇帝所在的地方，這裏指臨安。歌謠抓住「太平樓」這一名稱來進行諷刺。當時，韓世忠的部隊都戴銅面具作防護，爲此，軍隊中有人開玩笑說：「韓太尉銅面，張太尉鐵面」。這也是對張俊的譏諷，因爲當時人們把無廉恥、不怕別人批評的人稱爲「鐵面」。這一員名將的多重性格十分明顯。

## 「一眼觀時千眼觀」

偈，是佛經中的唱詞。它押韻、順口，含着哲理，可視之爲佛門詩歌。不少修養高深的和尚會創作偈語，南宋時期杭州近郊某寺的主持僧，是此道的高手。

某年，孝宗皇帝（趙昚）生日時，金朝派使臣來祝壽，送一座千手千眼觀音塑像作壽禮。這是別有用心的。因爲孝宗在打球時弄傷了一隻眼睛，金朝就送這樣的禮品來以作嘲笑。南宋君臣都知道這一用意，但無可奈何，皇帝只好下令將它送到某寺去供奉，金朝使臣也隨儀仗隊前往。

大概寺院的主持已經了解這件事的底細吧，儀仗隊一到寺門，他就吟道：

一手動時千手動，一眼觀時千眼觀。
幸得太平無一事，何須做得許多般？

偈語句句緊扣着觀音像，同時又針對着金朝的行爲。使臣聽了，十分慚愧。

開頭兩句的內涵，已相當豐富。「一手」，指孝宗的「手」（在封建社會中，皇帝是最高統治者，是整個國家的代表和「靈魂」），它一動則「千手動」，這是喻說孝宗有無限權威，能够指揮一切，得到全國擁戴。「一眼」自然也是指孝宗那隻眼，它一「觀」，「千眼」跟着「觀」，這一來，還有什麼東西看不見呢？言下之意是，有一隻眼就足夠了，傷了一隻有何妨？

第三句的「太平無一事」，是由於當時南宋朝廷實行投降政策，所以雙方戰爭暫時停息。第四句是質問，語意是，你們爲什麼要耍弄這麼多花樣，搞這麼多「小動作」。

這位和尚爲國家出了一口氣，頗有點外交才能，勝過庸碌無爲的南宋君臣多矣！

## 韓侂胄腦袋的「詩案」

北宋名臣韓琦的曾孫韓侂胄（一一五一—一二〇七），是南宋的一名重臣。由於他擁立寧宗（趙擴）有功，而且是外戚，所以得到皇帝的信任，掌握了全國的軍政大權，任平章軍國事（宰相），並被封爲平原郡王，地位極其尊貴。當時，曾有一位皇室子弟發出「姓趙如今不似韓」的慨嘆。

他專橫跋扈，排斥異已，千方百計擴張權勢，引起朝野的不滿；另一方面，積極崇岳（飛）貶秦（檜），打擊投降派，請寧宗追封岳飛爲鄂王，建議削除秦檜的王爵，將其「忠獻」的謚號改爲「繆醜」，還請寧宗下詔北伐以收復失地，頗想幹一番事業。這是應當肯定的。

開禧二年（一二〇六），他派兵分路北伐，由於準備不夠充分，用人不當，部署不宜，西線的大將吳曦叛變，東線作戰失利，使全軍崩潰。這一打擊是沉重的，他的鬢髮頓時斑白了，驚惶得束手無措，轉而採取妥協求和的方針。這時候，金人卻不肯講和，繼續發兵南進，使南宋朝廷震恐萬分。一二〇七年，楊皇后與大臣史彌遠、錢象祖、張鎡等密謀，決定殺他來討好金人。

他被殺前的那一天，正好是他的第三個小老婆（綽號「滿頭花」）的生日，筵席從下午擺到五更，他喝得酩酊大醉。當晚，手下人周筠聽到了風聲，前來告變，他卻認爲這是「胡說」；第二天早上，周筠又來告變，他連聲怒叫「誰敢！誰敢！」不相信有人敢動他半根毫毛，照樣乘轎上朝。他不知道，錢象祖指派的軍隊早已埋伏在路上，結果被擁到玉津園的夾牆裏，活活打死。朝廷將這消息馳告金兵，要求締結和議，對方卻不賣賬；於是，第二年，又開棺戮屍，把他的腦袋送去給金兵。他的下場，引起人們的感嘆。當時有人寫道：

釋迦佛中間坐，胡漢神立兩旁。
文殊普賢自鬪，象祖打殺師王。

「文殊」，卽佛教的文殊菩薩，它的塑像多是騎着獅子，這裏用以喻指韓侂胄，因爲韓是太師、郡王，被尊稱爲「師王」。「普賢」卽普賢菩薩，其塑像多騎着白象，這裏用以喻指錢象祖。結句「象祖打殺師王」，點出他殺韓的事。

又，在佛教的故事中，文殊、普賢分別是釋迦佛的左右脇侍，詩人說他們「自鬪」，認爲這次事變是自相殘殺。不管韓的品質及他出兵北伐的意圖如何，他的確是自相殘殺的犧牲品。

當他的腦袋被送去給金人的時候，有一位太學生寫了一首詩：

自古和戎有大權，未聞函首可安邊。
生靈肝腦空塗地，祖父寃仇共戴天。
鼂錯已誅終叛漢，於期未遣尚存燕。
廟堂自謂萬全策，卻恐防邊未必然。

一開頭，就對「和戎」（投降）政策和「函首」（用箱子裝着人頭）送金的做法表示懷疑和不滿。「生靈」句是嘆息眾多軍民在戰鬥中白白地死去。「祖父」句則是針對宋皇廷而發的。成語有云「不共戴天」，指不願與仇敵在同一個天底下共存，而現在朝廷卻甘心與金人「共戴天」，與祖祖輩輩的仇人和平共處，似乎忘記往日的恥辱了（金兵在一一二七年攻下汴京，俘虜了徽宗、欽宗，使北宋滅亡）。這兩句詩是對「和戎」政策的強烈譴責和辛辣諷刺。

第五、六句引用兩個歷史人物的故事來說明殺韓送頭的做法不能解決問題。鼂錯是漢景帝時的大臣，他建議削奪諸侯的封地以鞏固中央政權，諸侯就乘機借「淸君側」的名義起兵造反。結果景帝把鼂錯殺了，可是諸侯並不因此而停止叛亂。於期即樊於期，他原是戰國時期秦國的將領，因得罪秦皇而逃到燕國去。秦王一定要把他捉拿治罪。不久，秦發兵攻燕，荊軻向燕國太子丹獻計，將樊於期的頭顱及燕國部分領土的地圖獻給秦王，趁機行刺，以解救燕國之危。樊於期知道這一計畫後就自刎來成全。後來荊軻行刺失敗；第二年，太子丹的腦袋也被燕王喜割下送給秦王謝罪，再過幾年，燕終於被秦滅亡。而在樊於期的腦袋未被送去秦國時，燕國卻還存在着呢！這兩句詩，借古喻今，筆力深透。

最後兩句是總結，指出「廟堂」（朝廷）這樣幹未必能使金人滿足，未必能使邊防安全。詩人並不是憐惜韓侂胄的腦袋，而是反對向敵人屈膝求和。韓畢竟是國家的大臣，拿他的頭顱去求和，是有傷國體的。據《四朝見聞錄》等野史記載，當時曾有朝臣堅決反對這樣幹，後來，禮部侍郎（副長官）倪思說：「一侂胄臭頭顱，何必諸公爭！」於是它就成爲獻給金朝統治集團的禮物。

値得一書的是，金人對韓的評價卻與南宋朝廷不同，認爲他「忠於其國，繆於其身」，追封他爲「忠繆侯」，對他倒一分爲二呢！

被派遣執行送頭顱這一倒霉任務的人是王枬。當時有一位太學生寫詩給他「送行」：

歲幣頓增三百萬，和戎又送一於期。
無人說與王枬道，莫遣當年寇準知。

在和議中，南宋朝廷同意每年再增給金朝三百萬兩銀子，從此，南宋國勢更加衰弱。後兩句具有強烈的諷刺意味。寇準是北宋大臣，當年，遼兵大舉入侵，他堅決主張抵抗，並勸說眞宗親征，終於取得了勝利。寇準若是有靈，知道這羣晚輩小子如此喪權辱國，怎能不怒火沖天？所以詩人說不要讓寇準知道（「莫遣」，不要讓之意）。這樣寫，很幽默，卻含着辛酸。

總之，對於韓侂胄腦袋的公案，是使人嘆息的，難怪詩人們長吁短吟。

## 「休說渠家末代孫」

不管怎樣，韓侂胄總算是歷史上的一個著名人物。他的下場特殊地可悲，引起很多詩人的詠嘆。這方面的「野詩」，已在〈韓侂胄腦袋的「詩案」〉中道及。這裏，再從《四朝見聞錄》中摘記一件有關他的詩的故事。

慶元（宋理宗年號）初年，韓爲了實現個人專權的目的，決心拔除眼中釘，就乖巧地來個「反血統」，以「同姓居相位，不利於社稷」的堂皇名義，把出身宗室的宰相趙汝愚趕下臺。趙爲人比較正直，韓的做法，激起了輿論的不滿。但他仍不肯罷休，第二年搞了一次「文化大革命」，把趙指爲「僞學」的罪首，貶到偏遠的永州（今湖南零陵）去，同時把著名學者朱熹等五十九人指爲「僞學逆黨」，一並貶斥。這一來，人們更加不滿。有個名叫敖陶孫的太學生在三元樓上喝酒時，趁酒興題詩一首，進行諷刺：

左手旋乾右轉坤，如何羣小恣流言。
狼胡無地居姬旦，魚腹終天弔屈原。
一死固知公所欠，孤忠賴有史常存。
九泉若遇韓忠獻，休說渠家末代孫。

這首詩，很有功力。

第一句說韓憑藉權勢，隨意旋轉乾坤（「乾坤」指天地、世界），一手把持國政，爲非作歹。第二句指斥一羣小人（包括韓在內）恣意散布流言陷害好人。

三、四句內涵很豐富。詩人把趙汝愚喻爲姬旦（周朝的賢臣周公）、屈原（戰國時楚國的愛國大臣），是很恰當的。因爲這兩位歷史人物都是宗室，都很有才能而且都忠心耿耿。周公受到周文王、周武王的信任，沒有被流放去荒蠻的狼胡之地，所以能爲周朝的鞏固和壯大貢獻出力量，立下了不朽的功勛；屈原卻因小人的讒言而遭到放逐，後來投水自殺，葬身魚腹，楚國也就滅亡了。這兩句詩概括地敍寫這兩人的不同命運，有着強烈的暗示性——如果重用趙汝愚，他會像周公那樣振興國家；而貶斥他，將招致宋朝走向滅亡。詩人對趙的遭遇滿懷同情，對國家大事滿懷關切。

五、六句是針對趙汝愚來說的。詩說現在趙只欠一死（不久，趙在流放途中死於衡陽），但史書將銘記着他的忠貞。這是對趙的高度讚頌。

七、八句則針對韓侂冑。說他如果將來死了，在「九泉」之下遇到祖宗韓琦（北宋名臣）的話，不要說自己是韓琦家的末代子孫。言下之意是，韓侂冑有辱於祖宗。這是對韓的極度蔑視。

這首詩寫得很好，感情豐富，愛憎鮮明，概括力強。韓侂冑自然不會喜歡。它卻眞實地表現了正直人士的心聲。

敖陶孫把詩題寫在板壁上之後，繼續喝酒，不一會兒，發現那塊板壁失踪了。敖知道他已被人密告，處境十分危險，立卽換了衣服，化裝成酒樓的侍者逃跑。他正拿着酒具下樓，就迎面碰着緝捕者。對方問他：「敖秀才是不是在樓上？」他答：「正在樓上痛飲。」答完快步離開酒樓，連夜逃回福建老家。但是他終於沒有掙脫魔爪，不久被遞解來京城。

用現代的語言說來，大概是由於「小資產階級知識分子的軟弱性」作怪，獄中的敖秀才已失去了當時酒樓題詩的英雄豪氣，嚇破了膽，哭哭啼啼地寫信給韓侂胄，乞求開恩，還力辯那首詩不是自己寫的。不知是否因爲敖秀才的文墨好感動了韓，還是韓想收買人心，他被釋放了，並恢復太學生的地位；後來考中了進士。

這樁詩的故事，眞個有情有趣。該如何去評價敖陶孫？請讀者諸君思考。

## 「這老子忒無廉恥」

既然韓侂胄把軍政大權集中於一身，無比榮貴，周圍自然吸引了一批諂媚拍馬的能手。他們手段的高超、花樣的新奇，使人嘆絕。

錢塘縣令程松壽知道韓好色，就買了一個漂亮的女子奉獻，還獨出心裁地將女子改名爲「松壽」。韓感到奇怪，問他：「爲什麼她與你同名？」程答道：「我是想讓大人常常聽到我的賤名。」這一着果然奏效，不久，這位小小的縣令就被晉升爲中央大員，任「同知樞密院事」（相當於副國防部長）。程某的拍馬手段可謂「超卓」！

有個叫傅伯壽的人，拍馬水平也不低。在韓侂胄剛出任宰相時，他即搶先寫頌文祝賀，其中有句子說：「人無恥矣，咸依右相之山；我則異於，獨仰韓公之斗。」這是手法獨到的表忠書，使韓高興得忘乎所以。「右相」指右丞相趙汝愚，是韓的對頭（後來被韓排擠出朝廷）。傅伯壽罵別人倚仗趙汝愚是「無恥」，自己「獨仰韓公之斗」不也同樣無恥嗎？他無恥很有效，竟因此而升了官。

臨安府尹趙師睪的拍馬技藝也使人瞠目。這個大官因爲學鷄鳴狗吠的聲音來取悅韓侂胄（當時有人寫詩諷刺他，我已在《野詩談趣》一書中撰文分析，不再在此議論）而名冠一時，後來又想出新點子，上書皇帝請求將整個西湖闢爲放生池，建亭紀念，並要國子司業（最高學府的負責人）高炳如（字文虎）撰文，刻在石上，竪在亭中，借此機會頌揚韓侂胄。高炳如自然是心領神會的，在文章裏大捧韓，不幸在運用一個典故時，將夏朝的事弄錯爲商朝的事，鬧出笑話。有人即寫了一首小詞來諷刺：

高文虎，稱伶俐，萬苦千辛，作個〈放生亭記〉。從頭無一句說着官家，盡把太師歸美。

這老子忒無廉恥，不知潤筆能幾？夏王卻作商王，只怕伏生是你！

筆調很尖刻。

「官家」即皇帝。這篇〈放生亭記〉一句也不提皇帝，只是把「太師」讚美，心目中只有韓侂胄，此公可謂「伶俐」之至！因爲他知道，要想升官，就得靠韓提拔。「忒」(tui)，程度副詞，太，過甚之意。「潤筆」，即潤筆金，寫文章的報酬。其實，他倒不想獲得「潤筆」，只想獲得韓的賞識、提拔。這老頭子眞是「忒無廉恥」。

最後兩句是諷刺他用典錯誤。「伏生」即伏勝，是秦漢時期著名的經學大師。在秦始皇下令焚書時，他將《尙書》藏在夾牆裏，後來傳授給別人。作者抓住高炳如的錯誤來諷刺，說：既然你把夏王當作商王，那麼，你這個不學無術的老頭子恐怕就是學識淵博的伏生了！這個「恐怕」自然是不成立的，以假來斥假，很有力。

聽說，這個老頭子發現錯誤之後，馬上叫石工改刻，但石上已留下了痕迹，證據確鑿。其實，他之所以被人諷刺，主要原因並不在於用典錯誤，而在於他「忒無廉恥」，協助趙師羼拍馬屁。

拍馬是會撈到好處的，然而也是不妙的——在好處未撈到的時候，已遭到正直人們的鄙夷，古今如此。而愛好受拍者的存在，是拍馬行業興旺、發達、歷久不衰的原因。寫到這我忽然想到，詩人的筆鋒光指向拍馬者是不公允的，還得指向受拍者。不知讀者以爲然否？

## 「滿朝朱紫貴，盡是四明人」

史彌遠（一一六四—一二三三），是南宋的權臣。公元一二〇七年，韓侂胄攻金失敗，他參與密謀殺韓求和，從此掌握朝廷大權，任寧宗的宰相十七年，理宗的宰相九年。他長期專權，瘋狂地打擊異己，培植黨羽，使南宋政治日益腐敗。

這個人很善於耍陰謀。寧宗在位時，因爲兒子趙詢早死，就立宗室子趙竑爲太子。太子喜歡聽琴，史彌遠就買了一個漂亮而又會彈琴的姑娘獻上，要她作密探。太子對史彌遠的專權十分不滿，在一次閒談中，表示將來要把他遠貶到瓊州、崖州去。那個姑娘及時向他通報消息。從此，他記恨在心，寧宗一死，就耍弄權謀，廢掉太子，改立趙昀爲帝（卽理宗），把大權集中到手裏；直到他死去，趙昀才得以掌管政事。

他把侄兒史嵩之任命爲刑部侍郎（管司法的副長官），還羅致了大批爪牙，一切朝政都由他說了算，這自然引起人們的強烈不滿。一天，他在相府開宴會，請來雜劇藝人演出助興。一個扮儒生的演員在臺上念古詩：

滿朝朱紫貴，盡是讀書人。

另一個「儒生」馬上說：不對，應當是——

滿朝朱紫貴，盡是四明人。

這是對史彌遠的諷刺。「朱紫貴」卽穿着朱（紅）、紫色官服的貴官。「四明」是浙江寧波的古稱。史彌遠是寧波人。藝人的演出，把史氣得要死。

他看中了阿育王寺前的一塊地，想佔取來營建墳墓，和尙們不敢阻止。一個機靈的小和尙卻說：「我來阻止他。」跟着，小和尙就教近鄰的兒童唱歌：

寺前一塊地，常有天子氣。
丞相要作墳，不知何主意。

既然地「有天子氣」，就是說，墳主的後代會當上「天子」（皇帝）。這不正說明史彌遠的「主意」是要讓子孫當「天子」、奪取宋朝政權嗎？這一來，史害怕了，寺院保住了地皮。

連演員、和尙也憎恨史彌遠，可見他是如何的可恨。

## 「晚節如何不自安」

鄭淸之（一一七六——一二五一），字德源，號安晚，是南宋朝的大臣。端平二年（一二三五），他得到理宗皇帝的賞識，任左丞相兼樞密使，官居極品，掌握軍政大權，可是他碌碌無爲，政績甚差，第二年就被罷職，被人稱爲「端平敗相」。想不到這個老頭兒的官運特別亨通，一二四七年，又被再起用爲左丞相。這時，他已年逾古稀，老態龍鐘，但官癮猶濃，一接到宣召，馬上趕來京城。爲此，有人寫詩諷刺道：

一札未離丹禁地，先生已自到江干。
先生自號爲安晚，晚節如何不自安？

這首詩寫得妙趣橫生。

「札」本意是公文，指皇帝詔書。「丹禁地」指朝廷。「江干」即江邊。詩人寫這個老頭子一聽到風聲就提前跑到江邊乘船赴京，用誇張手法來突出他權勢欲的強烈。

後兩句從他的別號「安晚」說起，倒過來指出他「晚節」「不自安」。這樣寫很自然。

歲月不饒人。本來就是庸才的他，如今更加上精神不濟，是不可能對國家大事作出重大建樹的。他重當宰相後，一切都交由侄兒作主，結果把政事弄得一塌糊塗，更引起人們的不滿。所以，在他病逝之後，還被人賦詩譏笑；其中有句云：

光范門前雪尺圍，火雲燒盡晚風吹。
堪嗟淳祐重來日，不及端平初相時。

……

後兩句直接指出他第二次作丞相比第一次更糟的事實，缺乏韻味；前兩句卻寫得頗爲形象。「光范門」是丞相府前的大門；「火雲」即火紅的晚霞。詩人通過描繪淒涼的雪景和冷漠的夜色，來象徵他精衰力竭、終於老死的狀況，對他不懷絲毫的同情。此公老而不知趣，爲滿足官癮而不顧晚節，既誤國家，又損害自己的名聲，是應當受諷刺的。嗚呼，有了這些詩，他的名字也可以「不朽」了！

## 馬光祖以詩判官司

馬光祖，字裕齋，是南宋寶慶（理宗趙昀的年號）年間進士，曾任戶部尚書（中央掌握土地、戶籍、財政的部門的長官）、參知政事（副宰相）等高級職務，是一位比較正直的官吏。他在任臨安尹（首都臨安的市長）時，敢於抵制權貴的無理要求，政聲很好。

當時，皇親國戚占有大量的房產，有的拿來出租取利。一天，福王的管家跑到衙門來，控告一個房客不交納房租，馬光祖卽開堂傳訊。房客答辯說，房子漏雨，多次要求業主修理，但不被理睬，所以才不交納租金。馬光祖派人去調查，情況屬實，但福王的管家仍仗着權勢，要馬光祖懲治房客。馬不賣他的帳，揮筆在狀紙上寫詩一首：

晴則鷄卵鴨卵，雨則盆滿鉢滿。
福王若要房錢，直待光祖任滿。

頭兩句寫屋頂的殘破。「鷄卵」、「鴨卵」，指屋瓦穿孔；「盆滿鉢滿」，形容下雨時以盆鉢接水的景況。這兩句簡潔地道出房客拒交租金的原因 。後兩句含意是：福王既然不肯修理房子，在我任職期間就休想收取房租。態度非常鮮明。

這首詩是信筆寫成的，在藝術上沒有什麼值得稱道之處，但充滿着正氣。馬光祖不畏權貴、敢於維護平民利益的精神，是很可貴的。福王對這一判決雖然心懷不滿，但也無可奈何，因爲道理在馬光祖手中。

## 「自有羊蹄與鐵鉗」

丁大全（？——一二六三），字子萬，是南宋末年一個臭名昭着的人物。他中進士後，官職不高，但野心很大。當時，太監董宋臣得到理宗（趙昀）的寵信，掌握朝廷大權；丁大全就千方百計投靠，取得董的歡心，因此，不斷升官；一二五八年，當了右丞相兼樞密院使，成爲地位顯赫的大臣。他們兩人狼狽爲奸，作惡多端，引起正直人士的強烈不滿。有人寫了一首詩來進行諷刺：

頑礦非銅鋼樣堅，寒坑才熱便趨炎。
千來錘打方成器，一得人拈卽逞尖。
不怕斧敲惟要入，全憑鑽引任敎嫌。

休言深久難抽拔，自有羊蹄與鐵鉗。

詩題爲〈釘〉。詩人將「丁」諧爲「釘」來寫，明顯地針對丁大全。

第一句突出了「釘」的「堅」，既然它「非銅」又「鋼樣堅」，自然是鐵的了。

第二句的「趨炎」，既是寫錘打前的加熱過程（先用火燒紅），更是諷刺丁大全的趨炎附勢，攀附董宋臣。

第三、四句表面上是寫鐵釘的製作過程（錘打成形），實際上是說丁大全得到董宋臣的提攜、薦引而地位突出、鋒芒畢露而「逞尖」。

第五句寫丁大全這顆「釘」子的「鑽勁」，說他不顧一切地鑽入朝廷高層。第六句是第四、五句的補充，指出他之所以能當上大官是「全憑鑽引」。

最後兩句是議論。作者堅信丁大全的日子不會長久，這顆「釘」子看似鑽入得很牢很深，但一定會被抽拔出來。「羊蹄」，是羊蹄狀的拔釘工具。

這首詩道出了人們的心裏話，所以很快流傳開來。丁大全對此十分惱火，就羅織罪名，把作者逮捕，押解去化州（今廣東化州縣）監管。但「釘」的地位並不因此而變得牢固。他幹的壞事實在太多了，朝中的大臣羣起而攻之，第二年（一二五九）就被「抽拔」出來，貶去新州（今廣東新興）、海南島；在途中，被押送的將官趁機推到水裏去溺死了。此人的黃粱美夢短暫，下場悲慘，但不值得同情。

這首諷刺詩，處處寫釘，處處諷刺丁，既切物又突出主題，水平不低。作者名叫繆萬年，是江西人；他勇鬭奸邪，氣節可嘉，所以特錄下他的名字。

## 「而今滿面生塵土」

杭州西湖是聞名世界的風景名勝，自古以來受到很多有名的文人雅士的讚賞。其中這三位對西湖最有影響：

一是唐代大詩人白居易（樂天）。他曾任杭州刺史，十分喜愛西湖的風景，爲之修堤（在舊錢塘門外，早已湮沒。如今連接斷橋、孤山的白堤是後人爲了紀念他而命名的），並寫下〈錢塘湖春行〉等名詩。

二是北宋詩人林逋（和靖）。他長年隱居於西湖的孤山，不當官，不結婚，與梅花、仙鶴爲伴，稱「梅妻鶴子」，是歷史上有名的淸高之士，給西湖增添了光彩。

三是北宋大文豪蘇軾（東坡）。他兩次在杭州任職，對秀麗的湖景嘆賞不已，並築蘇公堤（卽今的「蘇堤」），留下了〈飮湖上初晴後雨〉等名詩。

這三位詩人既富於文采，又品德高尚，所以備受人們的敬仰；後人在西湖邊上建三賢堂來紀念他們。

於是，三賢堂就成爲詩人墨客聚會的場所。它的內外周圍，栽種了很多菊花，既象徵了「三賢」的品格，也增添了環境的清幽。殊知到了宋理宗時，這塊「三賢」的地盤大倒其霉，臨安尹（市長）袁樵，不講「精神文明」，他爲了發財，竟把它改爲酒肆。從此這一清雅之地杯盆狼藉，骯髒不堪。爲此，有人憤然題詩於牆壁上：

和靖東坡白樂天，三人秋菊薦寒泉。
而今滿面生塵土，卻與袁樵課酒錢。

第二句喻指「三賢」的清高、文雅。三、四句形象地敍寫了三賢堂被改爲沽酒店的事實。「課」，這裏是收取的意思。這首詩，抒發了對袁大人的強烈不滿。「而今」一句，將「三賢」活化，是精彩的一筆。

粗野人絕不會講文明，在詩盲的心目中，詩人是沒有地位的。遺憾的是，袁樵至今未死——現在，有的地方爲了賺錢，還公然把有文物價值、紀念價值的古建築改爲旅館、飯店。奈何？也像古人那樣，寫詩來進行諷刺嗎？我認爲大可不必。因爲「袁樵」們不懂得詩，也不會讀詩，他們只對鈔票感興趣，何必浪費時間去對牛彈琴呢！

## 「周公今變作周婆」

南宋時期的權臣賈似道（一二二三—一二七五），是歷史上臭名昭著的人物，卻頗與詩「有緣」。

此人從小就是一個無賴，由於其姊是理宗皇帝的寵妃，因而取得「官家」的信任，無功無德就當了參知政事（副宰相）、知樞密院事（相當於今天的國防部長）等高級而重要的職務。

開慶元年（一二五九），元軍大舉南犯，攻打鄂州（今武漢）。賈似道本來十分怕死，但既執掌兵權，不得不硬着頭皮率兵去援救；在大張旗鼓的同時，他爲了保命，不惜出賣國家利益，以屈辱的條件搞秘密議和。此人的狡猾可見一斑。合該這混蛋走運，元軍最高統帥蒙哥突然死去，元軍急着退兵，於是，賈似道「得勝」回朝，乘機大肆吹噓自己建立了拯救朝廷的特大功勛，他的權勢因此進一步膨脹；度宗（趙禥）即位之後，便晉級爲「平章軍國重事」，獨攬朝廷大權。這時候，機靈的諂媚者大顯身手，竟把他捧爲「周公」，弄得他飄飄然。

周公（姬旦）是西周初年的政治家，爲鞏固周朝的政權作出了重大的貢獻，而且對自己要求嚴格，禮賢下士，是我國歷史上著名的賢臣。賈似道怎能與他相比?!可是，這混蛋竟然也以「周公」自許，這簡直是對歷史的嘲弄。

從此，他更加奢侈腐化，無法無天。這個「周公」很少上朝辦事，整天躲在西湖邊葛嶺的集芳園裏享福，忙着與小老婆們蹲在地上鬪蟋蟀取樂，大小朝政都在這裏議決，所以當時流傳「朝中無宰相，湖上有平章」的說法。這個「周公」已家財億萬，但還不滿足，利用職權調集船隻販運食鹽，以謀取暴利。他的醜行，眞是罄竹難書。

他的下場並不妙。過幾年，元軍又大舉南犯，他爲了揚威，親自領兵作戰，結果在丁家洲慘敗。這時候，朝議紛然，皇帝只得割愛將他貶去循州（今廣東龍川縣以西）；在押解到福建漳州木綿庵時，被監送官鄭虎臣殺死。這個「周公」終於結束了罪惡的一生，但與他有關的詩卻流傳下來，有的還頗有欣賞價值。

在他得勢時，很多下流文人俯伏在他腳前，懇求羹汁。每年到他的生日（八月初八），獻詩詞者過千，什麼「幾千年再乾坤初造」、「隻手護山川」、「活人千萬，合壽千千」、「平地神仙」……之類，極爲肉麻。「周公」曾命令手下人抄錄匯編成册，並評定名次，這是史無前例的「詩歌大賽」。與此同時，也有一些正直的詩人詞客向他投出匕首和投槍，今錄取其中特別有情有趣的幾首：

戎馬掀天動地來，襄陽城下哭聲哀。
平章束手全無策，卻把科場惱秀才。

一二七四年，元軍包圍了軍事重鎭襄陽，城內彈盡糧絕，形勢十分危急。「哭聲哀」三字，概括而形象地反映出襄陽軍民的苦難。賈似道卻隱瞞軍情，不向皇帝上報，又不採取任何對策，一味只顧賣弄權勢、尋歡作樂。與此同時，這個混帳透頂的傢伙卻對科舉考試裝出一副嚴明的樣子，規定士子必須持有州官、縣官親筆書寫的證明文件（包括年齡、相貌、祖祖輩輩情況、讀書情況等內容）方准進考場；由於某些官吏乘機從中作鯁，致使士子們增添了許多麻煩，這自然引起人們的憤慨。

山上樓臺湖上船，平章醉後懶朝天。
羽書莫報樊城急，新得蛾眉正少年。

詩反映了賈似道只顧花天酒地，置國家大事於不顧的可恥面目。「朝天」，朝見皇帝，指上朝辦事。「羽書」是古代的軍事文書，它插着羽毛，表示緊急；「樊城」卽襄陽。「蛾眉」指張淑芳。這個女子長得很漂亮，被選入宮，但賈似道卻把她截留下來作小老婆（從這件事也可見出賈的權勢驚人，斗膽包天）。「少年」，卽年少，年輕。後兩句寫得很幽默，爲什麼希望「羽書莫報樊城急」？因爲「平章」新獲得漂亮而年輕的女子，忙於享樂，無暇處理政事。這首詩是對賈似道欺君罔上、喪心病狂的罪行的強烈譴責。

他在丁家洲慘敗，使宋軍主力喪盡之後，有人寫道：

丁家洲上一聲鑼，驚走當年賈八哥。
寄語滿朝諛佞者，周公今變作周婆！

開頭兩句用誇張的筆墨把賈似道的膽怯無能寫得很傳神。「賈八哥」三字寫出了他年青時代的浪蕩形相，與「周公」這一個帶着莊嚴色彩的稱呼隱然成對比，很妙。「周婆」在這裏是無定指的，詩人是說，你們的「周公」如今狼狽不堪地出洋相了，你們如何是好？——後兩句鋒芒直接指向那些「諛佞者」，筆力深刻。

當賈似道被貶遠行時，有人賦〈相思子〉一闋：

去年秋，今年秋，湖上人家樂復愁，西湖依舊流。
吳循州，賈循州，十五年間一轉頭，人生放下休！

「吳循州」指吳潛（一一九〇—一二六二），曾任左丞相兼樞密使等重要職務，由於受賈似道的排擠打擊，被罷官貶到循州去。當時，賈似道曾千方百計要置吳於死地，派遣心腹劉宗申去當循州刺史，以伺機迫害，甚至派人將毒藥放到井水中去等等。殊知天理昭昭，十五年後，賈似道也被貶到循州去，這一偶合激起了作者的深沈嘆息。「人生放下休」五字，帶着消極的成分，作者對「人生」看「化」了。當然，這也是厭惡爭名逐利的世態的表現。

關於諷刺賈似道的詩，還不只這些。例如，在他下令丈量全國土地，以增加賦稅和在他調集船隊來販運食鹽圖利的時候，都有人不客氣地寫詩撰詞。這些詩詞，我已在《野詩談趣》一書中談論過，不再重複。

賈似道的一生臭得很，由於有了這些詩詞，更使他遺臭萬年。詩人和詞客還是有點作用的。

## 「萬代名不朽」

一二七六年，南宋小朝廷的京城臨安被強悍的元軍攻下；在一二七九年的崖山（今屬廣東省新會縣南）戰役中，以張世傑爲主將的南宋軍隊徹底覆滅，陸秀夫背負着最後一個宋帝趙昺投海自殺，標誌着南宋滅亡。趙匡胤（宋太祖）所建立的一代皇朝，經歷了三百二十個春秋之後，終於可悲地結束。

令人嗟嘆的是，指揮崖山戰役的元軍統帥張弘範竟原是宋朝的大將。事後，這傢伙還洋洋得意地在一塊大石上刻着「鎭國大將軍張弘範滅宋於此」等字以炫耀自己的功勛。到了明朝，著名學者陳白沙先生在「鎭」字上邊加刻一個「宋」字，對張弘範的叛變行爲進行極尖銳的諷刺，而且手法極巧，從此，這塊石頭成了很有意義的文物。

在抵抗元軍的戰鬪中，出現了文天祥、張世傑等錚錚英雄，也出現了不少賣身求榮、貪生怕死的小丑。張弘範已在歷史上臭名昭著，不必再爲他花費口舌，這裏只說幾個與詩有關的傢伙。

其一是身居沿江制置副使（長江邊防副長官）高位的夏貴。此人平時耀武揚威，但當元軍以高官厚祿向他誘降時，即俯首聽命，馬上撤掉守兵，爲元軍南進掃除障礙。由於他「功勛」超卓，被元朝統治者任命爲參知政事行中書省事（一個地區的最高行政官）。當時有人寫了一首詩諷刺他：

節樓高聳與雲平，通國誰能有此榮。
一語淮西聞養老，三更江上便抽兵。

不因賣國謀先定，何事勤王詔不行？

縱有虎符高一丈，到頭難免賊臣名！

詩人毫不客氣地指斥夏貴的叛賣行徑。「節樓」即衙門府第；「高聳與雲平」五字，通過描寫「節樓」的壯麗來表現這位降臣的氣派。此人由於賣國有功，後來還被晉升爲左丞，這是權力極大的官職，成了降臣中最顯赫的一員，所以詩人跟着發出「通國誰能有此榮」的飽含着諷刺意味的嘆息。

三、四句簡要地敍述他投降的經過。當時，元軍頭領答應將淮西地區給他「養老」（讓他主宰該地區），他就馬上撤防。「三更……抽兵」，形容他迫不及待地投靠元軍的醜態。

五、六句指出，他的投降是有預謀的，因爲在臨安危急時，宋皇室下詔「勤王」（號召各地官員將領起兵來救「駕」），他卻擁兵不顧。

「虎符」是古代帝皇授予臣屬兵權和調發軍隊的憑證物，用銅鑄造成虎形，背有銘文，分爲兩半；右半留在朝廷，左半發給臣屬。最後兩句詩是說：你縱然今天擁有很高的兵權（「高一丈」三字，是通過虎符的「高」來誇張兵權的「高」），但到頭來還是一名「賊臣」。詩人對這個投降變節的大官狠狠地進行鞭笞。

這位「賊臣」好景不長，投降之後不足四年就一命嗚呼，當時他已八十三歲。這時，又有人寫詩諷刺他：

自古誰無死？惜公遲四年。
問公今日死，何似四年前。

享年八十三，而不七十九。
嗚呼夏相公，萬代名不朽！

這兩首詩用語淺白，用不着箋析。第一首猶帶有一點惋惜的味兒，第二首則是毫不客氣的譏諷，「萬代名不朽」五字，可謂力透紙背。

襄陽的守將呂文煥，祖祖輩輩都任宋朝的大官，享盡富貴，但他完全不念「國恩」，元兵一到，即帶頭投降，還充當嚮導，爲元軍招降沿江的州郡。他的行爲，大得新主子的歡心，被任命爲中書右丞。爲此，有位叫龍麟洲的人寫了一首詩：

老大蛾眉別有天，尚留餘韻入哀弦。
江心正好看明月，卻抱琵琶過別船。

此詩的題目叫〈琵琶亭〉。唐代，大詩人白居易被貶到九江時，在江邊送客，遇到琵琶女彈奏，他感懷身世，寫了膾炙人口的〈琵琶行〉，後人就在江邊建亭紀念。龍麟洲的詩既切合題目，又別寄深意。「蛾眉」，亦作「娥眉」，指女子長而美的眉毛，泛指女子的相貌美麗，後來借作美人的代稱。詩人將這個老邁的降臣喻爲「老大蛾眉」，很幽默。「別有天」三字，說他找到了新的天地，暗指他投降變節。

第二句寫得很有情味。表面上是寫琵琶女年紀老大之後景況冷落淒涼，實際上是寫呂文煥在節操喪盡、道義破產之後的可悲境地。

「江心」句是暗喻呂文煥本來完全可以保存晚節，清清白白地過日子。結句形象地指出他投靠元朝的事，我們讀起它來，會不由聯想起這位「蛾眉」在「過別船」時「猶抱琵琶半遮面」（白居易：〈琵琶行〉）的羞人答答的神態。

這首詩具有強烈的諷刺意味。據有關筆記文說，呂文煥讀了之後，十分難堪，想拿出一筆錢財來收買作者，要求他把詩句修改。可見這首詩是很有威力的。

京口（今江蘇省鎮江）的地方長官洪起畏又是另一種姿態。當元軍將攻打到來的時候，他寫了這麼一首詩在境內到處張貼：

家在臨安，職守京口。

北騎若來，有死不走！

「北騎」指元軍。這副「榜文」態度鮮明，擺出一副視死如歸的樣子；殊不知元軍一到，他就乖乖地屈膝投降。於是有人將榜文的末句改爲「不降則走」。改動一字，切合了洪起畏的實況，很妙！

宋末的降臣降將絕不止這幾個。只不過這幾個人不幸交了「詩運」，致使他們的醜行流傳久遠。他們可算得上是「萬代名『不朽』」的了！

## 「可惜太師無脚費」

元末的大臣脫脫（一三一四—一三五五），字大用，從小由伯父伯顏養育，二十歲就出任同知樞密院事（最高軍事機關的副長官）。當時，伯顏任丞相，獨攬朝政。在「權」字面前，他六親不認，於一三四〇年把伯父趕下臺，不久就自任丞相，從此像伯父一樣獨攬大權。在當政期間，做了不少大事，如主持撰寫遼、金、宋史，治理黃河等，還瘋狂地鎮壓農民起義，同時大肆積聚財富。後來，他被罷官流放到雲南大理，不久被毒死，空自留下大量金銀財寶。當時有人寫了一首詩來咏嘆此事：

百千萬貫猶嫌少，堆積黃金北斗邊。
可惜太師無脚費，不能搬運到黃泉。

舊時把錢穿在繩子上，每一千枚叫一「貫」。詩第一句，指出他的貪婪。「北斗」是天上的星座名稱，第二句是以誇張的筆法形容他積聚了極多的財寶。「太師」即脫脫。詩的第三、四句，把他不能將金錢帶到「黃泉」去享受，說成是由於「無脚費」（沒有雇搬運工的錢）而「不能搬運」，頗有幽默感。

這首詩，是對脫脫的強烈嘲諷。自古以來，中國不乏脫脫式的人物。他們在積累財富時不擇手段，花盡腦汁，到頭來落得一場空，何苦？

## 「打破王婆醋鉢兒」

元朝末年，農民起義風起雲湧，後來起義力量形成了韓林兒—朱元璋、張士誠、陳友諒等幾個強大軍事集團。張士誠占據了江蘇一帶地方，建立周國，自稱誠王，定都平江（今江蘇省蘇州市）。

隨着時局的發展，這支起義軍的領導層逐漸變質，而且由於投機者不斷潛入變得更壞；他們的所作所為越來越使老百姓反感。當時，有個叫俞俊的壞蛋用錢行賄「周國」的當權者，當上了華亭（今上海市松江縣）縣令，瘋狂地壓榨百姓，手段十分殘酷。人們對他極其憎恨。為此，有個叫袁海的老人寫了一首詩來抒發情懷：

四海清寧未有期，諸公袞袞正當時。
忽然一日天兵至，打破王婆醋鉢兒。

當時戰爭紛紜，各個軍事集團除了與元朝軍隊打仗外，為了爭奪地盤，互相之間也不斷戰鬪。詩的第一句，抒寫了對「四海清寧」（天下太平）的期待。第二句的「諸公袞袞」原作「袞袞諸公」，是指眾多的顯貴官員，含有貶義，這裏自然是指張士誠、俞俊一伙；「正當時」是正得勢的意思。第三句表露了詩人的希望——希望「天兵」（指能够清除這些可恨的「諸公」的軍隊）到來。第四句的含意是什麼？很「朦朧」，當時就有人問作者。作者解釋說：

「過去，有一個壞人被處死刑，屍首被懸掛在旗竿上示衆。有個姓王的老婆婆去買醋，走過竿下，剛好繩索腐朽，屍體掉了下來，砸爛了她的醋鉢。王婆認爲是死者弄碎，就十分生氣地指着屍體罵：『難道你還未曾吃過惡官司嗎！』」。

大家聽了，都大笑起來。

詩以這一句作結，指出「諸公」們的下場，把心中的憎恨之情，幽默地抒發出來了。

## 「拿住蛤蟆壞眼睛」

蟾酥是用蟾蜍（俗稱癩蛤蟆）耳後腺及皮膚腺分泌物製成的中藥材，功能解毒消腫，主治癰毒疔瘡、咽喉腫痛等症；由於採集不易，所以相當貴重。

明代，太醫院（爲皇家服務的醫療機關）每年都要派出官員，直接到產地去採集這種重要藥源。官員去執行任務時，儀仗鮮明、隨從衆多，擺出一副大官格局，招搖過市。

有一次，一位院判（太醫院主管官員的助理）奉命外出去幹這項差使。他爲了炫耀自己，特意繞道走過朋友的家門口，旗幟飄拂，鑼鼓齊鳴，十分喧囂。朋友對此十分討厭，即寫詩一首作諷：

白馬紅纓出禁城，喧天金鼓擁霓旌。

穿林過莽多豪氣，拿住蛤蟆壞眼睛！

頭兩句描寫了這位院判的「威儀」。

「禁城」即皇城。「紅纓」，指套在馬頭上的紅色的革帶。「金鼓」就是鑼和鼓，「霓旌」，皇帝出行時儀仗的一種，它是將鳥的羽毛染成五彩，用絲、帛之類爲縷所編織成的旗幟；這裏指院判儀仗中的旗。

「莽」，野草。第三句說院判的隊伍在野外行進時也威風十足。

最後一句充滿了諧趣，而且帶着尖刻的諷刺。詩人不寫「蟾蜍」而寫「蛤蟆」，有意用這粗俗的物名來與院判的「威儀」作對比，這已經很有味道了。加上了「壞眼睛」三字，更令人解頤。據說，癩蛤蟆的尿，會使人眼瞎，詩人在提醒院判，捉住了這種「寶貝」時，千萬別得意忘形，要防止它撒尿！

看似是關心，實際上是向這位趾高氣揚的官兒潑一盆冷水。

「劍訣有經當熟玩」

俞大猷（一五〇四—一五八〇）字志輔，明代福建晉江人，曾任參將、總兵等武職，是抗倭名將，與戚繼光齊名。

他精通劍術，著有《劍經》一書；還與河南嵩山少林寺有一段情誼。

少林寺自北魏孝文帝太和十九年（四九六）「開山」以來，僧徒就有習武的傳統。後來十三個棍僧助唐太宗（李世民）征伐王世充立了功，受到唐皇朝的褒獎，少林寺更成爲名聞遐邇的武術中心。到了明代，由於種種原因，山門衰落，武術水平也日益下降。

一天，俞大猷到該寺遊覽，觀看僧眾舞劍，發現他們的劍術不精，已失去少林劍經的眞諦，就主動熱情地指點他們，並親自作示範表演。寺僧們見到他手中的劍矯若游龍，疾似閃電，銀光濺濺，無懈可擊，個個都驚拜於地；跟着推送較有功底的宗擎、普從二僧拜他爲師。

由於俞大猷悉心指導，加上這兩個和尚虛心、刻苦學習，劍術進步很快。三年後，普從不幸病逝，宗擎學成回少林寺。師徒臨別時，俞大猷寫了一首詩贈給宗擎：

神機秘武喜相逢，臨別叮嚀情意濃。
劍訣有經當熟玩，遇蛟龍處斬蛟龍。

從藝術角度來看，這首詩並非上乘之作，但凝寄着情意。

第一句的含意是，由於神奇的劍術，使他與宗擎相聚。這一句的「喜相逢」與第二句，表明師徒之間感情是很深厚的。第三、四句是對宗擎的勉勵。「有經」，卽有經法，「玩」，鑽研、練習的意思，要宗擎繼續努力，熟練地掌握本領。最後一句是提醒宗擎，學劍不是爲了玩耍，遇到敵人的時候，就要毫不猶豫地「斬」去。

俞大猷爲少林的振興作出了貢獻。至於他的劍術是誰傳授的，那就不清楚了。

## 勒索不遂的切齒聲

明朝嘉靖年間，政治腐朽不堪，貪官汚吏爲所欲爲，一些得到皇帝寵信的太監更是驕橫跋扈，無法無天。

有一年，蘇州某織造太監（專門掌管織造衣料、製帛、彩繪之類，供皇室衣著及祭祀、頒賞使用的太監，在南京、杭州、蘇州各設一名。這是「肥缺」，很多織造太監都成爲巨富）奉調回京。此人在任內極盡搜刮之能事，早已腰纏萬貫，但還不知足，他知道機不可失，時不再來，就想利用最後機會再撈一把，在臨行前千方百計地向地方官吏蔵詐勒索。這些地方官早已受够了這位「老公公」的氣，以前懾於他的權勢不敢作聲，現在明知他卽將調離，哪裏還肯送錢財給他？所以大家都不賣他的帳。

這可氣煞了這位「老公公」。他滿肚子火氣無處發洩，就嗚「詩」一首以抒情：

朝廷要我回京都，府縣官員不理咱。

有朝一日朝京去，人生何處不相逢！

這算得什麼詩？但的確表達了這傢伙的思想感情。前兩句是敍述，訴說了自己的「不幸」遭遇，後兩句是有言外之意的：這位「詩人」是說：「你們有朝一日去京城朝見皇帝時，會遇見我的；到時我會給點顏色你們瞧瞧」。咬牙切齒的聲音格格地響，頗爲嚇人。

「詩人」剛賦詩完畢，就有個官員因事到訪。官員拜讀之後，不由打個冷顫，無話可說，只得連聲稱讚寫得好。這個顢頇而囂橫的傢伙以爲對方是眞心贊揚，就「謙虛」地說：「這不算是什麼好詩，我只求押韻而已。」

「都」、「咱」、「逢」三字何押韻之有？這位「詩人」連什麼是押韻也不懂，眞叫人啼笑皆非。

府、縣官不賣這個太監的帳，是有「苦衷」的，他們的錢財也刮來不易，而且還要準備應付新織造太監的明索暗取呢！

## 「即將二字好難當」

明朝嘉靖（明世宗的年號）年間，御史任佃因事被降職爲江陵（今湖北省屬）知縣。此人性格古板，文字呆滯，在寫公文給鄰縣時，總是寫「卽將某人如何，某事如何」……使人厭煩。

鄰縣的知縣忍受不住了，有一次，看完了任佃的「大作」，即在文後寫了一首打油詩，退回給任佃：

卽將卽將又卽將，卽將二字好難當。
寄語江陵任大尹，如今不是繡衣郞。

「好難當」，很難忍受的意思。「大尹」是對縣令的尊稱。「繡衣郞」是御史的代稱。漢武帝末年，朝廷派出一些御史到各地指揮軍隊，加強鎭壓農民起義，賦予很大權力；由於他們都穿着繡有花紋、圖案的官服，所以被稱爲「繡衣御史」。詩一開始，就對任佃的習慣用語——「卽將」表示厭惡情緒。結句指出任佃不再是威風凜凜的御史，挖苦他被降職，同時也是提醒他，今後寫公文時，不要再搞呆呆板板的老一套。任佃讀詩以後，只好默默不語。

這不過是一則官場小故事，但對我們頗有教益：不管是說話還是寫文章；用詞都應當豐富一些，免得使人厭煩。這就得在語言方面下功夫了。

「丁丑無眼，庚辰無頭」

在封建社會中，科舉考試決定了讀書人的命運。中了秀才、舉人，可以光宗耀祖；中了進士，烏紗帽到手；中了進士的前三名（狀元、榜眼、探花），更了不起，官職更高，聲譽更隆。所以，讀書人日夜拼搏，有的何止「十載寒窗」？有財有勢的子弟則千方百計運用自己的「優勢」，以達目的。自古以來，科場作弊案不知凡幾！

明朝萬曆（明神宗朱翊鈞的年號）年間，當朝宰相張居正的兩個兒子連續兩科高中：丁丑（一五七七）殿試，張嗣修中了榜眼；庚辰（一五八〇）殿試，張懋修中了狀元。難道張家兒子都這麼聰穎過人？這不能不引起人們的懷疑、議論。有人在京城張貼了一首詩：

狀元榜眼俱姓張，未必文星照楚邦。
若是相公留不去，六郎還作探花郎。

這是言淺意深之作。

第一句敍說了已發生的事實。「文星」即文曲星。據說它是兆應科舉、文運的星宿。「楚邦」：古代楚國的地域，即湖南、湖北一帶。張居正是江陵（今湖北省屬）人，詩人所指甚明。「未必」二字很重要：既然文曲星未必老是照着楚地，那麼，張家二子連科高中就不是天意，而是人爲的了。詩人委婉地指出：張居正使了手腳。

三、四句是設想。「相公」指宰相張居正，「六郎」是他的另一個兒子。詩人說，如果張宰相繼續留任，六郎將會考上探花。

提出「探花」而不提狀元、榜眼，是很妙的一筆。因爲這麼一來，張家的兒子們把前三名都撈取了。

從有關史、傳的記載看到，張居正是一位頗有作爲的大官。他在任宰相期間，積極整頓吏治，加強邊防，丈量土地，改革不合理的稅收制度，使朝政爲之一新。但這並不能排除他「關心」一下兒子們的前程。他位高權重，要在科舉考試中搞點小動作，易如反掌；甚至不必自己去「反掌」，權門內外，歷來是馬屁精效命之地，這些「精」定會體察「馬」意，把事情弄得妥妥當當。但也許是他兩個兒子聰明、努力的結果。總之，這是一樁疑案。

寫得太囉嗦了，收住筆尖。張居正實行改革措施，有利於國家、百姓，但得罪了貴族豪強；他死後不久，即被人誣告。於是被削爵、抄家，家屬被貶去邊疆；嗣修、懋修的榜眼、狀元名位也被削除了。所以，當時流傳着「丁丑無眼，庚辰無頭」（狀元的名字列於「金榜」的頭）的說法。到了熹宗（朱由校）時，他得以平反，兒子們也恢復了名位，「丁丑」和「庚辰」，也就重新有了「眼」和「頭」。這是後話。

## 「鳩一聲兮雀一聲」

明代，湖南地方有一個大官退休回鄉閒居。此公德高望重，滿腹詩書，而且十分富有，大可以悠哉游哉地過日子。但他也有難言之痛。他的大老婆和小老婆矛盾尖銳，有時甚至大打出手，每一次他都被捲進漩渦之中，難以自拔，爲此弄得狼狽不堪。家醜不可外揚，他十分害怕外人知道這些「艷事」，千方百計封鎖消息。

有一次，一位文士來訪拜，賓主正在客廳裏津津有味地談詩論文之際，突然內宅風雲驟起，咒罵撕打之聲沸揚，砸碗摔罐之聲貫耳，好戲又開場了！

大官怕客人聽到，馬上指著牆上所掛的鳩雀圖請客人題詠，以轉移客人的注意力。

誰知這位客人已知道其中奧妙，就笑著在紙上寫詩一首：

鳩一聲兮雀一聲，鳩呼雨兮雀呼晴；
老天卻也難張主，落雨不成晴不成！

眞個妙趣橫生。

詩把大、小老婆分別比喻爲鳩、雀，前兩句形象地表現出兩人水火不容，鬭爭激烈的景況。後兩句筆鋒轉向大官，描繪出他左右爲難，不知如何是好的尷尬處境。「難張主」就是「難主張」；由於大、小老婆雙方旗鼓相當，使這個「老天」「落雨不成晴不成」，束手無措，難爲乎哉！

大官看罷此詩，啼笑皆非。這時，「鳩」「雀」之聲越來越駭人聽聞，且越來越逼近，眼看一場全武行卽將搬到大廳上來演出，大官將不可避免地擔任「角色」，客人也感到不寒而慄，連忙告辭。這時，大官已六神無主，只能仰天長嘆。

這首詩寫得形象、生動，聯想自然，這位文士是詩壇高手。

## 「鈎起妾心愁」

詠物詩是詩園中的一種佳卉。它的特點是借歌唱「物」來言志抒情，將「物」、「我」融爲一體。清代著名評論家劉熙載認爲，詠物時做到「不離不卽」才是佳作。所謂「不離不卽」，就是說詩人的筆不要停留在「物」上，但又要切合「物」的特點；在寫「物」的基礎上通過聯想賦「物」以生命，以情意，以性格。

自古以來，詩人詞家寫下了很多詠物佳作，如南宋陸游的〈卜算子·詠梅〉、明代于謙的〈石灰吟〉，都是流傳千古的名篇；當代詩人也寫了不少詠物新詩，艾青的〈礁石〉就是其中的佳例。

中國不愧是詩之國。除了詩人之外，一些不登「大雅之堂」的人士也能寫出傳神之作。這裏只說清代的一位無名的武官。

他任「守備」之職，是總兵屬下的一員，地位不高。此公向來被視爲粗野不文，未有人見他吟過詩。殊不知他因事被撤職之後，竟吟出一首頗爲動人的詠物詩來：

最愛春三月，彎環恰似鈎。
郎心鈎不住，鈎起妾心愁！

一介武夫，竟以「妾」自喻，寫得頗爲凄惋，可謂一奇。

開頭兩句是描述，「彎環恰似鈎」五字，寫出新月的形狀，甚似。以下兩句以這一句爲發端，緊抓住「鈎」字來抒寫，妥貼自然。詩中的「郎」，是喻指上級。他請求上級賜恩，但上級不同情；被撤了職，只能「心愁」了。

還應當指出的是，首句點明「最愛春三月」突出時序，是妙筆。那時節，春風淡蕩，萬綠繁生，百花盛開，人們心中春情蕩漾，年青的女子「思郎」之心自然分外急切，可是「郎心鈎不住」，冷酷得很，「妾心」的幽怨是多麼深！這樣來寫很富有情味。

這首詩題爲「詠月」；顯然是詠懷，達到了「不離不即」的境地，難怪它受到清代大文學家、風流才子紀曉嵐的欣賞，將它錄進《閱微草堂筆記》中。

## 「莫笑區區職分卑」

清朝。內閣（本是皇帝屬下的最高權力的機構，後實際上被軍機處取代）的中書是幹抄錄、翻譯等事務的小官吏；地位雖然卑微，但畢竟是京官。有人根據這些特點寫詩嘲笑道：

莫笑區區職分卑，小京官裏最便宜，
也隨翰苑稱前輩，好認中堂作老師。
四庫書成邀議敍，六年俸滿放同知。
有時溜到軍機處，一串朝珠頸下垂。

寫得很有趣。

第一聯點出了這職務的實質。「區區」，很小的意思；「最便宜」之字，含着諷刺的意味。下面幾聯具體地羅列了「最便宜」的內容：

「翰苑」即翰林院，指翰林學士（清代名爲掌院學士）。這是地位很高的文官，由有學問的人充任。按習慣，內閣中書也像翰林老爺那樣被尊稱爲「前輩」，可謂其樂融融！同時他們又喜歡認「中堂」（對宰相的稱呼。在清代，是對大學士、軍機大臣、總督等品位最高的官員的尊稱。這裏是指中書們的長官——內閣大學士）爲「老師」，以提高自己的地位。其實這兩者都是假的，但大可以滿足虛榮心。

「四庫」即四庫全書。它是乾隆皇帝下令編輯的書籍總集，分爲「經」、「史」、「子」、「集」四部，由永瑢、紀昀等主持其事。大概是這些小京官也參加過一些抄錄的工作吧，所以編成之後也邀請他們「議敍」一下，他們因此而沾了光，大可以聲稱自己參加編纂工作。詩的第六句寫他們的前途，當了六年內閣中書後，可以到地方當一名「同知」（知府的助手），雖然地位不高，但總不再像當小京官那樣清苦了。

很清楚，這些「便宜」並不怎麼值得羨慕，詩人是在開辛酸的玩笑。

最後一聯寫他們到軍機處時的得意神態。「朝珠」是清代官吏的飾物，每串共一〇八粒。文官五品、武官四品以上及軍機處、內閣、國子監的屬官都可佩戴。軍機處是皇帝指揮下的最高決策和執行機關，中書這等小官「溜到」那裏，也擺出一副官相，「一串朝珠頸下垂」，這也是一項「便宜」。

這首打油詩把內閣中書的面相和內心世界表現得惟妙惟肖，有助於我們了解清代官僚的制度。由於它寫得富有幽默感，所以很快流傳開來。當時有個名叫陳子莊的人把它改寫來嘲諷學校的教官，改得很妙：

莫笑區區職分卑，教官也最占便宜。
春秋兩季分肥胙，督撫同聲叫老師。
遇考可求優生代，束脩不怕上官知。
有時保得京銜著，一串朝珠項下垂。

二、三、四聯都是寫教官們「占便宜」的內容，但這與內閣中書是不相同的。「胙」是用於拜祭的肉。每年春、秋兩季，學校例行拜祭孔子，拜祭完畢後，「肥胙」就分給教官享用，這是第一項「便宜」。總督、巡撫等地方大官，按慣例也把教官尊稱爲「老師」，這是第二項「便宜」。考官要參加考核（按規定，教官每隔三年也得考核一次）時，可以找優秀的學生做「槍手」代勞，這是第三項「便宜」。享用「束脩」（薪俸），是第四項「便宜」。「有時保得京銜著」這個「便宜」也符合事實，據野史記載，陳子莊就因爲勸捐而獲得「詹事府主事」這一京官頭銜。這一來，自然可以「一串朝珠項下垂」了。

這幾個「便宜」並算不得什麼。陳子莊本身也是一名教官，這首詩具有強烈的自嘲色彩。

## 「紅章京」和「黑章京」

「章京」是清代官名。帶兵官多稱「章京」（如總兵稱爲「按班章京」），軍機處、總理衙門中辦理文書的人員也稱「章京」。後者職位甚低微，其中有的得到大臣的信任，被人稱爲「紅章京」，得不到信任的則被人目爲「黑章京」。「紅」與「黑」氣派大不相同，當時有人寫了兩首詩來描繪他們的不同形象。

寫紅章京的詩：

流水是車龍是馬，主人如虎僕如狐。
昂然直到軍機處，笑問中堂到也無。

前兩句寫出「紅章京」的氣焰。「流水是車龍是馬」，形容馬匹駿壯，車跑得快，威風十足；跟着說章京「如虎」，點明他很有權勢，說僕人「如狐」，隱含着「狐假虎威」、爲非作歹的喻意。軍機處是皇帝之下的最高決策和施政機關；「中堂」本來是對丞相的尊稱，這裏指地位相當於丞相的軍機大臣。從「昂首直到」、「笑問」等詞語可見出，這些紅章京是頗爲洋洋自得的。

黑章京的樣子卻大大不同：

篾簍作車驢作馬，主人如鼠僕如猪。
悄然溜到軍機處，低問中堂到也無。

「篾簍」，竹編的簍，形容車子小而陋；而且拉車子的是驢子，第一句已描繪出他的寒酸。第二句以「鼠」來比喻章京，表現他膽小怕事、戰戰兢兢的樣子；以「猪」來比喻僕人，說明他蠢鈍不堪狀相。從這一句，可見出黑章京的窩囊。第三、四句中「悄然溜到」、「低問」等詞語，進一步描繪出這類章京的「鼠」相，狀甚可憐。

要指出的是：「如虎」與「如鼠」並不是天生的。「紅」的倒霉，會從「虎」變「鼠」；「黑」的走運，會從「鼠」變「虎」；他們的僕人、車馬也會發生相應的變化。這兩首詩結構一樣，僅是幾個字的差異就把「紅」與「黑」的不同形象鮮明地表現出來了。雖是打油之作，也可見出作者的語言功夫不俗。

## 「妾豈無顏只為郎」

名利是很具有誘惑力的。自古以來，不知有多少人爲追求它而趨炎附勢，喪失廉耻。清代乾隆年間的某翰林，就是其中的典型。

此公不但自己到處積極地奉承拍馬，還要妻子去諂媚權貴。這個婆娘的手段高明得令人嘆息。當一個姓于的中堂大人得勢的時候，她就拜中堂的老婆做乾娘，依依膝前，極其恭順；後來，于中堂失勢，她又鑽進吏部尚書梁某人家裏，過往十分親密，關係曖昧。據傳說，冬天，梁尚書要上早朝，這個婆娘就先把梁某的朝珠放在胸脯上溫暖，然後才親手掛到梁某的脖子上。這一肉麻做法，使人吃驚，至於她還有沒有幹比這更肉麻的勾當，就不得而知了。

爲此，有人寫詩一首來諷刺：

昔年于府拜乾娘，今日乾爺又姓梁。
赫奕門庭新吏部，淒清池館舊中堂。
郎如得志休忘妾，妾豈無顏只爲郎。
百八牟尼親身掛，朝回猶帶乳花香。

筆調尖刻得入骨。

詩可分爲三部分。第一部分是一至四句，簡練地敍述了這個婆娘先投中堂門下，後又鑽進尚書門裏的事實。「赫奕門庭」，形容梁尚書正在得勢；「淒清池館」描繪中堂大人門戶冷落。兩者構成鮮明對比，點出了這婆娘的勢利。

第二部分是五、六兩句，以婆娘的口吻來寫，充滿諧趣。她在對翰林丈夫訴說自己這樣做的原委。「豈無顏」三字，正好反證她是「無顏」的女人。「只爲郎」三字，表明她的一片苦心，目的是要取得丈夫的支持。她眞是「只爲郎」嗎？這個「郎」，是指姓梁的還是指丈夫？天曉得。

第三部分是最後兩句。這是最「要害」的內容。「牟尼」指朝珠，清代官服上佩帶的珠串，共一百零八顆，職位較高者才能佩戴。「朝回」句以誇張手法來反映胸脯的「特異功能」，活畫出婆娘的諂媚醜態，可謂入木三分。在這情況下，梁尚書的態度如何？詩沒有寫，筆者也缺乏想像力，只好留給讀者去遐想了。

這個翰林老爺爲了取寵，竟放縱妻子去幹喪盡廉耻的事情，眞是斯文掃地。

## 「無端撞着郎螃蟹」

清朝乾隆年間，有個叫郎蘇門的京官，很有才學，而且會畫畫，特別擅長畫蟹，所以被稱爲

「郎螃蟹」。這位老兄性格鯁直，但相當迂腐。他爲了維護「風化」，曾上書皇帝，請求皇帝降旨禁止婦女看戲，招致婦女的咒罵。爲此被人寫詩諷刺：

卓午香車巷口多，珠簾高捲聽笙歌。
無端撞着郎螃蟹，惹得團臍鬧一窩。

「卓午」就是正午。詩的一、二句寫在中午時婦女們乘車去看戲的盛況。她們乘的是「香車」（車的美稱），而且還有珠簾，自然是富貴人家的婦女。「團臍」即指雌螃蟹；因它腹部圓；這裏喻指看戲的婦女。「團臍鬧一窩」形象地反映了她們鬧哄哄地反對郎蘇門的情景。這樣寫，充滿了情趣。

郎蘇門本人的詩作也很詼諧。例如，他在就任編修時曾寫道：

不知何日升中允，且喜今年作老編。

「中允」是太子屬官，掌握侍從禮儀、奏章文書，監管用藥。前一句寫出他的希望，後一句寫他也樂於擔任目前職務。看來，他並不怎麼熱衷於求名逐利。他在〈家眷進京〉一詩中有句云：

有屋三間開宅子，無車兩脚走京官。

住房不寬綽，也沒有車子，但他並不愁怨，他是個胸懷曠達的人物。

## 「猶勝南冠作楚囚」

一九〇五年，民主革命風起雲湧，腐朽的清朝皇廷搖搖欲墜。爲了向民眾表明「立憲」的決心和緩和矛盾，皇廷派載澤、端方等五個大臣出洋去考察憲政。他們在九月二十四日乘火車離開北京時，被革命者吳樾、張榕、柳聘儂等投炸彈襲擊。結果炸傷了兩個大臣，吳樾壯烈犧牲，張榕、柳聘儂化裝逃到外地。清廷立卽懸重金追捕。不久，張榕在天津落入魔掌，後在獄卒的幫助下逃脫去日本，過了一段時期，回國繼續從事革命活動，一九一一年在東北被當時任巡防隊長的張作霖派人暗殺身亡。柳聘儂則於一九〇八年在廣東潮州被捕。

駐潮州的清軍首領馬上派出一二〇名水師官兵，將柳聘儂押去北京請賞。在起程的時候，他毫不畏懼地口吟一絕：

百廿健兒同警蹕，檻車今夜發潮州。
鼎烹菹醢渾閒事，猶勝南冠作楚囚！

「警蹕」本來是指古代皇帝出入時的警戒，柳聘儂竟將押送的官兵視作自己的警衞隊伍，可謂豪氣沖霄。「鼎烹」是將人放進鼎中來烹煮，「菹醢」是將人剁成肉醬，這都是古代最殘酷的處死手段。他卻視之爲「渾閒事」，毫不放在心上，已下定決心爲民主大業獻身了。「南冠」卽南方（當時指地處湖南、湖北一帶的楚國）人的帽子，「楚囚」即楚地的囚犯，指被俘的楚國人。這典故出自《左傳》：一次，晉侯見鍾儀，問被縛於階下、頭戴南方帽子的人是誰，有關官員回答說是鄭國人所獻的楚國俘虜。後來人們就用「楚囚」來指代被俘虜的人。詩的第三、四句是說，自己寧願被清政府用最殘酷的手段處死，也不願意當失去自由的囚犯，充分地表現出視死如歸的英雄氣慨。

這首詩洋溢着凛然之氣。柳聘儂與吳樾、張榕等人爲我國民主革命史革命史寫下了悲壯的一頁。現在，有關他們（特別是張、柳二人）的著述甚少，實屬憾事。

## 「赫然」、「笑然」、「羞然」、「鬧然」

清朝中葉以後，政治更加腐朽，很多不學無術而富有錢財的人靠「報捐」進入仕途（即用錢來向政府買官當，這是公開而合法的），這是吃小虧占大便宜之舉。「報捐」者一則可以過過官癮，光宗耀祖；二則可以利用職權來貪污，這不但可以撈回「成本」，而且會加倍「盈利」，何樂而不爲？

有個名叫曹益三的傢伙，本是山東歷城某縣令的家丁。由於他善於奉迎，以色相來取悅主人，所以深受寵愛；進而乘機狐假虎威，對老百姓肆行敲詐勒索，積累了大筆錢財；就通過「報捐」當上了江蘇吳縣（今蘇州）縣令。這位縣太爺的貪污手法極爲精明，唯獨對文學一竅不通。他到任不久，卽逢縣試之期。按慣例，在考試時試題由衙門的「幕友」（辦理文書的職吏）擬定，由縣令宣讀。這次的試題擬定爲「莫春者」，但這位縣令卻誤讀爲「莫春在」；考生們馬上嘩然，弄得他難以下臺。

原來這個題目出自《論語．先進篇》曾點的說話：「莫春者，春服既成，冠者五、六人，童子六、七人，浴乎沂，風乎舞雩，詠而歸。」抒發在春末日子裏自由自在、悠然自得的雅致。「莫」通「暮」，「者」無義，「莫春者」卽「暮春的時候」。縣令大人讀之爲「莫春在」，就變得不可解了。某些調皮的考生寫了四首絕句來進行諷刺。

其一是：

嚇煞莫春在，題從何處來？
縣官不會做，只好做奴才！

「莫春在」三字，確使考生們「嚇煞」。後兩句直斥他不懂得做縣官，並挖了他當家丁（奴才）的老底。

其二是：

笑煞莫春在，童生做不來。
龍陽曹縣令，那得拔眞才！

這樣的題目，確是「童生做不來」，而且使人「笑煞」。「龍陽」指男色，後兩句暴露了這位老爺那見不得人的陰私。

其三是：

羞煞莫春在，當堂掛出來。

不及長洲縣，居然老秀才。

「長洲」是吳縣的別稱，因該地區古有長洲苑。這一首主要是嘲諷曹縣令的水平低，比一些老秀才還要低，低到「羞煞」的程度。

其四是：

鬧煞莫春在，狀紙一齊來。

倒運姚家子，聯名眾惡才。

有關野史記載，這首詩是有「出處」的。當時，有個姓姚的考生的妹妹是妓女。考生們認爲讓他應考是有辱斯文，就鬧哄哄地上書投訴。姚某人是「倒運」了，但因他送了六百兩銀子給曹縣令，結果不受追究。因此，這首詩實質上是對曹縣令貪污醜行的揭露。

這四首詩分別以「嚇煞」、「笑煞」、「羞煞」、「鬧煞」開頭，卻都緊扣「莫春在」。每一首的筆鋒都指向曹縣令，極盡嘻笑怒罵之能事。如果曹縣令懂詩，讀後定會「羞殺」。

## 「吸盡黃河水倒流」

石達開（一八三〇—一八六三）是太平天國的重要將領。由於戰功卓著，被封爲翼王。從野史、筆記文所記述的材料看來，他是頗有文才的，特別善於通過歌唱事物來抒發豪情壯志。他爲理髮店撰寫的一副對聯，至今還廣泛地流傳於民間：

磨礪以鬚，問天下頭顱幾許？
及鋒而試，看老夫手段何如！

既符合理髮匠的勞動特點，又借此抒發「打天下」的遠大抱負，使人讀後精神爲之一振。他還有飽含着豪情的詩作傳世。

一八五七年六月，由於天王洪秀全的猜忌，他率十多萬大軍離開天京，後來轉戰到貴州大定苗族地區，苗族人民用雜酒來招待他。這種雜酒由黃豆、稗子、包穀、穀子製成，香醇可口，他開懷暢飲之後，即席賦詩：

千顆明珠一瓮收，君王到此也低頭。
五岳抱住擎天柱，吸盡黃河水倒流。

借寫喝酒來抒發情懷，頗見功夫。

第一句寫這種酒的製作。「千顆明珠」是對黃豆、包穀等的比喻。

第二句盛讚這種酒的醇美。這也是實寫，他本身就是一個「王」，如今來到這裏，被這種美酒「傾倒」了。

第三句描寫盡情暢飲的動作。「五岳」喻五個手指，「擎天柱」喻長長的酒瓶。這樣比喻，既新鮮，又洋溢着豪邁感。

第四句寫喝了很多酒，同時表現出改天換地的宏願。由於運用了比喻和誇張的手法，突現了英雄本色，給人很深印象。

這首詩想像豐富，構想獨特，壯志沖霄，令人嘆服。遺憾的是，過了不久，他就被清軍圍困於四川大渡河邊的安順場，糧盡援絕；爲了保全將士，自赴清軍大營，隨卽在成都遇害，當時年僅三十三歲！

「淚灑杜鵑紅」

洪大全是湖南人。他從小就很聰明，十三歲已能够默誦十三經（十三部儒家經典，卽：《詩》、《書》、《易》、《周禮》、《禮記》、《儀禮》、《公羊傳》、《穀梁傳》、《左傳》、《孝經》、《論語》、《爾雅》、《孟子》），並擅長寫詩詞。他屢次參加科舉考試都不中，憤而參加太平天國義軍。在一次戰鬥中，不幸被俘遇害。臨死前寫了一首小詞：

一事無成人漸老，壯懷要問秋風。六韜三略總成空。哥哥行不得，淚灑杜鵑紅。

查詞譜，這是半首〈臨江仙〉。是筆記文作者漏抄了還是洪大全來不及寫完？不得而知。

這半首詞，也很有情味。它深切地抒發「一事無成」的嘆息，參加「造反」未成功，如今將要犧牲生命，心裏自然充滿着悲憤。「壯懷要問秋風」是說，雄心壯志都像被秋風吹走了。《六韜》是古代的一本兵書，分〈文韜〉、〈武韜〉、〈龍韜〉、〈虎韜〉、〈豹韜〉、〈犬韜〉等六卷，相傳是周代姜太公著的。《三略》一名《黃石公三略》，也是古代兵書，分〈上略〉、〈中略〉、〈下略〉三卷，相傳是漢初黃石公著的。「六韜三略總成空」是說，自己雖然學了很多兵書，但到頭來沒有用。

「哥哥行不得」是「行不得也哥哥」的倒寫。這是鷓鴣啼聲的諧音，喻做事未取得成功，或理想難以實現。最後一句更突出悲憤心情，既然「淚灑杜鵑紅」，表明灑的是血，慷慨悲涼之至！

從詞意看來，他是義軍首領或謀士。遺憾的是不了解他的詳細歷史。

## 「不信斯人總姓張」

一八九四年七月二十五日，日本爲了實現侵占朝鮮、再進一步侵占中國的目的，用不宣而戰的手段，偷襲中國駐朝鮮牙山的軍隊，清政府被迫宣戰。由於當權者腐朽無能，所以清軍在朝鮮的戰鬥中多次失利。後來，日軍攻進我國東北，占領大連、旅順等地；還進攻威海衞軍港，使北洋艦隊覆滅。結果，清政府完全向日本軍國主義者屈服，派張蔭桓到日本談判、議和，簽訂了喪權辱國的《馬關條約》。

當張蔭桓到上海準備乘船去日本時，上海的《新聞報》登載了一首〈詠張松〉詩：

形容古怪氣昂藏，不信斯人總姓張。
絜得西川圖一幅，插標東去賣劉璋。

作者巧妙地借三國時期，張松向劉備出賣劉璋的故事來諷刺張蔭桓。

第一句描繪張松的醜態，並影射張蔭桓。這樣描寫是有根據的，據《三國演義》說，張松「生得額钁頭尖，鼻偃齒露，身短不滿五尺，言語有若銅鐘」，相貌醜惡而心懷陰謀。

第二句的「斯人」是「這種人」的意思。「這種」什麼「人」？出賣國家利益者。詩人利用張蔭桓也姓張這一點提出反問，以加強語氣，抒發心中的義憤。

第三句寫張松帶西川形勢圖去獻給劉備（鼓勵劉備進占西川然後北占漢中），同時是影射張蔭桓帶祖國地圖去獻給日本。

第四句表面上還是寫張松的事。「插標」即插草標，古代窮人自賣時在背上插一支草作標誌，這裏用以借指張松出賣自己靈魂。劉璋原是益州牧，占有西川，但昏庸無能，不能保其基業，結果劉備在張松的慫恿下取而代之。這一句實際上是喻指張蔭桓東去日本出賣國家利益。

這首詩，句句是罵張松，其實句句是罵張蔭桓，罵得很痛快。

說句公道話，張蔭桓是該罵的，但清朝廷的決策者——慈禧太后及李鴻章一伙更該罵。張蔭桓字樵野，廣東南海人，歷任外交官，後來升至吏部左侍郎（管理官員的中央機關的第二把手），戊戌變法（一八九八）時，調任管理京師礦務鐵路總局。大概是在出使日本的差使中認識到改良政治、富國強兵的必要性吧，他支持康有爲等人搞變法。變法失敗後，主要人物康有爲、梁啟超跑去國外，譚嗣同、劉光弟等被殺，他也被流放到新疆去。這是後事，寫出來，以便讓讀者對張蔭桓獲得較全面的了解。

## 「武岡可是五缸州」

清代某年，漕督（漕運總督，專管糧運的大官）許秋巖路過長沙，剛從湖南善化縣令升爲武岡州牧（州長官）的某人在歡迎他時，在官銜牌上誤將「漕」寫成「糟」。「糟」卽酒糟，一字之錯，謬之千里，這一來，許秋巖的官職變成「糟督」——管制酒的官員了。能詩善文而性格詼諧的許秋巖就由此起興，寫詩來諷刺這位寫別字的州官：

平生不作醉鄉侯，況復星馳速置郵。
豈有尚書兼曲部，漫勞明府續糟丘。

「曲部」，管釀酒的官員。「明府」是對這位糊塗州官的尊稱。「糟丘」，酒糟積成的山丘（這典故出自夏朝的桀王，據說他釀酒極多，建了一個酒池，裏面可以行船，酒糟堆成很高的山）。全詩的大意是：我素來不喜歡多喝酒，何況現在我正在日夜趕路，世上哪裏有尚書（漕督掛尚書銜）兼任釀酒官員的呢？空勞您這位州官經營糟丘了。

他興猶未盡，再從「武岡」地名出發寫一首：

讀書字要分魚豕，過客風原異馬牛。
聞說頭銜已升轉，武岡可是五缸州？

開筆即很不客氣地提醒州官，讀字要分清偏勞，不要混亂。第二句用了「風馬牛不相及」的典故，希望州官不要胡來，同時是回應第一首，指出自己的職務（漕督）與「糟」毫不相干。第三、四句拿州官來開玩笑，將「武岡」諧爲「五缸」。這也算是「以其人之道還治其人之身」吧？

「廣東人誤我」

清朝咸豐年間的兩廣總督兼通商大臣葉名琛（一八〇七—一八五九），是一個顢頇的官僚。他對人民羣眾心狠手辣，曾在一八五四年殘酷地鎮壓廣東天地會起義，對外則昏庸腐朽，以致辱國喪身。

一八五七年（咸豐七年）十月八日，廣東水師在廣州黃埔水面登上「亞羅」號船捕捉海盜。這本來是中國的內政，但英國侵略者卻藉口該船曾在香港領過登記證，屬英國船，就乘機挑起事端，發動第二次鴉片戰爭。身爲兩廣地區清軍最高統帥的葉名琛在這嚴重事態面前毫無作爲，採取「不戰不和不守」的態度，導致廣州失陷，他自己也當了階下囚，被押解到孟加拉後病死；他在當俘虜期間，竟還自許爲「海上蘇武」！

當時，廣東有人寫了三首古體詩來諷刺他，筆調頗爲辛辣。

第一首是：

葉中堂，告官吏：「十五日，必無事。」十三夷炮打城驚，十四城破炮無聲，十五無事靈不靈？乩仙耶？點卦耶？簽詩耶？擇日耶？

諷刺他因迷信而誤了國家大事。他一向篤信乩仙，當侵略軍進逼廣州時，很多官吏急忙向他報告，請示機宜，他卻說：「十五天後將一切平安無事。」原來這是乩仙的預言。可是，侵略軍在第十三天發炮攻城，第十四天就攻入了廣州。詩的前七句是概述，後五句是質問和諷刺。「中堂」是古時對宰相的尊稱，由於葉是官居一品的總督，所以以這來稱呼他。

第二首是：

夷船夷炮環珠口，紳衿翰林謁中堂。中堂絕不道時事，但講算術聲琅琅。《四元玉鑑》精妙極，近來此秘無人識。中堂眞有學問人，不作學政眞可惜！

反映了他在事變中的表現。《四元玉鑑》是元代數學家朱世杰的數學論著。當時事態急如燃眉，他卻對來謁見的「紳衿」（紳士和讀書人，泛指有功名、有影響的地方紳士）們「絕不道時事」而大談算術，擺出一副學者的格局。在這個時候竟還賣弄知識，眞使人啼笑皆非。「學政」即「提督學政」，是掌握全省學校、士習、文風的有關政令的官員，職務相當於現在的教育廳長。詩的後兩句說葉「眞有學問人，不作學政眞可惜」，是極爲尖刻的諷刺。據有關野史記載，當敵軍大炮已開始轟擊總督府，手下官員冒着濃煙走來請他躲避時，他還「手持一卷書，笑而遣之」，「學者」之態可掬，愚蠢得可觀！

第三首是：

洋炮打城破，中堂書院坐，忽然雙淚垂：「廣東人誤我！」廣東人誤誠有之，中堂此語本無疑；試問廣東之人千百萬，貽誤中堂是阿誰?!

描寫出他在城破之後的醜態。當他確信城已被攻破後，就慌忙跑到粵華書院（在今越華路一帶）躲避。從這也可見出，他先前對紳衿大談數學及手持書卷等行爲，並不是鎭定自若，而是堅信乩仙的預言，相信會平安無事。這時候他不去檢查自己的過失，不去譴責侵略者的罪行，卻迭口連聲地胡說什麼「廣東人誤我」，態度實屬可惡！詩的後兩句對他提出了強烈的質問，質問得好。

這三首詩所寫的都是事實，可稱之爲「史詩」。它簡潔地勾勒出葉名琛的可笑、可憎、可恨的形象，可供研究近代史者參考。

## 「萬壽無疆，百姓遭殃」

清朝末葉，一切朝政大權盡由慈禧太后把持。這個女人殘暴陰險，奢侈腐化，雙手沾滿人民的鮮血，幹盡喪權辱國的壞事，所以受到千萬人的詛咒。她卻老而不死，在她七十歲（一九〇四年）生日那天，清廷爲了討她歡心，不惜花費巨額錢財，祝她「萬壽」。當時，大官僚張之洞（一八三七—一九〇九）任湖廣總督（轄湖北、湖南兩省，總督府在今武漢市）。他爲了博取「老佛爺」的青睞，下令在衙門張燈結彩，大排筵席，熱烈慶祝。參加宴會的有各國領事和當地的軍政界、學界的頭面人物。

宴會中還奏西樂、唱〈愛國歌〉助興。所謂〈愛國歌〉不過是頌揚清皇朝「功德」的肉麻歌而已。有一位陪宴的官員聽了，滿懷感慨地向同座的學堂監督梁某說：「滿街都唱〈愛國歌〉，卻沒有唱〈愛民歌〉的！」梁某回答說：「你爲什麼不試編一首？」他問：「你願意聽嗎？」梁某答：「願意。」於是他就大聲唱起來：

天子萬年，百姓化錢。萬壽無疆，百姓遭殃！

將「天子」與「百姓」對比來「唱」，突出了兩者的尖銳對立，矛頭直指「天子」(慈禧)的心窩，向「萬壽」盛宴潑出一大桶冰水。在座的人聽了，有的膽戰心驚，有的呱呱叫嚷。張之洞定然也狼狽不堪。

這位作者確是一名膽識過人的愛民者。以後他的遭遇如何？有關野史沒有記載，令人懸念。當時，大學問家章太炎先生還爲慈禧大肆慶祝七十歲生日一事撰寫了一副對聯。它可與上列的〈愛民歌〉並讀：

今日到南苑，明日到北海，何日再到古長安？嘆黎民膏血全枯，只爲一人歌慶有；

五十割琉球，六十割臺灣，而今又割東三省，痛赤縣邦圻益蹙，每逢萬壽祝無疆！

「南苑」、「北海」都是皇家園池。上句前兩語揭露了慈禧的腐化生活，「何日再到古長安」幾字，是對一九〇〇年八國聯軍攻北京時，她狼狽逃到西安去避難一事的諷刺。最後兩語，譴責了她對老百姓的殘酷壓榨。

下句指出在她幾次「大壽」時，國家都喪失疆土的事實，「無疆」是很精彩的暗指。作者強烈地譴責了她的賣國罪行。

上述的〈愛民歌〉和這副對聯，都眞切地反映了人民大眾的心聲。

## 「白雲堆裏笑呵呵」

袁昶（一八四六—一九〇〇），字爽秋，是清皇朝的一名忠實奴才。他曾擔任總理衙門章京（辦理文書的官員），辦理外交事務。一八九八年戊戌變法時，向慈禧太后密告康有爲（維新派領袖）的動態，破壞變法運動。一九〇〇年，他在總理各國事務衙門工作，力主鎮壓義和團運動，並上書反對圍攻外國使館，一心爲清皇朝效力。但是，慈禧太后正要利用義和團來與外國抗衡，所以不賣這個奴才的帳，下令將他處死。他在臨死前，對劊子手說：「且慢，待我吟一首詩。」跟着吟道：

爽秋居士老維摩，做盡人間好事多。
正統已添新歲月，大清重整舊山河。
功過呂望扶周室，德邁張良散楚歌。
顧我於今歸去也，白雲堆裏笑呵呵。

這個傢伙眞是大言不慚。「維摩」卽「維摩詰」，佛名，據說與釋迦牟尼同時。他以佛自居，認爲自己「做盡人間好事多」，從第一聯開始他就自吹自擂。

第二聯是對清皇朝的祝願，可見此人確是一名忠實的奴才。但是事與願違，皇朝已日落西山，再沒有什麼「新歲月」，再不能「重整舊山河」了。

第三聯是進一步宣揚自己，吹噓自己爲清皇廷立下了大功，這大概是指他告發康有爲的事吧。「呂望」即姜太公，他被周文王賞識，在周武王伐紂時當軍師，建立不朽的業績。張良是漢初大功臣，爲劉邦出謀獻計。劉邦將項羽圍困於垓下（今安徽靈壁東南）時，他要士兵們唱楚歌來動搖項羽的軍心，導致項軍潰散，使項羽喪失鬬志，以致在烏江邊自殺。這傢伙認爲自己對清朝的貢獻超過呂望對周朝、張良對漢朝的貢獻，太無知、太狂妄了！

最後一聯說自己被殺是「歸去」到「白雲堆裏」上天成佛，這頗有點阿Q味。據有關野史記載，「呵呵」二字未吟完，劊子手的大刀已揮到他的脖子上，他終於「笑」得並不漂亮。

此人的腦袋是由花岡岩構成的吧？

## 兩組詩配畫

清末，漢口《湖北日報》曾登載兩組震動一時的詩配畫。

第一幅畫是《石龍圖》。畫的是一頭似龍非龍、白頭龜身的怪物，僵臥在石床上，床前香煙裊裊，擺着類着廟宇的供品，下面題了這樣一首詩：

這石龍，眞無用，低頭潛伏南山洞。

盡日高供不少動，徒享地方香煙俸，縱有爪牙也是空。

吁嗟乎，無怪事事由人弄！

圖畫和詩的喻意都相當明顯。白頭龜體，喻「怪物」的老邁；「低頭」、「盡日」、「縱有」等句，形容它無所作爲；「徒享地方香煙俸」一句，隱喻它是地方大官。詩和畫對「怪物」的老邁而無用進行了諷刺。「無怪事事由人弄」的「人」，看來是指外國侵略者。

第二幅是〈怪物圖〉。它畫了一頭似狸而比狸大，額上有「王」字紋，頸腹以下皆黑色的怪物，伏在洞中向外伸着身軀，瞪着眼睛。配詩是：

似虎非虎，似彪非彪，不倫不類，怪物一條。

因牝而食，與獐同巢。恃洞護身，爲國之妖！

「彪」即小老虎。前四句指出它貌似老虎而形體似狸的那種「不倫不類」的樣子。五、六句寫它的生活習性：「牝」是雌性的禽獸；「與獐同巢」說明它與獐是同類貨色。據辭書說，雌的獐「牙露出口外，足善走」，可見它是相貌兇惡，善於覓食，善於奔走的禽獸。這兩句詩喻指它的醜惡本質。最後兩句是全詩的中心，既然它是「爲國之妖」，那麼它恃以「護身」的「洞」自然是朝廷了。

這組詩畫的諷刺矛頭同樣指向大官僚，但它的主題與前一組不同。前者寫「怪物」在洋人面前服服貼貼，「事事由人弄」；這一組則寫「怪物」對黎民百姓的兇狠，它的眼睛是對着老百姓而瞪的。這兩組詩畫互相配合，把清末官僚的腐朽、昏庸、兇狠的本質形象地表現出來了。所以在刊出後的第二天，報紙的主筆鄭江灝即被當局逮捕，罪名是「污蔑大憲」（大憲指大官）。可見，詩畫刺中了「大憲」的要害。

# 第三輯

# 百家情韻

這一輯，收集了婦女（包括大家閨秀、小家碧玉及被禁於高牆內的宮女和流落風塵的妓女）、和尚、乞丐及其他非官非儒人士的詩作，根據作者的不同身分組列。

這些詩歌，眞實地反映了他們的生活。莊諧冷暖，都發自內心；嬉笑怒罵，盡躍然於紙上。有情、有趣、有韻味，勝過某些「雅士」的作品多矣！

## 宮女縫衣寄情詩

唐朝開元（唐玄宗的年號）年間，發放給邊防戰士禦寒的冬衣全在皇宮裏縫製。這樣做既可以表示「皇恩浩蕩」，而且還可以省一筆工錢——反正宮女多得很，她們也悶得慌，何樂而不爲？皇帝很精明。

奇蹟發生了。有一個邊防士兵領到了一件短袍，意外發現裏面夾著一首詩：

沙場征戍客，寒苦若爲眠。
戰袍經手作，知落阿誰邊？
蓄意多添線，含情更著綿。
今生已過也，結取後身緣。

這首情眞意切之作，顯然出於縫衣宮女之手。

一、二句，想像邊防戰士在寒冬歲月的艱苦。「若」是疑問詞；「若爲眠」，怎麼睡得著的意思。字裏行間飽含著對「征戍客」的同情。這位宮女有一顆善良的心。

三、四句是凝結著情意的敍述。「知落阿誰邊」意思是不知這件冬衣落到誰的身上。

五、六句情意更爲濃烈。「多添線」，多衣更耐穿；「更著綿」，多衣更暖和。宮女的「意」和「情」都「蓄」、「含」在線和綿上。

後兩句抒寫了寄托終身的願望，這位宮女的思想很「解放」。其中「今生已過也」五字，是飽含淒怨之情的。在封建社會裏，女子一旦被選入皇宮，就很難跨出宮門；得到皇帝寵幸的，僅是極少數，多數人寂寞地過日子，有的甚至從未見過皇帝一面。這位宮女知道自己只能老死於皇宮中，只能希望與得衣的「征戍客」「結取後身緣」（來世的姻緣）。

然而「後身緣」是渺茫的，這個願望，飽含著深沈的悲哀。

殊知奇蹟再次出現。那位得衣的士兵老實得可以，竟向主帥禀告；主帥馬上將這件事呈奏朝廷。唐玄宗讀詩以後，爲之感動，下令將這首詩遍示六宮，並聲明誰寫的不要隱瞞，決不會加罪。於是，有一位宮女戰戰兢兢地承認了。唐玄宗十分可憐她，說：「我幫助你結今身之緣」，下令將她嫁給那個士兵。據說，邊防將士知道這件事以後，都感激得流下眼淚。

這位「風流天子」做了一件好事。這也因爲那位宮女有詩才，詩寫得好，同時也幸虧「天子」不是「詩盲」。否則，這個「紅顏」定然「薄命」。

# 「鬼」詩一首

唐朝開元（唐玄宗李隆基的年號）年間，幽州（今河北省一帶）有個姓張的武官，妻子孔氏病死，留下五個年紀幼小的兒子。不久，他娶了李氏爲後妻。李氏性情凶暴，肆意虐待這五個孩子，天天鞭打他們。

這幾個孩子實在再忍受不住了，就跑到生母墳前哭訴。忽然，孔氏從墓裏走出來，於是母子抱成一團痛哭。後來，她在白巾上寫了一首詩，要兒子交給他們的父親：

不忿成故人，掩涕每盈巾。
死生今有隔，相見永無因。
匣裏残妝粉，留將與後人。
黃泉無用處，恨作冢中塵。
有意懷男女，無情亦任君。
欲知斷腸處，明月照孤墳。

這首「鬼詩」十分感人。

「鬼」先訴說自己成爲「故人」（死去的人）的「不忿」之情，她是不願離開人世的，但身不由己！「掩涕每盈巾」五字，概括地寫出她的痛苦。「每」，這裏解作「經常」、「時常」。

跟著，「鬼」抒發了對丈夫的懷戀之情。「相見永無因」，是永遠沒有機會相見的意思。

第五、六句，「鬼」提出要將餘下的妝粉贈給「後人」（李氏），這是使人感動的一筆。「鬼」對李氏的暴虐行爲不加斥責，反而殷殷贈物，心地何其寬厚！人們讀後，不由對「鬼」產生同情、敬佩之心。

七、八句緊接上兩句而發，述說了贈粉的原因，同時也表露自己死後的悲涼。一個「恨」字，含著無比深切的哀怨情感。「黃泉」又稱「九泉」，即地下。據說，人死了以後，就到那裏去。

「有意」、「無情」句，才直接觸及主題。前者訴說自己對兒子們的掛念（「男女」是偏義複詞，只取「男」義），後者則傾吐了對丈夫的希望——句意是：你如果對兒子無情無義，那也只好隨你的便。表面上似乎對兒子的命運不關切，實際上是懇切的祈求，祈求丈夫照顧這羣失去了親娘的兒子——「鬼」對兒子關切得很。

最後，「鬼」以傾訴自己的「斷腸」作結。她沒有直接說如何痛苦，只通過「明月照孤墳」這一淒涼畫面來表現。這樣寫，更耐人尋味。

這首詩，怨而不怒，感情極之哀惋。這個「鬼」很有詩才。據說，張某人讀後，不禁大哭，但是不敢動李氏一根毫毛，只是拿著詩跑到主帥面前去哭訴。主帥讀詩以後，嗟嘆不已，將事情的本末上奏唐玄宗。唐玄宗看了奏章後，下令將李氏打一百大板，流放去嶺南地區，同時撤掉了張某人的職務。這一處理，大快人心。李氏實在太可惡了，該打該流放；張某是典型的窩囊貨，這樣的人怎配當武官?!

這則故事出自唐人孟棨的《本事詩》。我們都知道，人死後不會變鬼。這首詩必然是作者的杜撰；但它眞切動人，我們大可以在感情上信以爲眞。

## 紅葉題詩和梧葉題詩

紅葉題詩，是我國詩壇中膾炙人口的故事，是詩人詞客喜歡運用的典故。

這一動人的故事，有幾種不同的傳說。大概人們最熟悉的，是唐末范攄在《雲溪友議》中的記述。

唐宣宗時，中書舍人（負責起草詔書之類文件的官員）盧渥從御溝（流經皇宮的小河溝）中拾到一塊紅葉，上面有絕句一首：

流水何太急，深宮盡日閒。
殷勤謝紅葉，好去到人間。

這首詩，含蓄地表現了在深宮中生活的空虛和抑鬱情緒，抒發了對「人間」的嚮往。它顯然是出於宮女的手。

首句看似只是寫「流水」，實際上是反襯自己長年被禁錮於深宮裏的悲哀。「深宮盡日閒」中的「閒」，是寂寞、空虛之意；這五個字抒發了虛度青春的嗟嘆。

「謝」，語、說之意。「殷勤謝紅葉」的句意是：我滿懷深厚情意告訴紅葉。她祝願紅葉到「人間」去好好生活，心中充滿著對紅葉的羨慕之情。

詩寫得頗爲感人，所以盧渥把它珍藏在箱子裏。後來宣宗皇帝放出一批宮女嫁人，盧渥前去擇配，恰好選中了寫詩者。成婚之後，宮女發現紅葉，感慨不已，盧渥才知道寫詩者就是他的妻子。這是一段奇巧的姻緣。

北宋孫光憲的《北夢瑣言》也記述了類似的故事。詩句一模一樣，但發生的時間不同，男主人公不是盧渥而是李茵，宮女有名有姓（叫雲芳子）；情節更爲曲折，且帶有神話色彩——

唐僖宗時，進士李茵到林苑遊覽，在御溝中拾到一塊題詩的紅葉，把它收藏在書箱裏。廣明二年（八八〇），黃巢率領起義軍攻占京城（長安），僖宗慌忙逃向四川，貴族、官員、宮女也四散逃命。李茵逃到終南山下的一戶人家，遇到了宮女雲芳子，兩人很快相熟。李把紅葉拿出來，雲芳子看了，認得是自己寫的。於是，兩人感情親密起來，相約結成夫婦，一齊投奔四川。到了綿州（治所在今四川省綿陽以東），不幸遇到田太監，雲芳子被強行帶走，李茵十分難過。晚上，李茵投宿旅舍，雲芳子找來了，說：「我用很多金銀財寶賄賂田太監，他放走我。從此，我能够永遠跟隨你了！」李茵就滿懷高興地帶她回故鄉襄陽，兩人愉快地生活。過了幾年，李茵患了病，身體瘦弱，有一個道士對他說：「你面上有邪氣。」這時，雲芳子才說出眞相：「往年在綿州再次見你的時候，其實我已經上吊自殺了。由於感激你的深厚情意，才跟隨你。我是鬼，你是人，不應結合，我不忍心使你蒙受災難。」她置備酒席，與李茵飲酒賦詩，席散卽告辭而去。

這則故事是荒誕的，但更能表現宮女的深情。

北宋劉斧的《靑瑣高議》也記載了類似的故事，但男主人公是于佑；王銍的《侍兒小名錄》同樣記載了類似故事，但它說那是唐德宗時期的事情，男主人公叫賈全虛。

唐人孟棨《本事詩》記載了一則梧葉題詩的故事，主人公是著名詩人顧況（約七二五——約八一四），讀起來別有風味。

顧況在洛陽作客，一天，與幾個詩人到林苑中遊覽，在流水中拾到一塊大梧桐葉，上面寫有一首詩：

一入深宮裏，年年不見春。
聊題一片葉，寄與有情人。

其主題與前首相同，但寫得較直率。「年年不見春」不是不見春天，而是不能享受青春的歡樂，成年累月鬱鬱度日。「寄與有情人」一句，抒發了與「有情人」結成眷屬的願望。

顧況對著葉子吟誦再三，心裏漾起了強烈的同情，第二天，也在葉子上題詩一首，放到上游的水波中：

愁見鶯啼柳絮飛，上陽宮女斷腸時。
君恩不禁東流水，葉上題詩寄與誰？

這是典型的文人詩。一開筆即點出那位寫詩宮女的愁情。「上陽宮」在洛陽，是唐玄宗所建，楊貴妃曾居住過，以後專門用來安置被謫的宮女，成爲一座眞正的冷宮。被打入冷宮的宮女，自然更加淒涼。顧況估計到，那位寫詩的宮女必然是被謫者。「鶯啼柳絮飛」是暮春的特有景色，這時候，春光已老，使人意識到青春飄逝，年華難再。這對於失意的宮女來說，感受更加深切，所以傷心得「斷腸」了。

「君恩」是婉轉的說法，其實是「君威」。皇帝雖然擁有至高無上的權力，掌握著宮女的命運，但不能禁止水向東流（正因此，梧桐葉能夠從宮中漂流出來，宮女的幽怨能夠「流」到顧況的心頭）。這個句子表面上是平淡的敍述，實際上是對宮女的熱切鼓勵——鼓勵她繼續寫，繼續抒發心中的幽恨。結句的詢問，凝寄著同情。宮女心中的「有情人」是誰呢？這問題自然引起顧況的尋思。

想不到過了十多天，有人又在林苑的水流中拾到一塊寫著詩的梧桐葉。它傳到了顧況的手裏。詩是這樣寫的：

一葉題詩出禁城，誰人愁和獨含情？
自嗟不及波中葉，蕩漾乘風取次行。

顯然是出自同一宮女的手筆。她先感謝和詩人，跟著抒發自己得不到自由，「不及波中葉」的嘆息。可見，她多麼願意離開上陽宮回到民間。「取次」，是隨隨便便、自由自在的意思。她永遠不可能知道和詩者是誰，顧況也永遠不知道宮女的名字。顧況不過是一名沒有權勢的小官（他的最高職務是著作郎——起草文字的官員）而已，是沒有能力援救她的；又逢不著皇帝開恩放出宮女和宮女奔逃的機會，只能默默傷情。大概，那位宮女也只能默默地在痛苦的煎熬中白了頭髮。人間又增加了一樁不幸。

這幾則題詩的故事，反映了封建社會宮女的淒涼景況，間接地向我們展示了宮廷生活的一角，使人難忘。

## 「淚眼描將易，愁腸寫出難」

故事發生在唐代。

濠梁（今安徽省懷遠、鳳陽一帶）書生南楚材到陳潁（今安徽省阜陽、潁上一帶）旅遊，陳潁太守很賞識他，甚至打算招他為女婿。他受寵若驚，十分感謝太守的知遇之恩，所以雖然早已結婚，也立卽答應這頭婚事。當然，他這樣做，也是喜新厭舊，用情不專的表現。

他決定不再回鄉了，就派僕人回家取琴、書、衣物。當時，鄉下人還傳說他是要去遊覽名山大川，會道訪僧，脫離「紅塵」呢！

他的妻子薛媛，卻隱約地猜到了丈夫的心思。薛能詩會畫，就對著鏡子描畫自己的肖像，同時寫了一首詩，讓僕人帶給丈夫。詩是這樣寫的：

欲下丹青筆，先拈寶鏡端。
已經顏索莫，漸覺鬢凋殘。
淚眼描將易，愁腸寫出難。
恐君渾忘卻，時展畫圖看。

寫得很有感情。

一、二句，是對畫像過程的敍說。

三、四句，是對青春逝去、容顏開始衰老的嘆息。「索莫」又作「索漠」、「索寞」，指容顏憔悴，沒有生氣，很消沈的樣子。「鬢凋殘」是說鬢髮稀疏。顯然，她這副模樣，是跟日夜懷念丈夫，愁思盈懷有關。

五、六句是表述心事。「淚眼描將易」是說，要描畫出臉部的愁容是很容易的；「愁腸寫出難」是說，要表現心中的深沈痛苦就困難了。詩句抒發了內心的悲哀，抒發了對丈夫的摯愛。

最後兩句寫畫像的目的。「渾」，全的意思。它們的意思是：因爲怕你完全忘記了我的樣子，所以畫這幀小像，讓你時常展開來看。

這首五律的主題是希望丈夫歸來，但字面上全不提及，可謂「不著一字，盡得風流」。南楚材讀後，既感動又慚愧，馬上收拾舖蓋，回鄉與薛媛團聚，兩人終於白頭偕老。

一首詩挽回了一顆叛離的心，挽救了一個家庭。爲什麼它具有這麼大的功力？就因爲它「發乎情，故能感人之情」（清・方薰）。

## 「半是思郎半恨郎」

妓女這種「行業」，古已有之。她們流落「風塵」，受盡迫害和歧視，強裝笑容迎新送舊，痲木地度日。其中也有一些是很有才學的，有的甚至給文壇留下了「風流韻事」。

在唐代，江淮地區有個名妓叫徐月英，擅長吟咏。一次，她與心上人分別，依依難捨，寫了一首七絕：

惆悵人間萬事違，兩人同去一人歸。
生憎平望亭前水，忍照鴛鴦相背飛。

這是情味雋永之作。

「違」，是不稱心的意思。「萬事違」三字，隱約地反映了她坎坷的命運；如今又與心上人分手，難怪她發出「惆悵」的嘆息。詩一着筆，就飽含着感情。

第二句突出了主題。一般說來，妓女迎新送舊，是家常便飯，但她對這一次別離，卻滿懷悲傷。可見她對這個人是很有感情的，她並不是只懂得出賣肉體來掙取金錢的庸俗之輩。

「生」是詩詞專用語，「最」的意思。她「生憎平望亭前水」，因爲水「忍照鴛鴦相背飛」通過比喩手法，把與心上人分別的痛苦心情，形象地表現出來。

「忍」字用得很妙。作者賦水以性格，罵水太忍心，認爲水可憎。其實，「鴛鴦相背飛」與水何關？這樣寫，毫無道理。但從這「無理」中卻見出眞情，按詩家的說法，這是至情的「痴語」，特別具有感染力。

這首詩，使人一唱三嘆。

唐朝貞元（唐德宗的年號）年間，太原有一個妓女也很有詩才，可惜不知其姓氏。

她與進士歐陽詹相好。歐陽詹離開太原赴京城任職的時候，曾告訴她，一到京城安頓下來，就派人來接。

分別之後，妓女日夜思念歐陽詹，因而患病。她自知不久於人世，就剪下一綹頭髮放進梳妝匣中，並寫詩一首：

自從別後減容光，半是思郎半恨郎。

欲識舊時雲鬢樣，爲奴開取鏤金箱。

寫完，把它及梳妝匣交了給妹妹，就滿懷愁傷地離開人間。

這首詩是發自心弦的琴聲。

首句通過「減容光」（容顏變得憔悴）的敍寫，反映自己與歐陽詹分別的哀傷。第二句最富有情味。「恨」，是怨恨「郎」要離開自己，怨恨「郎」久久未派人來相接。這種「恨」產生於愛，極爲深切的愛。正由於「思」與「恨」交織，使她「減容光」以至病死。

「雲鬢」指頭髮；「雲鬢樣」指容貌。「鏤金箱」是鏤着金的梳妝匣。最後兩句敍寫自己剪下頭髮的原因，也凝寄着無限思戀之情。

這是動人的絕唱。後來，歐陽詹讀了，滿懷悲傷，戚戚成病，不久也離開人世。

## 「又哪得功夫咒你」

在封建社會中，能詩會畫的妓女不少，除了上文提及的徐月英等外，唐代的薛濤，南齊和宋代的蘇小小（兩者不同，但都是錢塘——今杭州人）都很著名。她們與詩人結下不解之緣，以致風流千古。

在南宋名詞人周密的《齊東野語》中，記載了一名四川妓女的「韻事」。

這位「風塵女子」的相好，是著名詩人陸游的朋友，估計也是一位詩人。他們的感情很好，來往甚密。有一次，男的病了，幾天沒有來，她懷疑對方變了心，於是，男的就寫了一首詞托人帶給她以作解釋。

她看了，依原韻答了一首：

說盟說誓，說情說意，動便春愁滿紙。
多應念得脫空經，是哪個先生教底？
不茶不飯，不言不語，一味任他憔悴。
相思已是不曾閒，又哪得功夫咒你！

寫得很精彩。

顯然，第一段的前三句是男子的詞中的內容：男子發誓永遠愛她，自己「春愁」得病等等。第四、五句是她的議論。她認為男子說這一套是在「念脫空經」，是假話、大話，所以追問「是哪個先生教底」（「底」同「的」），表明她對男子的懷疑。

第二段抒發了自己的誠摯感情。開頭三句，寫出相思之苦。「一味任他」四字，說她雖然因相思而弄得容顏憔悴了，但也聽之任之。愛得多麼深呵！最後兩句是傳神之筆。它緊承上文寫出自己的深情，也是對男子的回答（大概，男子在詞中，寫有怕挨女子詛咒之類的詞句吧）。「功夫」，指時間。她為什麼沒有「功夫」「咒」？因為忙於「相思」。這樣下筆，很妙。

女子坦誠地表露了情懷，又愛又疑，愛之越切，疑之越深，一腔心緒盡呈於紙上。

這首詞，語言通俗而流暢，感情熱烈而深沈，富有情趣，比起一般文人詞來毫不遜色。它的詞牌是〈鵲橋仙〉。

## 秋香的拒客詩

電影〈三笑〉，寫明代才子唐伯虎與華相國府的婢女秋香的愛情故事，頗爲吸引人。

唐伯虎和秋香在歷史上都實有其人。唐伯虎（一四七〇—一五二三）名叫唐寅，「伯虎」是別字。他是吳縣（今江蘇省蘇州市）人，能詩善畫，很有才氣，但不參加科舉考試，過着狂放生活。後聽從摯友祝允明（枝山）的勸告而參加鄉試，一舉奪魁（第一名）；與祝允明、徐禎卿、文徵明並稱爲「吳中四才子」，是歷史上有名的風流人物。秋香原名林奴兒，又名林金蘭，出身於官宦人家，是獨生女兒，被父母視爲掌上明珠。她從小聰慧過人，喜歡讀書繪畫；後來父母相繼死去，不幸成爲孤女，由於生活所迫，在金陵（今南京）當了官妓。初時她賣笑不賣身，以詩畫周旋於官宦之間，名冠一時。失身數年後，脫籍做了自由人，再也不接客。她曾在扇子上畫柳一幅並題詩一首來表示自己的決心：

昔日章臺舞細腰，任君攀折嫩枝條。

如今寫入丹青裏，不許東風再動搖。

詩以柳自喻。「章臺」是漢代京城長安的街名，被用作妓院所在地的代稱。「章臺柳」是唐代韓翃〈寄柳氏〉詞的首句。「細腰」既是對柳枝的形象描繪，同時又是美人的代稱（據說古代的楚靈王認爲腰身纖細的女子最美）。詩的一、二句以暗喩手法追寫過去的妓女生涯。第三句結合扇面上的畫來抒寫。「丹青」是中國古代繪畫常用的顏色，後來泛指繪畫。「如今寫入丹青裏」，也含有這株「柳樹」已加進「高雅」的行列之意，與第四句的句意緊相連接。「東風」，喻指過去的相識。「不許東風再動搖」表明自己不願再被人碰一下，不想再過卑微的妓女生活。

這首詩，句子順暢，比喻貼切，水平不低，可見她是有文才的。要指出的是，按有關史料推算，她的年紀至少比唐伯虎大三十多歲，兩人不大可能情深意篤地相愛。由於唐伯虎是著名的才子，她是著名的「佳人」，而且都生活在江南，好事者就把他們拉扯在一起，組成「三笑」的故事。而故事又很有情味，所以一直流傳至今天。

## 「挑燈閑看《牡丹亭》」

明代，揚州有一個女子名叫小青。她頗爲聰穎，很會寫詩，由於家境困難，十六歲的時候嫁給杭州姓馮的人當小老婆。她與丈夫感情很好，但大老婆凶悍而妒嫉，她的日子很不好過，不久便被關進西湖孤山一所佛舍裏，由尼姑嚴加看管，不准與丈夫見面。精神受盡折磨的她，十八歲就鬱鬱死去。她的遭遇十分使人同情，明人吳炳的傳奇劇本《療妒羹》就是以她的故事爲題材的。

她被關閉於佛舍時，寫了一些詩，但幾乎都被那個「母老虎」燒了，只有這一首留下來：

冷雨幽窗不可聽，挑燈閒看《牡丹亭》；
人間亦有痴於我，豈獨傷心是小青。

借寫閱讀《牡丹亭》來抒發自己的情懷，寫得十分淒惋。

《牡丹亭》又名《還魂記》，是明代大戲曲作家湯顯祖（一五五〇—一六一六）的名作。它寫年青姑娘杜麗娘遊園時睡着了，夢中與書生柳夢梅相愛，醒後相思致死，後來復生，終於與柳夢梅結成夫婦的故事。杜麗娘的一片痴情，是很叫人感動的。

小青的詩開頭先描繪了「冷雨幽窗」的孤寂環境，來襯托讀《牡丹亭》時候的淒涼心情。爲什麼冷雨敲打窗戶的聲音「不可聽」？因爲這單調的聲響牽動她的愁腸。

第二句是敍述。「閒看」的「閒」字，表現了她幽居無聊鬱鬱不歡的情緒。

三、四句是讀《牡丹亭》的感嘆。「人間」有誰「痴於我」呢？自然是劇本中的主人公杜麗娘。結句點出自己的「傷心」，流露出對丈夫的痴情。

她通過與杜麗娘的比較來表達自己對丈夫的一往情深，很是眞切。其實，她的「痴」絕不在杜麗娘之下；杜麗娘能夠死而復生，終於與心上人結成眷屬，比她要幸運得多了！

大概由於她的故事和這首詩非常感人的緣故，在古代，有人挑出其中的「挑燈閒看《牡丹亭》」一句來作謎語，謎底是古人的一個文學名句——「光照臨川之筆」（唐·王勃：〈滕王閣序〉）。

爲什麼謎底如此？《牡丹亭》的作者湯顯祖是江西臨川（今撫州）人，以籍貫來指代名字，是古人的習慣，而且湯顯祖也把自己的四個劇本（《紫簫記》、《紫釵記》、《南柯記》及《牡丹亭》）合稱爲《臨川四夢》。「挑燈」自然「光照」，「臨川之筆」正是指湯作的《牡丹亭》。對不熟悉古典文學的人來說，這個謎語是不好猜的。據傳說，在明末某年元宵燈會上有人把它提出來，結果被牛金星猜中了。這位李自成軍隊的謀士果眞才智過人。

## 詠白髮

明代，有個名叫朱桂英的婦女，頗會寫詩。她年紀老了，白髮叢生，拔不勝拔，不由黯然神傷。於是寫詩嘆道：

白髮新添數百莖，幾番拔盡又還生。

不如不拔由它白，哪有工夫與白爭！

句子淺白如口語，卻寫得很眞切。

她不是沒有「工夫」（指時間、精力）「與白爭」，而是「爭」不贏，因爲「幾番拔盡又還生」。有什麼辦法呢？頭長白髮，是生命的規律。

詩歌唱的是白髮，實際上是抒發年紀老去的嘆息。

## 妒花

古代，有一位年青美麗的女子很愛花，在花園裏種了很多芙蓉。花開的時候，滿園豔麗，使人目不暇接，幽香陣陣，使人流連忘返，人人都交口稱贊。甚至有人說：這些花比栽花人更美麗。

女子知道了，心裏不由對花產生妒嫉之情。她走到花園，徘徊於花叢間，仔細觀察了遊人的神態，回到屋裏，賦詩一首以抒發情懷：

芙蓉花發滿枝紅，盡道花容勝妾容；
今日妾從花下過，爲何人不看芙蓉？

一、二句是敘寫。「妾」，是古代女子對自己的謙稱。三、四句是反問。

其實，人的美與花的美畢竟是不同的，兩者不能相比。人說「花容勝妾容」是不對的；而她根據「人不看芙蓉」而看她，就斷定自己比花更漂亮，也是不對的。這首詩表現了女子愛美的心理，頗有情趣。

## 「不在鳥聲中」

古代，由於科學不發達，很多自然現象被視作吉凶的預兆，弄得人們昏頭昏腦。因「吉兆」而白白歡喜一場，這還不算得什麼；因「凶兆」而空自提心吊膽，就太不划算了。例如，鵲叫歷來被認爲是喜信，至今人們還習慣在「鵲」前加上一個「喜」字，使這種吱喳不已的小鳥榮膺「喜鵲」的稱號，不少畫家還拿它作慶喜的象徵；烏鴉的啼聲則視爲凶信，不少文學作品用它來暗示災禍……當然，文藝家這樣畫，這樣寫，並不等於迷信，但從此可見出這種觀念影響的廣遠。

遺憾的是，在人類已可以登上月球、科學突飛猛進的今天，竟還有一些人相信「兆頭」，而早在清代，就有一名叫許璚的女士已不相信這一套。有詩爲證：

鵲噪未爲喜，鴉鳴豈是凶。
人間吉凶事，不在鳥聲中。

句子淺白，觀點鮮明，雖缺乏文采，但順暢可讀。生活在封建時代的婦女竟具有這種進步的觀點，是很可貴的。這豈不叫今天的「善男信女」們汗顏？

## 「不留羞冢在姑蘇」

清康熙十二年（一六七三），吳三桂聯合耿精忠、尙可喜發動叛亂（由於他們都被清廷封爲藩王，所以歷史上稱之爲「三藩之亂」），清廷馬上派軍隊平叛，戰火遍及四川、雲南、湖南、廣東、廣西、福建、貴州等省，歷時八年。交戰雙方的兵丁趁機大肆燒殺擄掠，使不少老百姓家破人亡。長沙一位姓朱的姑娘不幸落入兵卒之手，她爲了不受侮辱，從押解船上憤然投水自殺。事後，人們在她的衣服中找到十首絕命詩，其中有兩首寫得最爲動人：

少小伶娉畫閣時，詩書曾奉母爲師。
濤聲向夜悲何急？猶記燈前讀《楚辭》。

狂帆慘說過雙孤，掩袖潸潸淚忽枯。
葬入江魚浮海去，不留羞冢在姑蘇。

第一首滿懷深情地回憶小時候跟母親學《楚辭》的情景，抒發了她對母親的懷念之情。「伶娉」，孤獨的樣子；說明她沒有兄弟姐妹，這一來，她自然是父母的掌上明珠，倍受珍愛。「畫閣」，是繪飾着圖案的樓閣；可以見出，她出生於經濟條件比較優越的家庭，因此她也才有機會從小學詩。第三句寫的是現在。「向夜」即傍晚。詩描繪了暮色蒼茫，濤聲陣陣的圖景，由於她滿懷着悲哀，所以感到濤聲悲悲切切，賦景物以主觀色彩，把情與景交融在一起。大概在這個時候，船艙裏已點起了燈吧，船外的濤聲使她聯想起少小時的讀書聲，於是自然地吟出了「猶記燈前讀《楚辭》」一句。

第二首滿懷悲憤地訴說內心的痛苦，表達了寧死也不受辱的意願。在「帆」前加上一個「狂」字，表現了她對「帆」的怨恨，因爲帆船走得太快，使她離長沙越來越遠。「雙孤」即大、小孤山。大孤山在江西鄱陽湖裏，小孤山在江西彭澤縣東長江中。「過雙孤」三字表明，她所乘坐的船已過了江西地界，這更使她悲傷欲絕，以致達到「淚忽枯」（眼淚忽然流乾）的地步。第三、四句的意思是：寧願投水自沈，葬身於魚腹之中，讓身子隨着江魚浮去海洋，也不願意受侮辱後死在姑蘇（卽蘇州），葬在姑蘇。看來，兵丁是要把她押解到蘇州去。據史料，「三藩」的軍隊並沒有打到蘇州地區，大概她是被清兵俘虜的。

兩首詩都寫得十分凄惻。這是一個弱小的女子對兵丁暴行的深沈控訴。

「敢將幽怨訴琵琶」

清代著名詩人袁枚（一七一六—一七九七），字子才，號隨園老人。他寫詩追求表現性情，反對形式主義，與蔣士銓、趙翼並稱爲「江左三大家」，在詩史中有很大的影響。他也是著名的詩評家，所著的《隨園詩話》，至今仍有參考價值。

乾隆年間，他任江寧（今江蘇南京）知縣，曾斷過一樁離婚案，幫助一位民間女詩人脫離苦海，做了一件大好事。

松江縣有個民女張宛玉，很聰明，自幼學詩；聽從父母之命、媒灼之言，嫁給山陽縣（今江蘇淮安）姓程的商人爲妻。殊知程某是一名市儈，庸俗不堪，她在精神上受盡折磨，趁程某外出經商之機，逃跑到江寧，躲在親戚家。程某偵知以後，寫狀紙呈給山陽縣衙門，要求將她拘捕回來；山陽縣令行文到江寧，袁枚卽派差役傳她來衙門審問。

張宛玉申述了逃跑的原因，自言懂得寫詩，袁枚就要她寫一首。她寫道：

> 五湖深處素馨花，誤入淮西賈客家。
> 偏遇江州白司馬，敢將幽怨訴琵琶。

她自喻爲素馨花。素馨的高潔與「賈客」（商人）之庸俗形成鮮明對比；「誤入」二字，含着深深的憾恨。這兩句，已見出她的水平。

「江州白司馬」卽唐代大詩人白居易。他被貶到江州（今江西九江市）去當司馬（在唐代，司馬是州的佐官，閒職）時，曾寫了一首膾炙人口的〈琵琶行〉，深切地抒發了自己被貶的痛苦和對彈琵琶女子的同情。「幽怨訴琵琶」，是用琵琶來傾訴滿腔幽怨感情的意思。在這裏，張宛玉把袁枚喻爲白居易，把自己喻爲淪落的琵琶女，既讚頌了袁枚的詩才，也表露了自己的心願——希望袁枚搭救。

這首詩寫得很有情味，打動了袁枚的心。他再要張宛玉以公堂前的樹木爲題，再賦一首。張宛玉隨卽吟道：

獨立空庭久，朝朝向太陽。
何人能擡手，移作後庭芳。

第一、二句形象地表現了自己幽居商人家中的孤寂情懷和對「太陽」（光明、溫暖）的迫切期待。最後兩句抒寫希望能脫離商人、重新生活的意願，強烈要求袁枚高擡貴手予以幫助。袁枚自然懂得詩中的含意的，憐才之心使他敢於違抗封建禮教，判決張宛玉與丈夫離婚。

就這樣，這位封建士大夫爲「婦女解放」做了一件好事。而促使他這樣做的，是詩。

## 「相憐只有鏡中人」

清代，有個相貌端莊的難婦叫朱袁氏，流落異鄉，到處行乞。她是錢塘（今杭州）人，才二十四歲，沒有將身世詳細告訴別人；由於她很會寫詩，所以引起人們加倍的關注和同情。請看她作的〈對鏡〉：

舊歡如夢事如塵，飄泊天涯抱病身。
誰是與儂同下淚？相憐只有鏡中人！

詩的第一句是說，過去的歡樂已似夢那樣消逝，往事都已化爲塵土飛散。看來她曾有過一個歡樂的家庭，所以現在滿懷深情地回憶。她爲什麼淪落到行乞的地步？詩沒有寫，人們也不知道。第二句概括地寫出了現在的境況：「飄泊天涯」還加上「抱病」，十分可憐。第三句設問是緊承第二句而發的。第四句扣着詩題。誰與她「相憐」、「同下淚」？只有「鏡中人」。「鏡中人」就是她自己，把孤苦的處境突現出來了。

這首詩，文字淺顯，句子順暢，飽含着感情，可謂一字一淚。

她的一些斷句也頗爲動人：

羞看鏡裏三分瘦，愧作人前半點痴。

她雖淪落，自尊心仍未泯滅。又：

已破繡鞋經雨滑，半垂羅帕障風微。

歷盡風雨的淒涼遭際已表現於字裏行間。我們從「繡鞋」、「羅帕」可以想到，她的家境本來是很不錯的。

這兩組斷句，對仗都頗工整，看來皆是律詩中的一聯，可惜未能見其全詩。她的詩學根底不淺。在漫長的封建社會中，多少才人在天災、人禍中受難！

## 凄涼的〈旅夜〉

清代，安徽休寧有個女子名叫范滿珠，很會寫詩。有關野史錄下了她的絕句〈旅夜〉，凄惻動人：

> 殘燈明滅亂蟲啼，輾轉鄉心月漸低。
> 夢對家人才欲語，鷄聲依舊到窗西。

反映了她在天將亮時的心緒。

首句描繪了環境。「殘燈明滅」已够凄涼，加上「亂蟲啼」的切切聲音撩動情懷，更是悲苦。

第二句的「輾轉鄉心」四字，表明她因思念故鄉而徹夜難眠。人在床上「輾轉」，心自然也在「輾轉」地思來想去。她知道「月漸低」，是睡不着的反映。這一句更有情味。

但從第三、四句中可以知道，她畢竟睡着了，而且曾作了回鄉的好夢，可惜好夢很短，很短。她在夢中「對家人才欲語」，就被鷄聲驚醒，何等遺憾！「欲語」而未能「語」，千言萬語仍咽在心頭。人們讀罷此詩，也不由爲她感嘆。

這首詩以景襯情，情景交融，抒情眞切，很有感染力。作者是有才華的。據有關野史說，她的詩集名爲《繡蝕草》，可惜沒有流傳下來。

## 「夕陽回首淚滂沱」

清代。有一年，江南大旱，赤地千里，很多人流離失所。有不知姓氏的姑嫂二人流落到吳門（卽今蘇州市），在一所寺院的牆壁上留下了一首詩：

蕭然行李此經過，只爲年荒受折磨。
踏破繡鞋穿竹徑，吹殘雲鬢入風渦。
叩門乞食推恩少，仰面求人忍辱多。
欲賦歸與歸未得，夕陽回首淚滂沱！

把漂流在異鄉的淒涼情緒抒發出來了。

第一聯平平。既是逃荒，行李自然是「蕭然」的；「此經過」二字卻表明，她們並非在這裏落腳，爲了生存下去還得繼續漂流。第二句點出，漂流的原因是「年荒」。

中間兩聯反映了到處漂流、行乞度日的苦況，概括力相當強。「繡鞋」已「踏破」，可見她們已流落多時，行程艱辛；「雲鬢」已「吹殘」，可見她們歷盡了風霜，容貌憔悴。「推恩」，是施恩惠於他人的意思（語出《孟子．梁惠王》），既然被乞求的人家「推恩少」，她們乞到的食物必然很少很少；「仰面求人忍辱多」七字，不知含着幾許眼淚！但爲了活下去，她們不得不這樣。

第七句「歸與」的「與」卽「歟」，是疑問詞。她們想回家，但「歸未得」，爲什麼？家鄉還鬧災荒。這一來，她們只好繼續流浪了。這正與首句「此經過」三字相呼應。結句情景交融，筆法很凝練。她們「回首」望什麼地方？望來路，望故鄉。故鄉望不見，只見落日的餘暉籠罩着大野，一片迷茫，在這情況下，「淚滂沱」是必然的了！

這是「攖人心」之作。

## 「一句詩成千淚垂」

清代，某地一所旅舍的牆壁上，題有詩三首，是女子的手筆。

其一是：

銀紅衫子半蒙塵，一盞孤燈伴此身。
恰似梨花經雨後，可憐零落不成春。

看來，作者是一名妓女。開頭兩句，描述在客走人散之後，思量自己身世的淒涼景況。「恰似」兩句運用了比喻手法，通過被風雨侵襲而零落不堪的梨花來喻指自己備受摧殘的痛苦。可見，她當妓女是被迫的。

其二是：

終日如同虎豹游，含情默坐恨悠悠。
老天生妾非無意，留與風流作話頭。

「虎豹」指什麼，不言而喻。「妾」是古代婦女對自己的卑稱。「含情」中的「情」是怨恨之情。跟着，第三、四句點出了「恨」的內容。由於時代和思想的侷限，她沒有找到使自己淪爲妓女的社會原因，而將責任推到「老天」身上。妓女生涯非常痛苦，但還被人說成是幹「風流」勾當而當作閒談的資料，因此，她的恨是十分深的。

其三是：

萬種憂愁訴與誰？對人強笑背人悲。
此詩莫作尋常看，一句詩成千淚垂！

「萬種憂愁」堆積在心中，無人可訴，只好通過寫詩來抒發了。「對人強笑背人悲」七字，眞切地表現了她的淒苦，結句的感情更爲強烈。

這幾首詩，每一個字都飽凝着眼淚，我們怎會「尋常看」呢！

## 「休言女子非英物」

清末著名的女民主革命家秋瑾（一八七五—一九〇七），字璇卿，號競雄，自號鑑湖女俠，浙江山陰（今紹興）人。她在青少年時卽受到民主思想的影響，對封建制度懷有強烈的不滿。一九〇四年，她離夫別子，去日本留學，參加三合會；年底回國，參加光復會；第二年春再次赴日，結識了革命領袖孫中山、黃興，參加同盟會；回國後積極宣傳革命，與徐錫麟一道組織光復軍，準備起義。一九〇七年七月六日，徐錫麟在安定刺殺安徽巡撫恩銘後被捕，壯烈犧牲；因她與徐有聯繫，清政府就派人來逮捕她，她勇敢地拿起武器反抗，失敗後落入敵手，雖然被嚴刑逼供，但不屈不撓，於七月十五日在紹興英勇就義。她的崇高氣節永遠爲後世欽仰。

她出身於官紳人家，精通詩詞。在日本時，曾塡了一首〈鷓鴣天〉以言志：

> 祖國沉淪感不禁，閑來海外覓知音。金甌已缺總須補，爲國犧牲敢惜身！
>
> 嗟險阻，嘆飄零，關山萬里作雄行。休言女子非英物，夜夜龍泉壁上鳴。

詩心劍膽，志壯雲天！詞中的「海外」指日本，「知音」是指志同道合的革命同志，當時有很多先知先覺的革命者聚集於日本，籌畫推翻清朝的大計。「金甌」喻指國家疆土的完整、鞏固；「金甌已缺」四字點出了由於清政府腐敗無能，使祖國疆土不斷被列強侵占的事實。「龍泉」，劍名；據說山西西平縣有龍泉水，用它來磨刀劍特別鋒利，後來「龍泉」就成了寶劍的泛稱。「夜夜龍泉壁上鳴」是說，掛在牆上的寶劍夜夜發出鳴聲，急着要殺敵了。這裏是以劍喻人，表現參加革命起義的急切心情。

這首詞寫得很感人，可與文天祥的名作〈過伶仃洋〉並讀。

還有一首五律，也非同凡響：

敍別短長亭，羣山睡已醒。
瀛洲芳草綠，漢地柳條青。
意氣吞胡虜，精神貫日星。
相思寄鴻鵠，携手復叮嚀。

這首詩抒發了與同志者分別的情懷。

詩的一、二句，點出了事情（敍別）、時間（從「羣山」句可知道，這時是清早）、地點（短長亭）。「短長亭」即短亭、長亭。古時，大道上每五里設一短亭，十里設一長亭，供旅人休息。

三、四句點出了節令（春天）。「瀛洲」和「漢地」都是指中國。處處「芳草綠」和「柳條青」，祖國大地春意盎然，這更激發作者對祖國的熱愛和進行革命鬥爭以使祖國獲得獨立、富強的勇氣。

五、六句抒發了抱負（「呑胡虜」），表現了革命者的崇高精神境界。「胡虜」指清朝統治集團。「精神貫日星」形容決心極大，豪氣直衝雲霄。

第七句「相思寄鴻鵠」是說，分手之後互相之間的思想全都寄託在遠大的志願上。「鴻鵠」卽天鵝，典故出自《漢書·陳勝傳》。秦末農民起義領袖陳勝在年青時代就胸懷大志，他曾對人說：「燕雀安知鴻鵠之志哉！」後人就用「鴻鵠」來喩指胸懷雄心壯志。最後一句是敍述。他們互相叮嚀的內容自然是革命大業。

這首詩筆力雄渾，寫得很有氣勢。

## 悼妓詩

古代，某地有一個著名的妓女死了，秀才、商人、和尙、屠夫等四個與她有瓜葛的人聚集於她遺體之前，吟詩哀悼。

在這四個人中，秀才最有學問。他輕輕揮着紙扇，當仁不讓，搖頭擺腦地先吟一句：

一點香魂墜玉樓

堆砌華辭麗藻，毫無感情。他是在趁機賣弄才學。

跟着，商人撫着肥胖的腰圍，沙啞地叫着：

腰纏萬貫下揚州

這是他心底話。他並不悲傷，這個妓女既然死了，他將帶着巨款離開此地到繁華的揚州去另尋新歡。句子緊扣錢財二字，確是商人本色。

輪到和尚了。他捏着掛珠，嘟嘟囔囔地唸道：

阿彌陀佛西天去

他不吟這個還能吟什麼？「阿彌陀佛」卽佛教中的西方極樂教主無量佛（「阿彌陀佛」梵語意義是「無量」）。這是和尚的口頭禪語。說她去了「西天」，那可是一個「極樂世界」呵，這也算是慈悲和尚的良好祝願吧。

呢喃聲未已，屠夫就不耐煩地吼叫起來：

我的肉來我的油

這不是亂放空炮。妓女一死，這位猪肉佬少了一個買肉、買油的顧客，今後就少賺錢了。他是爲此嘆氣。

這四個人對妓女的死都不掉一滴眼淚，這幾行詩也沒有什麼積極的思想意義，但有一個共同的特點，就是都切合自己的身分和思想實際。「什麼人說什麼話」，信然。

## 「大雪紛紛落地」

古代。

一天，寒風凜冽，大雪紛揚，天宇、大地一片迷茫。財主、小商人、秀才、樵夫等四人先後躲進路旁一座古廟裏避雪。

這四個人本來互不相識，如今聚在一起，不由搭起話來。大概是極端無聊的緣故吧，小商人忽然雅興萌生，提議以雪爲題聯句賦詩。這一建議，得到了贊同。

小商人首先吟道：

大雪紛紛落地

他吟出了眼前的景色，這只是對「生活」作表面的反映，無甚深意。

秀才緊接着吟道：

都是皇家瑞氣

古諺有云：「雪兆豐年」。由於下雪，土壤裏水份多了，而且凍死了害蟲，對來年的收成是有好處的，所以人們常把下大雪作爲來年豐收的好兆頭，但這位秀才卻把它拉到「皇家」頭上來了。此人的拍馬水平的確很高。這句詩正表現了他的內心世界——熱心於功名，抓住一切機會向

「皇家」歌功頌德。

財主跟着吟道：

再下三年何妨

他倒也「率眞」。他身爲財主，家財萬貫，倉廩充實，不愁吃，不愁穿，大可以樂悠悠地賞雪，怎麼知道勞動者的苦難？

樵夫聽了卻十分憤怒，馬上爆出一句：

放你娘的狗屁

這個句子不大「雅」，卻飽凝着情感。大雪迷茫，他無法上山砍柴，怎樣謀生？下一天已够受了，「再下三年」豈不全家餓死、冷死？所以不由罵出聲來。

這個故事未必眞實，但眞實地反映出幾種不同身份的人在大雪天的心理狀態和思想感情。言爲心聲，信然。

## 賽窮

古代，有三個人爲了爭奪路上拾得的一文錢而扭打不休，結果都被捉到縣衙門去。縣令馬上升堂審理此案，宣布說，誰最窮，這文錢就給誰。於是這三個人各自述說自己的窮苦。

甲吟道：

屋上沒片瓦，無燈夜摸瞎。
吃的是樹皮，蓋的蘆葦花。

窮得要命。怎知道，乙更加窮：

藍天是我屋，明月當蠟燭。
蓋的肚囊皮，墊的背脊肉。

他連樹皮也沒得吃，連蘆葦花也沒得蓋。殊知，丙訴出的窮更是驚人：

十年沒衣穿，八年沒飯吃。
悠悠一口氣，就等這文錢。

這是一場以「窮」為主題的「賽詩會」。三位「詩人」都使用了誇張手法。對比起來，丙最大膽。

這文錢該判給誰？單從「詩」來看，應當判給丙，因為他最「窮」。但他誇張得太過分了，顯得不眞實。看來，還是應當判給甲。因為他能做到「誇而有節」，既突出了窮，又使人相信。

誇張是詩歌常用的修辭手法，但不能無節制地亂來，否則只能弄出笑話。「甘蔗撐破天」、「挑着地球、月亮走」之類，都是失敗的例子。

## 「一二三四五」

古代，有一死刑犯在受刑前夕，內心十分痛苦，徹夜不眠。他聽到譙樓（城門上供守望的樓）上傳來更鼓的聲響，就在獄牆上寫了一首詩：

一二三四五，靜夜譙樓鼓。
唯有待刑人，聲聲聽得苦。

詞語樸素無華，卻吟出了眞情。一更，二更，三更……意味着天將亮，自己的生命卽將結束，所以每一次更鼓之聲，聽來都是凄苦的。這個囚犯倒還有點文才。

另有一首「野詩」與它相似，據說是出自一位婦女之手。她的丈夫多次應試不中，但還不死心。這一天，又是考試時候，她想到丈夫正在試場上咬筆桿的苦處，整夜睡不着，聽到譙樓上的鼓聲，不禁賦詩一首，並寫在紙上：

一二三四五，忽聞譙樓鼓。
妾於房裏坐，郎在場中苦。

字裏行間凝聚着對丈夫的關切之情。殊知丈夫回家看了之後卻勃然大怒，原來他又落第，就遷怒於妻子，說由於妻子的詩用語不吉祥，才使他在試場中失敗。妻子懷着一片深情，反遭斥罵，自然不服，於是雙方頂牛起來，大打出手，成爲笑話。

寫詩，有時是會惹禍的。上例不過是小糾紛而已，在中國詩史中，因寫詩而導致家破人亡的事並不很少。但爲什麼詩的子民始終不絕？就因爲詩具有無比強烈的魅力。

## 詠撐篙

清代嘉慶年間，湖北浠水縣有位秀才名叫陳沆，文思敏捷，擅長作詩。有一年，他要趕去省城參加考試，但走到河邊，渡船剛剛離岸。他心急如焚，連聲呼喚艄公，要求撥轉船頭搭載渡河。

艄公朝岸上一看，見到陳沆是一名書生，知道他要趕去省城應考，就想試一試他的才學，就說：「老漢出個謎兒給你猜，你猜得出，我就渡你過去。」陳沆只好答應。

艄公隨卽唱道：

在娘家，綠影婆娑。到婆家，青少黃多。經幾多風波，受盡幾番折磨。莫提起，提起淚灑江河！

陳沆果然名不虛傳。老翁一唱完，他就說出謎底：撐篙。於是艄公馬上將船靠岸，送他過河。

這首民歌，採用擬人手法來寫，把撐篙擬爲女子，很有情致。

它是竹，長於林中（「在娘家」）時，一身翠綠。「綠影婆娑」是對美麗竹影的描繪，也是年青女子楚楚可人的風貌的寫照。

到了「婆家」（被砍伐爲撐篙）後，竹變黃，所以「青少黃多」，這正好是對女子受盡磨難、年老色衰後的描繪。「經幾多風波，受盡幾番折磨」都是雙關語，卻又切合撐篙的實際「經歷」。最後兩句更妙，它也是雙關。「淚灑江河」寫出了提起撐篙時水滴灑落的情況，也形容了女子的痛苦心情。

在封建社會中，女子受到多重壓迫。這首謎語歌，形象地反映了廣大勞動婦女的共同命運，而又切合謎底，構思很精巧。

## 「幾多詩將豎降旗」

北宋神宗朝，有個法號叫可遵的和尚，很喜歡作詩。他並沒有什麼詩才，但自以爲了不起。一個偶然的機會，大詩人蘇東坡在旅途中讀到了他的〈湯泉〉詩，對其中的「直待眾生總無垢」之句頗爲欣賞，就信手書寫在驛站的牆壁上。這件事很快傳到他的耳朵裏，他高興得忘乎所以，連夜追趕蘇東坡，要「以詩會友」。在途中他聽到蘇東坡寫了一首〈三峽橋〉，於是湊成一絕，向蘇東坡炫耀：

君能識我湯泉句，我卻愛君三峽詩。
道得可咽不可嗽，幾多詩將豎降旗。

一、二句把自己與蘇東坡平列，含有自己的詩才可以與蘇並駕齊驅之意。第三句頗爲「朦朧」，可能是說，在旅途中得到的詩是很可貴的，應當咽進肚子裏，不要吐出來。第四句更是狂妄至極。這首詩粗俗不堪，毫無詩味，蘇東坡聽了，才知這位「詩僧」的庸俗，後悔賞識過他的詩句，就及早離開。

殊料這位「詩僧」卻大言不慚地對人說：「蘇東坡妒忌我的詩寫得好，所以匆忙離開。」他可謂阿Q的老祖宗了。

不久，這位可遵和尚來到了棲賢寺，要把自己那首作品寫在牆壁上以圖「不朽」。這時候，寺裏的和尚正要把蘇東坡的詩刻在石頭上，看見他的形相，十分惱火，就毫不留情地把他斥罵一頓，趕他離開山門。

這件事很快流傳開來，成爲笑料。可遵和尚可算得是詩壇中狂妄自大而又粗鄙的典型。直到今天，他還沒有「斷子絕孫」，筆者曾不幸地遇見過好幾位可遵式的「詩人」，他們的狂態叫人作嘔。

## 瑩中和尚的勸世詩

北宋的惠洪和尚是有名的詩僧，俗姓彭（一說姓喻），本名德洪，字覺範。他與蘇軾、黃庭堅等著名詩文家有交往，著有《冷齋夜話》、《石門文字禪》等書。《冷齋夜話》是筆記文，關於詩的記述很多。其中，瑩中和尚的一首作品很有意思：

仁者難逢思有常，平居愼勿恃何妨。
爭先世路機關惡，退後語言滋味長。
可口物多終作疾，快心事過必爲殃。
與其病後求良藥，不若病前能自防。

這是一首勸世詩。闡述了應當如何待事、處世的問題，帶着強烈的主觀色彩。

首句是說，很少遇見能經常對事物進行縝密思考的人，就算是仁者，也不例外。這一句，點出了人們的通病。第二句的含意是，平時，切不要抱着「沒有什麼關係」、「不要緊」的僥倖心理，未經認眞思考就輕率地處理事情。勸告人們在對待問題時要持愼重態度。這樣說並沒有錯。

第三句是勸人不要「爭先」，即不要帶頭、搶風頭，因爲「世路機關惡」——世情複雜，充滿着危險。第四句是勸人「退後」（也就是不「爭先」之意），認爲勸戒人這樣幹的說話最有價值。對這一觀點，我們要進行分析。首先要分清楚在什麼問題上「爭先」。如果有關國家民族利益，哪怕面臨危險也應爭先，我們不能事事都採取明哲保身的態度。

第五、六句說，可口的食物吃得多，會生病；快樂的事情做得過分了就會招來災禍。說得不無道理。

最後兩句是說，與其在出了問題後才想辦法解決，不如事前經過周密考慮先行防止。這種思想相當正確。

這首詩，滲雜着「避世」的消極成分，但也有積極的因素。我們不妨去其糟粕，取其精華。

## 「風波亭下水滔滔」

南宋初年的抗金名將岳飛，是我國家喩戶曉的民族英雄，至今還受到廣大人民羣眾的崇敬。他熱愛祖國，堅持抗戰，多次打敗金兵，誓言要「直搗黃龍」，收復宋朝江山。但當時秦檜當朝，在宋高宗的支持下，拼命推行投降政策，使英雄的壯志難酬。紹興十年（一一四〇），他在河南大破金帥兀朮的「拐子馬」，乘勝進軍朱仙鎭，這一勝利，大大鼓舞了全國軍民的抗戰決心。他正想北渡黃河繼續前進，高宗、秦檜卻以十二道金牌急令他班師；回到京城臨安（今杭州）不久，就被誣陷入獄。

據說，他奉旨班師經過江蘇鎮江的名刹金山寺時，道月和尚曾勸他不要回京，但他不聽。道月就寫了一首詩送給他：

風波亭下水滔滔，千萬堅心把舵牢。
只恐同行人意歹，將身推落在深濤。

紹興十一年十二月二十九日（一一四二年一月二十七日），他終於被秦檜以「莫須有」（也許有）的罪名，殺害於風波亭。這時，這位英雄年方三十九歲。這一結局，道月和尚早在詩句中「點破」了。道月的詩，是用象徵手法來寫的，但並不難理解。

聽說，岳飛在臨死的時候，才悟到詩意，後悔自己沒有聽從道月的勸告。後來，秦檜聽到了有關這首詩的事，馬上派遣爪牙何立去逮捕道月。何立到了金山寺，正在殿堂上宣講佛法的道月突然口吟偈語說：

吾年四十九，是非日日有。
不爲自家身，只爲多開口。
何立從南來，我往西方走。
不是佛力大，幾乎落人手。

說罷，就端端正正地「坐化」（坐着逝世）。佛教認爲，人死了是走向西方極樂世界，道月說「我向西方走」，含意就是死去。

據此說來，這位道月和尚能知過去未來，眞個「佛法無邊」。對此，我們自然不會相信。也許，這位和尚平時比較關心政治，早已知道岳飛是高宗、秦檜的眼中釘，早已洞察投降派要拔除眼中釘的陰謀，所以勸止岳飛回京；在詩中提到風波亭，可能是偶合，也可能是後人的有意改動，以製造神秘感。至於他在何立來逮捕時「坐化」，可能是及時用藥物自殺，以免受辱。

這位和尚的佛法如何？我們不得而知，但他對岳飛的關心、對秦檜之流的憎恨，都是明擺着的。光這一點，已足以值得爲他書一筆，更何況他有詩作可以傳世?!

## 「贏得僧敲月下門」

「僧敲月下門」是千百年以來膾炙人口的名句。它出於唐代詩人賈島的〈題李凝幽居〉。這裏有一段詩的故事。據說，賈島的初作是「僧推月下門」，後來又想將「推」改爲「敲」，遲疑難決。一天，他騎着小驢，不停地思考、吟誦，不覺一頭撞到京兆尹（京城市長）韓愈的儀仗隊裏。這是犯法的，起碼得打屁股；幸而韓愈本身是一位大詩人，問明原委之後不但不責罰，反而替他判斷，認定用「敲」字更好。這就是著名的「推敲」故事。

的確，「敲」比「推」好得多。「敲」的聲音比較清脆（而且可能有節奏感），與月色相襯，構成清幽的境界，更切合「幽居」的題目。

這句詩，在我國歷代詩壇中備受贊美。後來，有好事者竟把它引進自己的詩作裏來諷刺尼姑改嫁。這首詩是這樣的：

短髮蓬蓬綠未勻，緇袍脫卻着紅裙。
從今嫁與檀郎去，羸得僧敲月下門。

筆調很尖酸。

古人以「綠雲」、「綠鬢」來形容年青女子的頭髮。尼姑是剃光頭髮的，現在「短髮蓬蓬綠未勻」，說明她的頭髮還未長長，還俗未久，就急着出嫁了。第二句的「緇袍」卽黑色的袈裟，尼姑的衣服；她脫去了緇袍穿上了「紅裙」，說明她做新娘子。第三句的「檀郎」是有出處的。晉代的潘安是有名的美男子，小名「檀奴」，後來人們就以「檀奴」或「檀郎」來作丈夫或所愛的男子的美稱。第四句觸及和尚，句意是：就算和尚在月夜來敲門也沒有用了（因她已出嫁）。

詩人嘲諷那些凡心未滅的尼姑。其實這是錯誤的。尼姑是人，也應當享受人的一切權利。她脫離宗教還俗出嫁，又有什麼值得非議的呢！按現代的說法，這是「人性的復歸」。詩人的思想相當守舊，這是封建意識支配的結果。他還趁便譏諷了和尚，對此，也需作分析。如果和尚是來談戀愛，那也沒有什麼不應當（雖然違犯了「清規」），但如果是來亂搞，那就不對了。

這首詩有點諧趣，而且與詩史中的名句有關，所以筆者將它收集下來。

## 「老僧亦有猫兒意」

清代，南京某寺院有位法力無邊的老和尙正在參禪打坐的時候，忽然聽到猫兒聲聲叫春（求偶找配的呼叫），禁不住心神馳蕩，不能自制，口吟一詩：

春叫猫兒猫叫春，聽它越叫越精神。
老僧亦有猫兒意，不敢人前叫一聲。

他抒發了眞情。

明媚的春光給自然界萬物帶來蓬勃的生機。撩動了猫的「心靈」，所以它「叫春」不已。這是無可非議的自然現象。

「聽它越叫越精神」，老和尙聽得多麼仔細呵，他深深地感覺到了這一點，所以「禪心」大動。

後兩句進一步表露他的內心世界。

「老僧亦有猫兒意」，坦誠得很。所謂「猫兒意」者，「求春」之意也。由於身份關係，他不得不擺出一副萬念俱寂、道貌岸然的樣子，因此「不敢人前叫一聲」，多麼苦惱！他羨慕猫兒能暢所欲叫，大概在這時候，他寧願變成一頭猫兒。

很清楚，此老雖皈依我佛多年，但仍未斬斷「孽根」。這也難怪，因爲他終究是人呵！

## 「乞丐羞存命一條」

一六四四年明曆三月十八日夜晚，李自成率領大軍攻進北京。崇禎皇帝（朱由檢）知大勢已去，將兩個兒子送往外戚家，隨卽迫令皇后自殺，並親手砍殺公主，妃子數人，而後混進逃難太監的行列中，跑到成國公朱純臣的府邸要求避難。殊知吃了閉門羹，他垂頭喪氣地回到皇宮，急忙鳴鐘召集羣臣來「護駕」，但是，向來俯首貼耳、聲聲表忠的文武大員卻沒有一個人到來。他絕望了，跑到景山東麓的一棵古槐樹下，解腰帶上吊自殺。這位萬歲爺終於在萬歲山（當時景山被稱爲「萬歲山」）上畢命，明皇朝正式宣告滅亡。這就是著名的「甲申之變」（當年是甲申年）。

跟着，清兵在吳三桂的引援下大舉入關。李自成爲首的起義軍潰敗，崇禎的堂兄弟朱由崧逃到南京稱帝。第二年清軍南下，朱由崧匆忙出逃，在蕪湖被俘，押至北京後被處死。那時候，他手下的大臣，除史可法在揚州繼續抵抗外，大都貪生怕死。他們無心「護駕」，只顧自己逃命。當時，有一個乞丐卻滿懷忠心。他在一座橋柱上題詩之後，隨卽跳水自殺。詩是這樣寫的：

三百年來養士朝，如何文武盡皆逃。

綱常留在卑田院，乞丐羞存命一條。

明朝自朱元璋建國至崇禎爲止，共十六個皇帝，二百七十七年歷史；「三百年」是概數。「養士朝」，指明朝三百年來養育了很多「士」大夫（泛指文武官員）。第二句是對只顧自己逃命而不顧皇帝安危的文武大官提出強烈質問。

「綱常」，是封建關係、封建道德「三綱五常」的簡稱。「三綱」，是「君爲臣綱，父爲子綱，夫爲妻綱」；「爲綱」是居於主要或支配的地位的意思——就是說，臣、子、妻要聽君、父、夫的支配。「五常」，指仁、義、禮、智、信。「卑田院」本作「悲田院」，是古代佛教救濟貧民之所，後來成爲乞丐聚居地的代稱。第三句是說，忠貞節義只留傳在乞丐的身上。第四句表明他因爲明朝覆亡而無顏面活着，決心自殺。

看來，這個乞丐是有一定文化水準的。但既然當了乞丐，說明他並沒有蒙受什麼「皇恩」，明皇朝並沒有給他什麼好處，爲什麼他卻「盡忠」？這是愚忠，很不足取。反過來，那些蒙受「皇恩」的官員卻不去盡忠，有的甚至投降清朝，這不是一個絕妙的諷刺嗎？

## 「夢入揚州不數年」

自古以來，懂得寫詩的乞丐很不少，鄙人在翻閱野史、筆記文的時候，常常可以讀到有關「

詩丐」的記載。

大概，這些乞丐都讀過書。有的因爲屢次參加科舉考試不中，而又家庭貧窮，才淪落街頭；有的由於生活腐化，揮金如土，耗盡了錢財，只得向人求乞；有的因爲某種事故（例如吃了官司，或被打刼之類）弄得傾家蕩產，無家可歸，不能不沿門托鉢。總之，「詩丐」是舊社會的特殊產物。

清朝中葉，北京街頭出現一個口操南方語音的詩丐。他面容憔悴，衣衫襤褸，卻又言詞文雅。有人問他淪爲乞丐的原因，他直言不諱地說：

「我本來是江南的一個秀才，青年時代生活風流，到處尋花問柳，經常揮金如土，不幾年弄得財盡囊空；親戚朋友都不肯幫助、接濟，我只好到處流浪，來到了這裏。」

有人聽了這段故事，很可憐他，贈予百多文錢，問他姓名，他不肯說，只吟了一首詩：

夢入揚州不數年，迷離酒國與花天。
而今落魄燕山市，百結懸鶉乞一錢。

吟罷，拿錢走了。

這首詩是自我經歷的表露，充滿了悔恨之情。

詩開頭兩句追述了過去花天酒地的糜爛生活。揚州向來是繁華之地，在舊社會，那裏的妓院甚多。句子裏的「揚州」是實指這一個地方還是泛指繁華的都市？我們不必查究，反正實質一樣。後兩句是敍寫現在的凄涼景況。「燕山市」就是北京。「百結懸鶉」卽「鶉衣百結」，形容衣服十分破爛，詳見〈文人落魄最堪憐〉中的有關解釋。

這個詩丐的結果如何？筆記文沒有記載，估計不妙。這又能怪誰呢？

# 第四輯

# 文字遊戲

這一輯，收集詩詞謎語及形式特殊的詩歌，仍依時間順序排列。

這些東西，不過是文字遊戲而已，但也可見出作者的巧思。茶餘飯後一讀，亦一樂也。

## 大明寺詩謎

令狐綯（七九五—八七二），是唐朝末年的大臣，官至宰相。他政績不怎麼好，但頗精通文學。咸通（唐宣宗年號）年間，大將龐勛背叛，割據徐州，唐宣宗就任命令狐綯為南面招討使，去討伐龐勛。

他率兵經過揚州時，聽說大明寺很有名氣，就去參觀；帶着一羣文武隨員來到寺中，發現廊壁上題有一首四言詩：

一人堂堂，二曜同光。
泉深尺一，點去冰旁。
二人相連，不欠一邊。
三梁四柱，烈火烘燃。
除卻雙折，雨日不全。

這是一首「朦朧詩」，令狐綯及其隨從思考了很久，也莫名其妙。後來，應主持僧的約請進入禪房小坐，主持僧沏茶接待。令狐綯呷了一口香茶，覺得茶、水俱佳，便問是從什麼地方拿水來沏的。主持僧說，是本寺清泉的水。令狐綯一聽，恍然大悟，知道剛才所見的那首四言詩原來是一個詩謎，並指出謎底是「大明寺水，天下無比」。大家聽了，都很佩服。

令狐綯的猜估是正確的。

第一句的「一人」，合起來是「大」；

第二句的「二曜」即「日」和「月」，合起來是「明」字；

第三句的「尺一」，就是十一寸，正組成「寺」字；

第四句「冰」去了「點」，就是「水」字；

第五句「二人相連」，構成「天」字；

第六句「不」字「欠一邊」，正是「下」字；

第七、八兩句，是「無」（「無」）字：「三梂」指三橫，「四柱」指四竪，下邊的「灬」是「火」，上部的「丿」，可理解爲火苗上升的樣子；

第九、十兩句意是將兩個「日」字除掉兩個折，合成「比」字。

除後四句的謎底有點牽強外，其餘都很合理。這個詩謎很不易猜，令狐綯的思維也算敏捷。但此公卻不善於指揮作戰，他剛帶兵到徐州附近，就被龐勛打敗，以後又連吃敗仗。打仗畢竟不同於猜謎呵！

# 口吃詩（二首）

詩，是精粹的語言藝術。其語言除了追求準確、鮮明、生動、形象之外，還應當注意聲韻。舊體詩詞對字的平仄、用韻有相當嚴格的規定，這是爲着吟誦的需要。如果在寫詩時，完全不顧聲韻的話，寫出來的東西可能是很拗口的（另一方面，過嚴的規定會成爲束縛，不利於抒寫性靈，所以有些古人寫詩，有時也會衝破韻律的樊籬。這是另一個問題，不在此詳議。）

北宋大文豪蘇東坡，曾有意與聲韻唱反調，戲作口吃詩一首，贈給武昌的王居士：

江乾高居堅關扃，犍耕躬稼角掛經。
篙竿繫舸菰茭隔，笳鼓過軍鷄狗驚。
解襟顧景各箕踞，擊劍賡歌幾舉觥。
荆笄供膾愧攪聒，乾鍋更戛甘瓜羹。

口吃的人讀不了，正常的人讀起來會頭痛。但它倒不很費解。

第一句，說王居士住在江邊，門戶緊鎖。「扃」（jiōng），門窗箱櫃的關插，引申爲關鎖。

第二句，寫居士親自耕作，同時不忘讀書，過着耕讀的生活。「經」，泛指書籍。

第三句寫居士的一個生活鏡頭。刬船到江上去採菰茭。「舸」就是船；「菰茭」在這裏是同一種水生植物，嫩莖即食用的茭白，其果即菰米，可煮食。

第四句也是一個鏡頭，說有軍隊經過，干擾了平靜的生活。「笳鼓」，這裏指軍隊的樂器。

第五句寫作者與居士解開衣襟，隨隨便便地坐着欣賞風景，說明兩人是無拘無束、不講究繁瑣禮儀的老朋友。「顧」，看的意思。「箕踞」即趺踞，兩腳伸直叉開，這是有點輕慢的坐姿。

第六句寫他倆一邊舞劍，一邊不停地唱歌，一邊舉杯飲酒。「賡」，繼續、連續的意思。「觥」指酒杯。

第七句的意思是，王居士的妻子烹飪美味的菜肴來款待，詩人因爲打擾了她而感到很慚愧。「荊笄」是妻子的代稱。「膾」，細切的肉。「攪聒」，打擾的意思。

第八句說他們把鍋裏的瓜湯喝乾，形容吃得很滿意。「戛」是象聲詞，勺子刮碰鍋子的聲響。

總的說，詩的前四句寫居士隱居江湖的生活，流露出作者的羨慕之情；後四句寫兩人歡聚的情景，表現了彼此間的深厚友誼。

它爲什麼叫人讀不了？問題出在聲韻上。例如第一句字字都是陰平，沒有變化，讀起來使人舌澀口疼。讀者如果眞有抵受痛苦的堅強意志的話，不妨試試吟誦。

這是蘇東坡的遊戲之作。透過它，我們可以認識到聲韻對詩歌的重要性。

有一位叫謝在杭的古人，他所寫的口吃詩也叫人難忘。這裏只錄一首：

綠柳龍樓老，林夢嶺路凉。

露來蓮漏冷，雨淚落劉郎。

誰讀了，誰就受折磨。

## 嘉靖皇帝的年號詩

公元一五二二年，明武宗朱厚照「駕崩」，由於他沒有兒子，所以由憲宗的孫子、他的堂弟朱厚熜繼位，卽明世宗。此人喜歡玩文字遊戲，有些大臣就投其所好。

他登基時，卽徵集年號。有一個老臣爲此獻詩一首：

士本人間大丈夫，口稱萬歲舊山河。
一橫永鎮江山地，二直平分天下圖。
加子加孫加爵祿，立天立地立皇都。
主人自有千秋福，月滿乾坤照五湖。

內容是溜須拍馬的頌辭，不值得分析。但它本身是一個詩謎，謎底就是作者所擬的年號。朱厚熜聽後，十分滿意，決定採用。

拆析如下：

第一句：取其「士」；

第二句：取其「口」；
第三句：取它的「一橫」，卽「一」；
第四句：取「二直」，卽「‖」；
第五句：取其「加」；
以上五句，合成一個「嘉」字。
第六句：取其「立」；
第七句：取其「主」，它近乎「主」；
第八句：取其「月」；
這三句合成一個「靖」字。
這個皇帝的年號正是「嘉靖」。至於這年號是否眞的這樣取來？不得而知。我是姑妄聽之，也姑妄收集之，讀者不妨姑妄看之。
這個詩謎的「機關」全都在句頭，不算難猜。

## 嘉靖君臣的回文詩

回文詩雖然是一種文字遊戲，但要寫得好也不容易。據說這種雜體詩始於晋代的傅咸、溫嶠，而以十六國前秦蘇蕙的〈璇璣圖〉最有名。蘇的丈夫竇滔因犯罪被貶去邊遠地區，她就織錦爲回文詩以贈。武則天的〈璇璣圖詩序〉說，它「五色相宜，縱橫八寸，題詩二百餘首；縱橫反復，皆成章句」。後人反復研究，讀出的詩更多。它可謂嘔心瀝血之作了。

據明人蔣一葵的《長安客話》記載，明朝的嘉靖皇帝也喜歡玩這種文字遊戲。他（自號「天河釣叟」）曾與臣下合寫了一組題爲〈春〉、〈夏〉、〈秋〉、〈冬〉的回文詩，每首都由十個字組成，卻都可讀成一首七絕。嘉靖皇帝的〈春〉是：

鶯啼岸柳弄春晴曉日明

它是這樣讀的——

首先從一字至七字順讀，得第一句：「鶯啼岸柳弄春晴」；

再從第四字往下順讀七個字得第二句：「柳弄春晴曉日明」；

再從最後一字起逆讀七個字得第三句：「明日曉晴春弄柳」；

最後從倒數第四字起逆讀七個字得第四句：「晴春弄柳岸啼鶯」。

一個大臣寫的〈夏〉是：

香蓮碧水動風涼夏日長

照上述的辦法，讀出一首詩：「香蓮碧水動風涼，水動風涼夏日長。長日夏涼風動水，涼風動水碧蓮香」。

另一個大臣的〈秋〉是：

秋江楚岸宿沙洲淺水流

它可讀成：「秋江楚岸宿沙洲，岸宿沙洲淺水流。流水淺洲沙宿岸，洲沙宿岸楚江秋」。

最後一首〈冬〉是這十個字：

紅爐獸炭積寒冬遇雪風

這可讀成：「紅爐獸炭積寒冬，炭積寒冬遇雪風。風雪遇冬寒積炭，冬寒積炭獸爐紅」。

應當承認，各首都相當切題，但讀成「詩」的時候詞語重重複複，毫無精煉可言，花費心思來弄這種文字遊戲，是不值得的。

這位嘉靖皇帝統治了中國四十五年，初登極時，頗有作爲，後來卻變得昏庸、腐朽，使朝政一塌糊塗，禍亂四起，民不聊生，以至有「嘉靖，嘉靖，家家皆淨也」的民謠。可是他卻有閒心去玩這種遊戲，可嘆！那幾個大臣對此不但不加進諫，相反卻挖空心思來迎合奉和，他們比起同朝的錚臣海瑞來，品質差得遠了。如果嘉靖肯將這些聰明用去治理朝政，明朝的日子可能會好過一點。

## 康熙皇帝的詩謎

康熙是清初頗有作爲的皇帝，一六六一年至一七二二年在位，姓愛新覺羅，名玄燁，死後的廟號叫清聖祖。他是懂得文墨的。

有一次，他巡視杭州，到著名的寺院靈隱寺去遊覽。途中，對陪遊的大學士高士奇（號江村）說：「你是飽學之士，我出四句詩謎，讓你猜猜，如何？」高士奇連忙應命。

康熙吟道：

半邊有毛半邊光，半邊味美半邊香。
半邊吃的山上草，半邊尚於水裏藏。

高士奇聽罷，想來想去總是想不出。後來康熙開了謎底，是「鮮」字。

我們不妨一拆：

「半邊有毛」是指「羊」，「半邊光」指魚；
「半邊味美」指「魚」，「半邊香」也是指「羊」；
「半邊吃的山上草」仍然是「羊」；
「半邊尚於水裏藏」仍然是「魚」。

它重重複複，而且要意會，難怪高士奇猜不破。

這首詩不符合近體詩的格律，可視爲古體詩。

故事中的高士奇（一六四五—一七〇四），杭州人，是出身貧窮的史學家，很會寫文章，字也寫得漂亮，在當時甚有名聲。他深得康熙皇帝的欣賞，很多「密詔」（皇帝的秘密指示）都由他執筆。後因貪贓枉法而被罷官。

## 「新事隱語」

廣東省東部的饒平縣，有一個古老的三饒鎮。鎮東南，有一座建於清代康熙年間的文明塔，附近還同時建了一座橋。塔內原有一塊詩謎碑，上面刻着「新事隱語」四字，下邊是一首五言詩。這首詩的謎底，是建塔和建橋的官員的名字。

這首詩是這樣的：

天高一望空，水際青如許。
懸看本無心，貪多貝應去。
橫目點離州，廓上開新宇。
竿頭竹已非，水草翻無羽。
衆人走相告，土草合爲侶。
健兒久失人，木側堪喬舉。

這首詩似通非通，在藝術上一無可取。作爲詩謎，還是有一點味道的。

第一句：「天」字的「一」空了，是「大」；

第二句：「水際青」，即「氵」邊加「青」，是「淸」；

第三句：「懸」字「無心」，即「縣」；

第四句：「貪」字去了「貝」是「今」，而它還有一個「多」，即多了一點，組成「令」；

第五句：謎底是兩個字，「橫目」即「四」字；「離州」，即「州」字有幾點離開，是「川」字；

第六句：「廓上開」了，是「郭」字；

第七句：「竿」字頭上不要「竹」，是「干」，近似「于」字；

第八句：「翻」無「羽」。是「番」，加上「水」（氵）和「草」（艸），即「藩」字；

第九句：「走」即「辶」，近似「之」，與「告」合成「造」字；

第十句：「土」加上「草」（艹）和「合」，組成「塔」字；

第十一句：「健」字失去「人」，是「建」字；

第十二句：「木」邊加「喬」，是「橋」字。

合起來是「大淸縣令四川郭于藩造塔建橋」。

這個詩謎有些地方頗爲牽強，但費煞了這位縣令的苦心——他想將名字留下來，與塔、橋一道「永垂不朽」。這則故事是從有關資料中錄來，是否眞有其事？還來不及到饒平縣去求教、核實。

## 嘲笑和尚的詩謎

古代，某地有一個和尚，沒有什麼才學，而且見錢眼開，庸俗不堪。他爲了抬高自己的身價，經常與文人雅士攀關係，要求對方寫詩繪畫。

有一次，他向一位詩人求詩。詩人就信筆題寫一絕贈予：

一夕靈光透太虛，化身人去復如何。
愁來不用心頭火，煉得凡心一點無。

表面看來，內容相當「超脫」，符合佛門哲理。和尚接了，再三感謝，請人裝裱好，掛在自己的齋舍中，以爲炫耀。但有識者看了，無不掩嘴暗笑。原來，此詩的字裏行間暗伏「機關」。它本身是一個字謎。

「一夕靈光透太虛」——取「一」、「夕」；「化身人去復如何」——「化」字「人」（亻）去了，就餘下（匕）。這正好合成一個「死」字。

「愁來不用心頭火」——就是說「愁」字不要了「心」和「火」，只餘下「禾」；「煉得凡心一點無」——「凡」字「一點無」就是「几」。這剛好合成一個「禿」字。

這首詩詞句順暢而且頗有「佛」味，構思甚妙。這位詩人可謂機靈而刻薄，和尚被罵而不自知，果是庸才。喜歡附庸風雅者應當牢記他的教訓。

## 〈玉房怨〉之謎

在拙著《野詩談趣》中，收集了一首據說是乾隆皇帝寫的詞謎，十句詞，其謎底分別是一至十。現在又收集到一首謎底相同的詞謎。

據傳，這是清代末年一位名叫顧春的年青婦女寫的。她從小學周邦彥、姜夔的詞，根底深厚，風格婉約，才華閃耀，頗有詞名；不幸嫁給了一個紈袴子弟，使她十分抑鬱。一年元宵之夜，丈夫外出遊蕩不歸，她獨坐閨房，愁怨交集，揮筆寫下了這首〈玉房怨〉：

元宵夜，兀坐燈窗下，
向蒼天，人在誰家。
恨玉郎，全無一點直心話，
叫奴欲罷不能罷。
吾今捨口不言他！
論交情，曾不差，

染塵皂，難說清白話，

恨不得一刀兩斷分兩家！

可憐奴，手中無力難抛下，

我今設一計，教他無言可答！

這首詞抒寫了寂寞的情懷和對浪蕩的丈夫的怨憤，表露出寧願離異之意。寫得相當深沈，所以文人雅士紛紛傳抄。

它是一個詞謎，謎底含在如泣如訴的字裏行間：

第一句：「元」去了「兀」，是「一」；

第二句：「天」不見了「人」，是「二」；

第三句：「玉」「無一點直」，是「三」；

第四句：「罷」沒有「能」是「四」；

第五句：「吾」「不言」就是不要「口」是「五」；

第六句：「交」、「曾不差」就是不要「乂」，是「六」；

第七句：「皂」「難說清白」即不要「白」，是「七」；

第八句：將「分」字「一刀兩斷」餘下「八」；

第九句：「抛」字沒有了「扌」（手）、「力」，餘下「九」；

第十句：「計」字無「言」，是「十」。

這首詞既有情味，又是謎語，情、趣皆備。

# 滄海叢刊已刊行書目(八)

| 書名 | 作者 | 類別 |
|---|---|---|
| 文學欣賞的靈魂 | 劉述先 | 西洋文學 |
| 西洋兒童文學史 | 葉詠琍 | 西洋文學 |
| 現代藝術哲學 | 孫旗譯 | 藝術 |
| 音樂人生 | 黃友棣 | 音樂 |
| 音樂與我 | 趙琴 | 音樂 |
| 音樂伴我遊 | 趙琴 | 音樂 |
| 爐邊閒話 | 李抱忱 | 音樂 |
| 琴臺碎語 | 黃友棣 | 音樂 |
| 音樂隨筆 | 趙琴 | 音樂 |
| 樂林蓽露 | 黃友棣 | 音樂 |
| 樂谷鳴泉 | 黃友棣 | 音樂 |
| 樂韻飄香 | 黃友棣 | 音樂 |
| 樂圃長春 | 黃友棣 | 音樂 |
| 色彩基礎 | 何耀宗 | 美術 |
| 水彩技巧與創作 | 劉其偉 | 美術 |
| 繪畫隨筆 | 陳景容 | 美術 |
| 素描的技法 | 陳景容 | 美術 |
| 人體工學與安全 | 劉其偉 | 美術 |
| 立體造形基本設計 | 張長傑 | 美術 |
| 工藝材料 | 李鈞棫 | 美術 |
| 石膏工藝 | 李鈞棫 | 美術 |
| 裝飾工藝 | 張長傑 | 美術 |
| 都市計劃概論 | 王紀鯤 | 建築 |
| 建築設計方法 | 陳政雄 | 建築 |
| 建築基本畫 | 陳榮美<br>楊麗黛 | 建築 |
| 建築鋼屋架結構設計 | 王萬雄 | 建築 |
| 中國的建築藝術 | 張紹載 | 建築 |
| 室內環境設計 | 李琬琬 | 建築 |
| 現代工藝概論 | 張長傑 | 雕刻 |
| 藤竹工 | 張長傑 | 雕刻 |
| 戲劇藝術之發展及其原理 | 趙如琳譯 | 戲劇 |
| 戲劇編寫法 | 方寸 | 戲劇 |
| 時代的經驗 | 汪琪<br>彭家發 | 新聞 |
| 大衆傳播的挑戰 | 石永貴 | 新聞 |
| 書法與心理 | 高尚仁 | 心理 |

# 滄海叢刊已刊行書目(七)

| 書名 | 作者 | 類別 |
|---|---|---|
| 印度文學歷代名著選(上)(下) | 糜文開編譯 | 文學 |
| 寒山子研究 | 陳慧劍 | 文學 |
| 魯迅這個人 | 劉心皇 | 文學 |
| 孟學的現代意義 | 王支洪 | 文學 |
| 比較詩學 | 葉維廉 | 比較文學 |
| 結構主義與中國文學 | 周英雄 | 比較文學 |
| 主題學研究論文集 | 陳鵬翔主編 | 比較文學 |
| 中國小說比較研究 | 侯健 | 比較文學 |
| 現象學與文學批評 | 鄭樹森編 | 比較文學 |
| 記號詩學 | 古添洪 | 比較文學 |
| 中美文學因緣 | 鄭樹森編 | 比較文學 |
| 文學因緣 | 鄭樹森 | 比較文學 |
| 比較文學理論與實踐 | 張漢良 | 比較文學 |
| 韓非子析論 | 謝雲飛 | 中國文學 |
| 陶淵明評論 | 李辰冬 | 中國文學 |
| 中國文學論叢 | 錢穆 | 中國文學 |
| 文學新論 | 李辰冬 | 中國文學 |
| 離騷九歌九章淺釋 | 繆天華 | 中國文學 |
| 苕華詞與人間詞話述評 | 王宗樂 | 中國文學 |
| 杜甫作品繫年 | 李辰冬 | 中國文學 |
| 元曲六大家 | 應裕康<br>王忠林 | 中國文學 |
| 詩經研讀指導 | 裴普賢 | 中國文學 |
| 迦陵談詩二集 | 葉嘉瑩 | 中國文學 |
| 莊子及其文學 | 黃錦鋐 | 中國文學 |
| 歐陽修詩本義研究 | 裴普賢 | 中國文學 |
| 清真詞研究 | 王支洪 | 中國文學 |
| 宋儒風範 | 董金裕 | 中國文學 |
| 紅樓夢的文學價值 | 羅盤 | 中國文學 |
| 四說論叢 | 羅盤 | 中國文學 |
| 中國文學鑑賞舉隅 | 黃慶萱<br>許家鸞 | 中國文學 |
| 牛李黨爭與唐代文學 | 傅錫壬 | 中國文學 |
| 增訂江皋集 | 吳俊升 | 中國文學 |
| 浮士德研究 | 李辰冬譯 | 西洋文學 |
| 蘇忍尼辛選集 | 劉安雲譯 | 西洋文學 |

# 滄海叢刊已刊行書目㈥

| 書名 | 作者 | 類別 |
|---|---|---|
| 卡薩爾斯之琴 | 葉石濤 | 文學 |
| 青囊夜燈 | 許振江 | 文學 |
| 我永遠年輕 | 唐文標 | 文學 |
| 分析文學 | 陳啓佑 | 文學 |
| 思想起 | 陌上塵 | 文學 |
| 心酸記 | 李喬 | 文學 |
| 離訣 | 林蒼鬱 | 文學 |
| 孤獨園 | 林蒼鬱 | 文學 |
| 托塔少年 | 林文欽編 | 文學 |
| 北美情逅 | 卜貴美 | 文學 |
| 女兵自傳 | 謝冰瑩 | 文學 |
| 抗戰日記 | 謝冰瑩 | 文學 |
| 我在日本 | 謝冰瑩 | 文學 |
| 給青年朋友的信（上）（下） | 謝冰瑩 | 文學 |
| 冰瑩書柬 | 謝冰瑩 | 文學 |
| 孤寂中的廻響 | 洛夫 | 文學 |
| 火天使 | 趙衛民 | 文學 |
| 無塵的鏡子 | 張默 | 文學 |
| 大漢心聲 | 張起鈞 | 文學 |
| 回首叫雲飛起 | 羊令野 | 文學 |
| 康莊有待 | 向陽 | 文學 |
| 情愛與文學 | 周伯乃 | 文學 |
| 湍流偶拾 | 繆天華 | 文學 |
| 文學之旅 | 蕭傳文 | 文學 |
| 鼓瑟集 | 幼柏 | 文學 |
| 種子落地 | 葉海煙 | 文學 |
| 文學邊緣 | 周玉山 | 文學 |
| 大陸文藝新探 | 周玉山 | 文學 |
| 累廬聲氣集 | 姜超嶽 | 文學 |
| 實用文纂 | 姜超嶽 | 文學 |
| 林下生涯 | 姜超嶽 | 文學 |
| 材與不材之間 | 王邦雄 | 文學 |
| 人生小語（一）（二） | 何秀煌 | 文學 |
| 兒童文學 | 葉詠琍 | 文學 |

# 滄海叢刊已刊行書目（五）

| 書名 | 作者 | 類別 |
|---|---|---|
| 中西文學關係研究 | 王潤華 | 文學 |
| 文開隨筆 | 糜文開 | 文學 |
| 知識之劍 | 陳鼎環 | 文學 |
| 野草詞 | 韋瀚章 | 文學 |
| 李韶歌詞集 | 李韶 | 文學 |
| 石頭的研究 | 戴天 | 文學 |
| 留不住的航渡 | 葉維廉 | 文學 |
| 三十年詩 | 葉維廉 | 文學 |
| 現代散文欣賞 | 鄭明娳 | 文學 |
| 現代文學評論 | 亞菁 | 文學 |
| 三十年代作家論 | 姜穆 | 文學 |
| 當代臺灣作家論 | 何欣 | 文學 |
| 藍天白雲集 | 梁容若 | 文學 |
| 見賢集 | 鄭彥棻 | 文學 |
| 思齊集 | 鄭彥棻 | 文學 |
| 寫作是藝術 | 張秀亞 | 文學 |
| 孟武自選文集 | 薩孟武 | 文學 |
| 小說創作論 | 羅盤 | 文學 |
| 細讀現代小說 | 張素貞 | 文學 |
| 往日旋律 | 幼柏 | 文學 |
| 城市筆記 | 巴斯 | 文學 |
| 歐羅巴的蘆笛 | 葉維廉 | 文學 |
| 一個中國的海 | 葉維廉 | 文學 |
| 山外有山 | 李英豪 | 文學 |
| 現實的探索 | 陳銘磻 編 | 文學 |
| 金排附 | 鍾延豪 | 文學 |
| 放鷹 | 吳錦發 | 文學 |
| 黃巢殺人八百萬 | 宋澤萊 | 文學 |
| 燈下燈 | 蕭蕭 | 文學 |
| 陽關千唱 | 陳煌 | 文學 |
| 種籽 | 向陽 | 文學 |
| 泥土的香味 | 彭瑞金 | 文學 |
| 無緣廟 | 陳艷秋 | 文學 |
| 鄉事 | 林清玄 | 文學 |
| 余忠雄的春天 | 鍾鐵民 | 文學 |
| 吳煦斌小說集 | 吳煦斌 | 文學 |

# 滄海叢刊已刊行書目㈣

| 書名 | 作者 | 類別 |
| --- | --- | --- |
| 歷史圈外 | 朱桂 | 歷史 |
| 中國人的故事 | 夏雨人 | 歷史 |
| 老臺灣 | 陳冠學 | 歷史 |
| 古史地理論叢 | 錢穆 | 歷史 |
| 秦漢史 | 錢穆 | 歷史 |
| 秦漢史論稿 | 刑義田 | 歷史 |
| 我這半生 | 毛振翔 | 歷史 |
| 三生有幸 | 吳相湘 | 傳記 |
| 弘一大師傳 | 陳慧劍 | 傳記 |
| 蘇曼殊大師新傳 | 劉心皇 | 傳記 |
| 當代佛門人物 | 陳慧劍 | 傳記 |
| 孤兒心影錄 | 張國柱 | 傳記 |
| 精忠岳飛傳 | 李安 | 傳記 |
| 八十憶雙親<br>師友雜憶 合刊 | 錢穆 | 傳記 |
| 困勉強狷八十年 | 陶百川 | 傳記 |
| 中國歷史精神 | 錢穆 | 史學 |
| 國史新論 | 錢穆 | 史學 |
| 與西方史家論中國史學 | 杜維運 | 史學 |
| 清代史學與史家 | 杜維運 | 史學 |
| 中國文字學 | 潘重規 | 語言 |
| 中國聲韻學 | 潘重規<br>陳紹棠 | 語言 |
| 文學與音律 | 謝雲飛 | 語言 |
| 還鄉夢的幻滅 | 賴景瑚 | 文學 |
| 葫蘆・再見 | 鄭明娳 | 文學 |
| 大地之歌 | 大地詩社 | 文學 |
| 青春 | 葉蟬貞 | 文學 |
| 比較文學的墾拓在臺灣 | 古添洪<br>陳慧樺 主編 | 文學 |
| 從比較神話到文學 | 古添洪<br>陳慧樺 | 文學 |
| 解構批評論集 | 廖炳惠 | 文學 |
| 牧場的情思 | 張媛媛 | 文學 |
| 萍踪憶語 | 賴景瑚 | 文學 |
| 讀書與生活 | 琦君 | 文學 |

# 滄海叢刊已刊行書目㈢

| 書名 | 作者 | 類別 |
| --- | --- | --- |
| 不疑不懼 | 王洪鈞 | 教育 |
| 文化與教育 | 錢穆 | 教育 |
| 教育叢談 | 上官業佑 | 教育 |
| 印度文化十八篇 | 糜文開 | 社會 |
| 中華文化十二講 | 錢穆 | 社會 |
| 清代科舉 | 劉兆璸 | 社會 |
| 世界局勢與中國文化 | 錢穆 | 社會 |
| 國家論 | 薩孟武譯 | 社會 |
| 紅樓夢與中國舊家庭 | 薩孟武 | 社會 |
| 社會學與中國研究 | 蔡文輝 | 社會 |
| 我國社會的變遷與發展 | 朱岑樓主編 | 社會 |
| 開放的多元社會 | 楊國樞 | 社會 |
| 社會、文化和知識份子 | 葉啓政 | 社會 |
| 臺灣與美國社會問題 | 蔡文輝<br>蕭新煌 主編 | 社會 |
| 日本社會的結構 | 福武直 著<br>王世雄 譯 | 社會 |
| 三十年來我國人文及社會科學之回顧與展望 | | 社會 |
| 財經文存 | 王作榮 | 經濟 |
| 財經時論 | 楊道淮 | 經濟 |
| 中國歷代政治得失 | 錢穆 | 政治 |
| 周禮的政治思想 | 周世輔<br>周文湘 | 政治 |
| 儒家政論衍義 | 薩孟武 | 政治 |
| 先秦政治思想史 | 梁啓超原著<br>賈馥茗標點 | 政治 |
| 當代中國與民主 | 周陽山 | 政治 |
| 中國現代軍事史 | 劉馥著<br>梅寅生譯 | 軍事 |
| 憲法論集 | 林紀東 | 法律 |
| 憲法論叢 | 鄭彥棻 | 法律 |
| 師友風義 | 鄭彥棻 | 歷史 |
| 黃帝 | 錢穆 | 歷史 |
| 歷史與人物 | 吳相湘 | 歷史 |
| 歷史與文化論叢 | 錢穆 | 歷史 |

# 滄海叢刊已刊行書目（二）

| 書名 | 作者 | 類別 |
|---|---|---|
| 語言哲學 | 劉福增 | 哲學 |
| 邏輯與設基法 | 劉福增 | 哲學 |
| 知識·邏輯·科學哲學 | 林正弘 | 哲學 |
| 中國管理哲學 | 曾仕强 | 哲學 |
| 老子的哲學 | 王邦雄 | 中國哲學 |
| 孔學漫談 | 余家菊 | 中國哲學 |
| 中庸誠的哲學 | 吳怡 | 中國哲學 |
| 哲學演講錄 | 吳怡 | 中國哲學 |
| 墨家的哲學方法 | 鐘友聯 | 中國哲學 |
| 韓非子的哲學 | 王邦雄 | 中國哲學 |
| 墨家哲學 | 蔡仁厚 | 中國哲學 |
| 知識、理性與生命 | 孫寶琛 | 中國哲學 |
| 逍遥的莊子 | 吳怡 | 中國哲學 |
| 中國哲學的生命和方法 | 吳怡 | 中國哲學 |
| 儒家與現代中國 | 韋政通 | 中國哲學 |
| 希臘哲學趣談 | 鄔昆如 | 西洋哲學 |
| 中世哲學趣談 | 鄔昆如 | 西洋哲學 |
| 近代哲學趣談 | 鄔昆如 | 西洋哲學 |
| 現代哲學趣談 | 鄔昆如 | 西洋哲學 |
| 現代哲學述評（一） | 傅佩榮譯 | 西洋哲學 |
| 懷海德哲學 | 楊士毅 | 西洋哲學 |
| 思想的貧困 | 韋政通 | 思想 |
| 不以規矩不能成方圓 | 劉君燦 | 思想 |
| 佛學研究 | 周中一 | 佛學 |
| 佛學論著 | 周中一 | 佛學 |
| 現代佛學原理 | 鄭金德 | 佛學 |
| 禪話 | 周中一 | 佛學 |
| 天人之際 | 李杏邨 | 佛學 |
| 公案禪語 | 吳怡 | 佛學 |
| 佛教思想新論 | 楊惠南 | 佛學 |
| 禪學講話 | 芝峯法師譯 | 佛學 |
| 圓滿生命的實現（布施波羅蜜） | 陳柏達 | 佛學 |
| 絶對與圓融 | 霍韜晦 | 佛學 |
| 佛學研究指南 | 關世謙譯 | 佛學 |
| 當代學人談佛教 | 楊惠南編 | 佛學 |

# 滄海叢刊已刊行書目(一)

| 書名 | 作者 | 類別 |
|---|---|---|
| 國父道德言論類輯 | 陳立夫 | 國父遺教 |
| 中國學術思想史論叢(一)(二)(三)(四)(五)(六)(七)(八) | 錢穆 | 國學 |
| 現代中國學術論衡 | 錢穆 | 國學 |
| 兩漢經學今古文平議 | 錢穆 | 國學 |
| 朱子學提綱 | 錢穆 | 國學 |
| 先秦諸子繫年 | 錢穆 | 國學 |
| 先秦諸子論叢 | 唐端正 | 國學 |
| 先秦諸子論叢(續篇) | 唐端正 | 國學 |
| 儒學傳統與文化創新 | 黃俊傑 | 國學 |
| 宋代理學三書隨劄 | 錢穆 | 國學 |
| 莊子纂箋 | 錢穆 | 國學 |
| 湖上閒思錄 | 錢穆 | 哲學 |
| 人生十論 | 錢穆 | 哲學 |
| 晚學盲言 | 錢穆 | 哲學 |
| 中國百位哲學家 | 黎建球 | 哲學 |
| 西洋百位哲學家 | 鄔昆如 | 哲學 |
| 現代存在思想家 | 項退結 | 哲學 |
| 比較哲學與文化(一)(二) | 吳森 | 哲學 |
| 文化哲學講錄(一)(二)(三)(四) | 鄔昆如 | 哲學 |
| 哲學淺論 | 張康譯 | 哲學 |
| 哲學十大問題 | 鄔昆如 | 哲學 |
| 哲學智慧的尋求 | 何秀煌 | 哲學 |
| 哲學的智慧與歷史的聰明 | 何秀煌 | 哲學 |
| 內心悅樂之源泉 | 吳經熊 | 哲學 |
| 從西方哲學到禪佛教—「哲學與宗教」一集— | 傅偉勳 | 哲學 |
| 批判的繼承與創造的發展—「哲學與宗教」二集— | 傅偉勳 | 哲學 |
| 愛的哲學 | 蘇昌美 | 哲學 |
| 是與非 | 張身華譯 | 哲學 |